AGATHA CHRISTIE

A MALDIÇÃO DO ESPELHO

Uma aventura de Miss Marple

Tradução
Ana Maria Mandim

HarperCollins *Brasil*
Rio de Janeiro, 2024

Título original: THE MIRROR CRACK'D FROM SIDE TO SIDE
The Mirror Crack'd from Side to Side Copyright © 1962 Agatha Christie Limited.
All rights reserved. AGATHA CHRISTIE, MISS MARPLE and the Agatha Christie
Signature are registered trade marks of Agatha Christie Limited in the UK and/or
elsewhere. All rights reserved.

Direitos de edição da obra em língua portuguesa no Brasil adquiridos pela Casa dos
Livros Editora LTDA. Todos os direitos reservados. Nenhuma parte desta obra pode
ser apropriada e estocada em sistema de banco de dados ou processo similar, em qualquer forma ou meio, seja eletrônico, de fotocópia, gravação etc., sem a permissão do
detentor do copirraite.

Rua da Quitanda, 86, sala 601A – Centro – 20091-005
Rio de Janeiro – RJ – Brasil
Tel.: (21) 3175-1030

DIRETORA EDITORIAL: RAQUEL COZER
GERENTE EDITORIAL: ALICE MELLO
EDITOR: ULISSES TEIXEIRA
REVISÃO: *Cláudia Ajúz, Elisa Rosa, Eni Valentim Torres e M. Elisabeth Padilha C. Mello*
PROJETO GRÁFICO DE MIOLO: *Lúcio Nöthlich Pimentel*
PROJETO GRÁFICO DE CAPA: *Maquinaria Studio*

CIP-Brasil. Catalogação-na-fonte
Sindicato Nacional dos Editores de Livros, RJ

C479m   Christie, Agatha, 1890-1976
12. ed.   A maldição do espelho: um caso de Miss Marple / Agatha Christie ;
          tradução Ana Maria Mandim. – 12. ed. – Rio de Janeiro : HarperCollins
          Brasil, 2016

          Tradução de: The mirror crack'd from side to side
          ISBN 978.85.209.3980-2

          1. Ficção policial inglesa. I. Mandim, Ana Maria. II. Título.
                                                                    CDD 823
                                                                    CDU 821.111-3

Printed in China

*Para Margaret Rutherford
com admiração.*

Para fora esvoaçou a teia e pairou ao longe;
O espelho quebrou de lado a lado:
"A maldição se abateu sobre mim", gritou
Lady de Shalott.

Alfred Tennyson

Capítulo 1

I

Miss Jane Marple estava sentada à janela de onde se avistava um jardim que, em outros tempos, constituíra para ela motivo de orgulho. Isto não acontecia mais. No momento, proibida de praticar jardinagem por algum tempo, olhava pela janela e suspirava. Nada de abaixar-se, cavar ou plantar — no máximo podar alguns galhos, coisa leve. O velho Laycock vinha três vezes por semana e fazia, sem dúvida, o melhor que podia. Mas o que ele considerava o máximo (e que não era muito) correspondia às *suas* próprias ideias e não às de sua patroa. Miss Marple sabia exatamente o que queria, e quando deveria ser feito, e o instruía devidamente. Nessas ocasiões, o velho Laycock exibia um talento particular que consistia em concordar entusiasticamente de início e não fazer absolutamente nada depois.

— Está certo, Madame. A primeira coisa a ser feita na próxima semana, como a senhora quer, será plantar os copos-de-leite e as campânulas ao longo do muro.

As desculpas de Laycock eram sempre razoáveis e pareciam-se muito com as do capitão George em *Três homens num barco*, quando evitava sair ao mar. No caso do capitão, o vento sempre estava soprando do lado errado, ora da costa, ora para a costa, ora vindo do oeste instável, ora vindo mesmo do traiçoeiro leste. A desculpa de Laycock era o tempo. Muito seco, muito úmido, encharcado, um indício de geada no ar. Ou ainda, alguma coisa extremamente importante tinha que ser feita antes (normalmente tratar dos repolhos e das couves-de-bruxelas que gostava de cultivar em quantidades exageradas). Os princípios de jardinagem de Laycock eram simples, mas nenhum patrão, mesmo inteligente, conseguiria fazer com que abrisse mão deles.

Consistiam numa grande quantidade de xícaras de chá doce e forte como um estímulo ao esforço, boas varreduras nas folhas de outono e o replantio de mudas das suas plantas favoritas — principalmente ásteres e sálvias — para "fazer bonito" no verão, como costumava dizer. Era completamente a favor de injetar substâncias nas rosas para exterminar os pulgões, mas demorava bastante para fazê-lo, e um pedido para que cavasse mais as valetas das peras doces era usualmente negado com a observação de que você precisava ver as peras doces que ele plantava! Um tratamento apropriado uma vez por ano e nada de fantasias.

Para simplificar, ele era fiel aos patrões, condescendia com as suas fantasias em matéria de horticultura (desde que não implicassem trabalho duro), mas sabia que os vegetais são a única coisa sólida na vida: um bonito Savoy ou um pedaço de caule fibroso; flores eram coisas fantasiosas de que se ocupavam as madames com muito tempo ocioso. Ele demonstrava afeição fazendo presente das acima mencionadas ásteres, sálvias, lobélias graúdas e crisântemos.

— Tenho feito algum trabalho nas casas novas, lá no Desenvolvimento. Querem os jardins bem tratados, sim senhor. Como têm mais plantas do que precisam, trouxe algumas comigo e plantei-as no lugar daquelas rosas antigas, que não estavam muito bonitas.

Pensando nessas coisas, Miss Marple desviou o olhar do jardim e pegou o tricô.

Tinha-se que encarar o fato: St. Mary Mead não era mais o mesmo lugar. Em certo sentido, naturalmente, todas as coisas tinham mudado. Você poderia culpar a guerra (as duas) ou a nova geração, ou as mulheres trabalhando fora, ou a bomba atômica, ou apenas o governo, mas o que realmente fazia sentido era o simples fato de que se estava envelhecendo. Miss Marple, que era uma velha senhora muito sensível, sabia perfeitamente disso. Apenas, de uma maneira singular, ela o sentia mais em St. Mary Mead, porque ali fora seu lar por muito tempo.

O velho coração de St. Mary Mead ainda estava lá. O Javali Azul, a igreja e a paróquia, e o pequeno núcleo de Queen Anne e as casas de estilo georgiano, das quais uma era a sua. A casa de srta. Hartnell ainda permanecia lá, com a própria srta. Hartnell lutando contra o progresso até o último fôlego. Srta. Wetherby morrera, e a casa era habitada agora pelo gerente do banco e família, com uma nova fachada, portas e janelas pintadas de azul real brilhante. Havia pessoas novas em muitas das outras casas antigas, mas elas pareciam ter sofrido poucas modificações, uma vez que os novos compradores gostavam do que o corretor chamava de "um charme da velha época". Apenas acrescentavam um outro banheiro e gastavam um bom dinheiro com bombeiros, eletricistas e lavadoras de pratos.

Embora as casas ainda mantivessem a antiga aparência, dificilmente se poderia dizer o mesmo da rua principal. Lá, quando as lojas trocavam de dono era com vistas a uma modernização imediata e exagerada. A peixaria estava irreconhecível com os novos janelões através dos quais o refrigerador de peixes faiscava. O açougueiro ainda era conservador — carne boa é carne boa se você pode pagar por ela. Se não, pode se contentar com os pedaços mais baratos e as carnes duras! Barnes, o verdureiro, ainda estava lá e era o mesmo, pelo que srta. Hartnell, Miss Marple e outras davam graças aos céus diariamente. Cadeiras irresistíveis e confortáveis para se sentar ao balcão e aconchegantes bate-papos sobre como cortar toucinho e as variedades de queijos. Entretanto, no final da rua, onde antigamente sr. Tom tinha uma loja de cestas, erguia-se um novo e brilhante supermercado — anátema para as damas mais velhas de St. Mary Mead.

— Montes de coisas de que ninguém nunca ouviu falar — exclamava srta. Hartnell. — Todos aqueles enormes pacotes de cereais, em vez de se cozinhar para uma criança uma refeição apropriada de toucinho e ovos. E é *você mesma* que deve pegar a cesta e andar por ali procurando as coisas. Às vezes, gasta-se 15 minutos para encontrar tudo o que se quer, e é tudo empacotado em tamanhos inconvenientes, muito pouco ou em excesso. E então tem-se que esperar para pagar em uma longa fila quando se vai embora. Muito cansativo. Naturalmente, é muito bom para o pessoal do Desenvolvimento.

Neste ponto ele parava.

Porque, como todos sabiam, o comentário acabava ali. O Desenvolvimento, *O tempo atual*, como diziam modernamente, tinha uma essência própria e uma letra maiúscula.

II

Miss Marple proferiu uma súbita exclamação de aborrecimento. Tinha perdido um ponto de novo. Não apenas isto, devia tê-lo deixado cair há algum tempo. E só percebera o fato quando teve que baixar a cabeça para contá-los. Pegou uma outra agulha, suspendeu o tricô contra a luz e observou atentamente. Os óculos novos não eram de grande valia. E isto acontecia, refletiu, porque obviamente chegava um tempo em que os oculistas, a despeito de suas luxuosas antessalas, instrumentos ultramodernos, luzes intensas que jogavam dentro dos olhos e os altos preços que cobravam, não adiantavam muito mais. Miss Marple recordou-se, com alguma nostalgia, da sua excelente visão de alguns (bem, talvez não fossem apenas alguns) anos atrás. De seu jardim, vantajosamente localizado, tão bem situado que permitia ver tudo que se passava em St. Mary Mead, muito pouco havia escapado ao seu olho observador! E com a ajuda do binóculo de observar pássaros (interessar-se por passarinhos era tão útil!) tinha conseguido ver... — Aqui ela deixou que seus pensamentos voltassem ao passado: "Ann Protheroe com um vestido de verão indo para o jardim da paróquia. E o coronel Protheroe, pobre homem, muito cansativo e desagradável, mas ser morto daquela maneira!" Sacudiu a cabeça e continuou pensando em Griselda, a esposa jovem e bonita do Pastor. "Querida Griselda, uma amiga tão fiel, todos os anos um cartão de Natal. Aquele seu bebê encantador era agora um rapaz robusto e com um ótimo emprego. Engenharia, não era? Ele sempre costumava brincar de desmontar seus trenzinhos de brinquedo. Depois da paróquia ficava uma escada e os campos com o gado do fazendeiro Giles, além dos prados onde agora... agora..."

O Desenvolvimento.

E por que não? Miss Marple questionou-se firmemente. Essas coisas tinham que acontecer. As casas eram necessárias e bem construídas, ou, pelo menos, era isso que lhe tinham falado. "Planejadas", ou como quer que as chamassem. Só que não conseguia entender por que todas as coisas tinham que ser chamadas de vilas. Vila Aubrey, Vila Longwood e Vila Grandison, e outras. Mas não eram vilas de maneira nenhuma. Miss Marple sabia perfeitamente o que era uma vila, porque seu tio fora cônego da Catedral de Winchester, e, quando criança, tinha ido passar algum tempo com ele.

Acontecia o mesmo quando Cherry Baker chamava o escritório atulhado de Miss Marple de "depósito". Miss Marple corrigia gentilmente.

— É escritório, Cherry.

E Cherry, porque era jovem e gentil, esforçava-se para lembrar, embora fosse óbvio que para ela "escritório" era uma palavra muito engraçada e "depósito" ajustava-se perfeitamente. Por fim ela concordara com "sala de estar". Miss Marple gostava muito de Cherry. Seu nome era sra. Baker e ela vinha do Desenvolvimento. Pertencia ao destacamento de jovens esposas que faziam compras no supermercado e empurravam carrinhos de criança pelas ruas tranquilas de St. Mary Mead. Todas eram vistosas e bem-vestidas, com cabelos crespos e anelados. Riam, conversavam e chamavam-se umas às outras, parecendo um bando feliz de pássaros. Devido às insidiosas ciladas das compras a prazo, estavam sempre precisando de dinheiro à mão, embora seus maridos ganhassem bons salários;

ofereciam-se, então, para fazer a limpeza de casas e cozinhas. Cherry era uma cozinheira eficiente e rápida, uma moça inteligente, que anotava corretamente os recados recebidos por telefone e percebia rapidamente os erros nos livros de contas dos comerciantes. Não era muito dada a arejar os colchões e, quando começava a lavar os pratos, Miss Marple passava pela porta da copa com a cabeça virada para não ver o método que Cherry usava, e que consistia em jogar tudo dentro da pia e despejar em cima um monte de detergente. Silenciosamente, Miss Marple retirara o velho serviço de chá Worcester do uso diário e o colocara no canto do gabinete de onde só emergia em ocasiões especiais. No lugar, pusera um serviço moderno de padrão cinza e branco, e nada de dourados no que fosse ser lavado na pia.

Como tinha sido diferente no passado... A fiel Florence, por exemplo, aquela criada grandalhona, e Amy, Clara e Alice, aquelas "ótimas empregadas" vindas do orfanato de St. Faith para serem treinadas e, depois, partirem em busca de empregos com melhores salários. Algumas eram bem simples, outras tinham adenoides e Amy, seguramente, era retardada mental. Bisbilhotavam e fofocavam com as outras empregadas da cidade, saíam com o empregado da peixaria ou com o ajudante de jardineiro do Hall ou com um dos numerosos ajudantes do verdureiro Barnes. A mente de Miss Marple voltava-se para elas afetuosamente, pensando nos pequenos casacos de lã que tricotara para a partida delas. Não sabiam atender direito o telefone, nem eram muito boas em aritmética. Por outro lado, sabiam lavar a louça e fazer a cama. Tinham mais talento que educação. Era estranho que hoje em dia garotas educadas procurassem trabalhos domésticos. Estudantes de outros países, garotas aos pares, universitárias em férias e jovens mulheres casadas, como Cherry, que viviam nas vilas espúrias dos novos edifícios do Desenvolvimento.

Ainda existia, por exemplo, gente como srta. Knight. Este último pensamento ocorreu subitamente quando os passos de srta. Knight no andar de cima fizeram com que os lustres sobre a lareira tilintassem em advertência. Agora srta. Knight terminara a sesta e ia sair para um passeio. Dentro em pouco, ela viria perguntar se Miss Marple desejava alguma coisa do centro. Pensar em srta. Knight provocou a reação usual na mente de Miss Marple. Claro que era uma grande generosidade do querido Raymond (seu sobrinho) e ninguém poderia ser mais prestativo que srta. Knight, além do que aquela crise de bronquite *tinha* deixado Miss Marple enfraquecida, e o dr. Haydock fora incisivo ao declarar que ela não podia continuar dormindo sozinha na casa, sem que alguém viesse vê-la todos os dias, mas... Parou aí porque era inútil completar o pensamento. "Se ao menos fosse outra pessoa em vez de srta. Knight." Não havia muito o que escolher entre as damas idosas, atualmente. Serviçais devotadas estavam fora de moda. Se você ficasse doente mesmo, poderia encontrar uma enfermeira de hospital caríssima e só depois de procurar muito; ou então podia ir para o hospital. Mas depois que passasse a fase crítica da doença estaria de volta às srtas. Knight.

Não havia nada de errado com as srtas. Knight exceto pelo fato de elas serem loucamente irritantes. Eram cheias de delicadeza, atenção e prontas para se afeiçoarem às suas pacientes, distraí-las, serem entusiásticas e animadas e, em geral, tratá-las como se fossem crianças afetadas por delicados problemas mentais.

"Mas eu", disse Miss Marple para si, "embora seja velha, *não* sou uma criança retardada".

Neste momento, ofegando como de costume, srta. Knight irrompeu animadamente no quarto. Era grande, um tanto balofa, com 56 anos, cabelos cinza-amarelados arrumados com esmero, óculos, um nariz comprido e fino e abaixo dele uma boca agradável e um queixo fraco.

— Aqui estamos! — exclamou com uma espécie de radiante impetuosidade, própria para alegrar e estimular o triste crepúsculo dos velhos. — Espero que *nós* tenhamos tirado uma soneca?

— *Eu* estive tricotando — replicou Miss Marple, pondo alguma ênfase no pronome — e — continuou, confessando sua fraqueza com desgosto e vergonha — deixei cair um ponto.

— Oh, querida, querida — disse srta. Knight. — Bem, logo consertaremos isso, não é?

— *Você* o fará — disse Miss Marple — porque *eu*, infelizmente, não consigo fazê-lo.

O ligeiro azedume do tom passou despercebido. Srta. Knight estava ansiosa para ajudar, como sempre.

— Aqui está — disse após alguns momentos. — Aqui está, querida. Agora está certo.

Embora fosse perfeitamente agradável para Miss Marple ser chamada de querida (ou até "fofa") pela mulher da quitanda ou pela garota da papelaria, o fato de ser chamada "querida" por srta. Knight aborrecia-a intensamente. Era outra dessas coisas que as senhoras idosas tinham que suportar. Agradeceu polidamente a srta. Knight.

— E agora vou sair para o meu pequeno passeio — disse srta. Knight comicamente. — Não demorarei.

— Por favor, nem pense em se apressar — disse Miss Marple, delicada e sinceramente.

— Bem, não gosto de deixá-la sozinha por muito tempo, querida. Você pode ficar deprimida.

— Asseguro que me sinto bastante feliz — disse Miss Marple. — Eu provavelmente (ela cerrou os olhos) dormirei um pouco.

— Está bem, querida. Quer que traga alguma coisa?

Miss Marple abriu os olhos e considerou.

— Você poderia ir ao Longdon's e verificar se as cortinas estão prontas. E talvez trazer-me um outro novelo de lã azul de sra. Wisley. E uma caixa de losangos de groselha preta da farmácia. E troque o livro na biblioteca, mas não aceite nenhum que não esteja na minha lista. O último era terrível. Eu não conseguia ler. — Ela estendeu *O despertar da primavera*.

— Oh, querida, querida! Você não gostou dele? Eu pensei que tivesse adorado! Uma história tão bonita.

— E, se não fosse demais, você poderia ir ao Hallets e ver se eles têm um daqueles uísques de ovos, mas não do tipo que se bebe de um gole só!

(Ela sabia muito bem que eles não tinham nada no gênero, mas a Hallets era a loja mais distante dali.)

— Se isso não for pedir muito — murmurou.

Mas srta. Knight replicou com evidente sinceridade.

— De jeito nenhum. Será um prazer.

Srta. Knight adorava fazer compras. Era a coisa mais importante da sua vida. Podia-se encontrar os amigos e ter a chance de uma conversa. Bisbilhotava-se com os empregados e tinha-se oportunidade de examinar vários artigos em várias lojas. E muito tempo podia ser gasto nessas ocupações agradáveis, sem nenhum sentimento de culpa em relação à hora de voltar.

Srta. Knight saiu de casa feliz, depois de uma última olhada à frágil velhinha que descansava tão pacificamente perto da janela.

Após esperar alguns momentos, para o caso de srta. Knight retornar à procura de sua bolsa de compras, da carteira ou de um lenço (ela era uma grande esquecida e "voltadeira"), e também para recuperar-se da leve fadiga mental provocada pelo fato de ter pensado em tantas coisas que não queria para srta. Knight comprar, Miss Marple colocou-se bruscamente de pé, pôs o tricô de lado e caminhou decididamente do quarto para o vestíbulo. Tirou o casaco de verão do cabide, uma bengala do aparador e trocou os chinelos por um par de sapatos resistentes. Então, saiu de casa pela porta do lado.

— Ela levará pelo menos uma hora e meia — estimou Miss Marple. — É muito provável, com toda aquela gente do Desenvolvimento fazendo compras.

Miss Marple visualizou srta. Knight no Longdon's fazendo perguntas inúteis sobre cortinas. Suas suposições eram notavelmente acuradas. Naquele momento, srta. Knight exclamava:

— Naturalmente eu tinha certeza de que elas ainda não estavam prontas. Mas disse que viria ver quando ela falou nisso. Pobres velhinhas queridas, elas têm tão pouco que esperar! Temos que fazer as suas vontades. E ela é tão doce. Um pouco esquecida, mas o que é que se poderia esperar? Suas faculdades ficaram obstruídas. Mas que bonito tecido você tem aqui! Há outras cores?

Vinte minutos agradáveis tinham-se passado. Quando srta. Knight finalmente foi embora, a caixeira mais velha disse com uma fungada:

— Ela, caducando? Só acredito se vir com meus próprios olhos. A velha Miss Marple foi sempre atilada como uma agulha e eu diria que ainda é. — Então deu atenção a uma jovem de calças apertadas que queria plástico com ganchos para fazer cortinas de banheiro.

"Ela me lembra Emily Waters", dizia Miss Marple para si mesma, com a satisfação que sempre sentia quando podia comparar uma personalidade com alguém do passado. "O mesmo cérebro de passarinho. Deixe-me ver, o que aconteceu a Emily?"

Não muito, foi a conclusão. Certa vez quase se casou com um cura, mas, depois de um relacionamento de vários anos, o caso tinha malogrado. Miss Marple expulsou a enfermeira do pensamento e deu atenção aos arredores. Ela atravessara rapidamente o jardim, observando de relance que Laycock havia cortado as rosas antigas de uma forma que seria mais apropriada para os chás híbridos. Mas ela não deixou que isso a entristecesse ou a distraísse do delicioso prazer de ter escapado para uma saída por conta própria. Tinha uma feliz sensação de aventura. Virou para a esquerda, passou pelo portão da paróquia, tomou uma senda no jardim e achou-se no caminho certo. Onde ficavam os degraus, havia agora um portão de ferro trabalhado que dava para um caminho asfaltado com alcatrão. Este levava a uma ponte pequena e limpa sobre o riacho e do outro lado, onde outrora existiam prados com vacas, ficava o Desenvolvimento.

Capítulo 2

Com a sensação de Colombo partindo para descobrir um mundo novo, Miss Marple atravessou a ponte, continuou pelo caminho e, em quatro minutos, encontrou-se em Vila Aubrey.

Naturalmente, Miss Marple já havia visto o Desenvolvimento de Market Basing Road, quer dizer, vira de longe as vilas e as filas de casas asseadas e bem-construídas, com antenas de televisão e as portas e janelas pintadas de azul e rosa, verde e amarelo. Mas, até então, aquilo tinha a realidade de um mapa. Ela nunca estivera dentro ou fora dele. Contudo, agora estava ali, observando o admirável mundo novo que florescia, e que, por todos os motivos, era diferente de tudo quanto conhecera. Era como um modelo limpo, feito com tijolos de brinquedo. Parecia quase irreal para Miss Marple.

As pessoas também pareciam irreais. As jovens mulheres vestidas com calças compridas, os rapazes e garotos de aspecto quase sinistro, os seios exuberantes das garotas de 15 anos. Miss Marple não podia evitar o pensamento de que tudo parecia terrivelmente depravado. Ninguém prestou muita atenção enquanto ela caminhava por ali vagarosamente. Saiu de Vila Aubrey e encontrou-se em Vila Darlington. Andava devagar e, enquanto isso, escutava avidamente os trechos de conversa das mães que empurravam carrinhos, de garotas e rapazes, de garotinhos de aspecto sinistro (ela supunha que fossem garotinhos). As mães apareciam na porta para chamar as crianças que, como habitualmente, estavam fazendo o que não deviam. "Crianças", pensou Miss Marple cheia de gratidão, "nunca mudavam". E logo começou a sorrir e a anotar na mente a série de reconhecimentos que fazia.

"Aquela mulher é exatamente como Carry Edwards, e a morena é todinha aquela garota Hooper. Ela, por certo, arruinaria o seu casamento exatamente como Mary Hooper o fizera. Aqueles garotos — o moreno se parece com Edward Leeke, um palavreado selvagem, mas nada ameaçador — um belo garoto realmente; o bonito é o Josh de sra. Bedwell outra vez. Belos garotos, todos os dois. O que se parece com Gregory Binns não irá muito bem, temo. Espero que tenha a mesma espécie de mãe..."

Dobrou uma esquina em Vila Walsigham enquanto seu estado de espírito melhorava a cada minuto.

O novo mundo era exatamente como o velho. As casas eram diferentes, as ruas chamavam-se vilas, as roupas diferentes, assim como as vozes, mas os seres humanos eram os mesmos.

E, apesar de usarem uma linguagem um pouco diferente, os assuntos das conversas eram iguais.

De tanto virar esquinas fazendo suas pesquisas, Miss Marple perdera o senso de direção e tinha chegado aos limites da área de casas do governo. No momento, estava em Vila Carrisbrook, metade da qual ainda se encontrava "em construção". Na janela do primeiro andar de uma casa quase pronta, havia um jovem casal. Suas vozes flutuavam até embaixo enquanto discutiam banalidades.

— Você tem que admitir que é um bom lugar, Harry!

— O outro também era bom.

— Este aqui tem dois quartos a mais.

— E você tem que pagar por eles.

— Bem, eu *gostei* deste aqui.

— Eu sabia que você ia gostar.

— Oh, não seja um desmancha-prazeres. Você sabe o que mamãe disse.

— Sua mãe não para de dizer coisas.

— Não fale mal da mamãe. Onde é que eu estaria se não fosse por ela? E digo que ela poderia ter feito pior. Podia levá-lo ao tribunal.

— Oh, pare com isso, Lily.

— Tem uma vista bonita das montanhas. Você quase consegue ver... — inclinou-se bastante, torcendo o corpo para a esquerda.
— Você quase pode ver o reservatório.

Debruçou-se mais sem perceber que estava se apoiando em umas tábuas soltas colocadas sobre o parapeito. Os paus escorregaram sob a pressão do corpo, carregando-a junto. Ela gritou, tentando recobrar o equilíbrio.

— Harry...

O jovem ficou imóvel, afastado. Depois deu um passo para trás.

Desesperadamente, enterrando as unhas na parede, a garota conseguiu se aprumar.

— Ohhh... — Ela soltou a respiração, amedrontada. — Eu quase caí. Por que você não me segurou?

— Foi tudo muito rápido. De qualquer forma, você está bem.

— É tudo o que você sabe dizer. Estou dizendo que quase caí. E olhe só para a frente da minha blusa, está toda amassada.

Miss Marple seguiu um pouco adiante e então, impulsivamente, deu meia-volta.

Lily estava do lado de fora esperando o rapaz fechar a casa.

Miss Marple aproximou-se dela e falou-lhe rapidamente, em voz baixa.

— Eu não me casaria com este rapaz se fosse você, minha querida. Você deseja alguém em quem se apoiar em caso de perigo. Deve desculpar-me por dizer isto, mas eu sinto que você precisa ser avisada.

Ela se foi, e Lily ficou olhando.

— Bem, de todos...

Seu namorado aproximou-se.

— O que ela estava dizendo para você, Lily?

Lily abriu a boca e fechou-a novamente.

— Dizendo a minha sorte, se quer saber.

Ela o contemplou pensativa.

Ansiosa para sair rapidamente dali, Miss Marple dobrou uma esquina, tropeçou em umas pedras soltas e caiu.

Uma mulher veio correndo de uma das casas.

— Oh, querida, que tombo feio! Espero que não tenha se machucado.

Com uma boa vontade quase excessiva, ela passou os braços em torno de Miss Marple e, com um impulso, colocou-a de pé.

— Nenhum osso quebrado, espero. Aqui estamos. Acho que você deve estar bem abalada.

A voz era alta e amigável. Uma mulher forte e roliça, com cerca de quarenta anos, cabelos castanhos começando a ficar grisalhos, olhos azuis e uma boca grande e generosa, que, ao olhar esgazeado de Miss Marple, pareceu estar muito cheia de brilhantes dentes brancos.

— É melhor você entrar e sentar um pouco para descansar. Farei uma xícara de chá.

Miss Marple agradeceu e deixou-se conduzir por uma porta pintada de azul para um aposento pequeno, cheio de cadeiras e sofás forrados de cretone brilhante.

— Aqui está — disse sua salvadora, instalando-a em uma poltrona acolchoada. — Fique sentada quieta enquanto coloco a chaleira no fogo.

Saiu de maneira apressada da sala que pareceu bastante repousante na sua ausência. Miss Marple respirou profundamente. Não estava realmente machucada, mas a queda a abalara. Tombos não eram bons na sua idade. "Entretanto, com sorte, srta. Knight poderia nunca vir a saber", pensou com sentimento de culpa. Moveu braços e pernas energicamente. Nada quebrado. "Se ao menos conseguisse chegar bem em casa. Talvez depois de uma xícara de chá..."

A xícara de chá chegou junto com o pensamento, numa bandeja com quatro biscoitos doces em um pratinho.

— Aqui está. — Foi colocada em uma pequena mesa defronte dela.

— Posso servir para você? É melhor com bastante açúcar.

— Sem açúcar, obrigada.

— Você deve tomar com açúcar. O choque, você sabe. Eu servi em ambulâncias durante a guerra. Açúcar é ótimo para choques. — Colocou quatro torrões na xícara e mexeu vigorosamente. — Agora ponha isto para dentro e se sentirá novinha em folha.

Miss Marple aceitou o que ela dissera.

"Uma mulher gentil", pensou. "Ela me lembra alguém... mas quem?"

— Você foi muito delicada comigo — disse sorrindo.

— Oh, não é nada. Sou um pequeno anjo que presta auxílio. Adoro ajudar pessoas. — Ela olhou pela janela quando o trinco do portão estalou. — Meu marido chegou. Arthur, temos visita.

Foi para o vestíbulo e voltou com Arthur, que parecia bastante desnorteado. Era um homem magro e pálido e que falava devagar.

— Esta senhora levou um tombo bem diante do nosso portão e então eu a trouxe para dentro.

— Sua mulher é muito gentil, sr...

— Badcock.

— Sr. Badcock. Temo ter-lhe dado um bocado de trabalho.

— Oh, não, não deu nenhum trabalho para Heather. Ela adora ajudar as pessoas. — Olhou-a com curiosidade. — Estava indo para algum lugar em especial?

— Não, estava apenas dando uma volta. Moro em St. Mary Mead, na casa depois da paróquia. Meu nome é Marple.

— Eu nunca poderia imaginar! — exclamou Heather. — Então *você* é Miss Marple. Tenho ouvido comentários a seu respeito. Você é aquela dos assassinatos.

— Heather! O que você...

— Oh, você sabe o que quero dizer. Não *comete* assassinatos, investiga-os. Não é isto?

Miss Marple murmurou modestamente que tinha estado envolvida em assassinatos uma ou duas vezes.

— Escutei dizer que houve crimes nesta cidade. Estavam falando sobre isto outra noite no Clube de Bingo. Houve um em

Gossington Hall. Eu não compraria casa onde tivesse ocorrido um assassinato. Provavelmente ficaria mal-assombrada.

— O assassinato não foi cometido em Gossington Hall. O cadáver foi levado para lá.

— Encontraram-no na biblioteca, sobre o tapete da lareira, não foi o que disseram?

Miss Marple assentiu.

— Já imaginou? Talvez façam um filme sobre isto. Pode ser que Marina Gregg tenha comprado Gossington Hall por este motivo.

— Marina Gregg?

— É. Ela e o marido. Eu esqueço o nome dele... acho que é um produtor ou diretor... Jason alguma coisa. Mas Marina Gregg é adorável, não é? Nos últimos anos não tem aparecido em muitos filmes porque esteve doente por um longo tempo, mas ainda acho que não há ninguém que se compare a ela. Você a viu em *Carmanella*, *Preço do amor* e *Mary, rainha da Escócia*? Não é mais uma jovem, mas sempre foi uma atriz maravilhosa. Eu fui grande fã de Marina e, quando era adolescente, costumava sonhar com ela. A maior sensação da minha vida foi quando houve um grande show em benefício de St. John Ambulance, nas Bermudas, e Marina Gregg foi fazer a abertura. Eu estava animadíssima e exatamente no dia fiquei de cama com febre, e o médico disse que eu não poderia ir. Mas decidi que não seria derrotada, e na verdade não estava me sentindo muito mal. Saí da cama, coloquei bastante maquiagem e fui em frente. Quando me apresentaram a ela, falou comigo durante três minutos e deu-me seu autógrafo. Foi sensacional. Nunca esqueci aquele dia.

Miss Marple olhou-a atentamente.

— Espero que não tenha piorado da doença. — indagou ansiosamente.

Heather Badcock riu-se.

— Não. Nunca me senti melhor. Eu sempre digo que se você quer uma coisa tem que correr os riscos. Eu sempre faço isso.

Riu novamente, uma risada feliz e estridente.

Arthur Badcock disse com admiração:

— Não há nada que faça Heather desistir. Ela sempre sabe o que fazer.

— Alison Wilde — murmurou Miss Marple com satisfação.

— Perdão? — disse sr. Badcock.

— Nada. Apenas uma pessoa que conheci.

Heather olhou-a interrogativamente.

—Você me faz lembrar dela. Só isso.

— Foi? Espero que tenha sido bonita.

— Ela era mesmo muito bonita — disse Miss Marple vagarosamente. — Delicada, saudável, cheia de vida.

— Mas tinha defeitos? — Heather riu. — Eu tenho!

— Bem, Alison tinha tanta certeza dos seus pontos de vista que nem sempre podia perceber como as outras pessoas iriam reagir ou serem afetadas por eles.

— Como daquela vez em que recolheu uma família que tinha sido retirada de uma casa condenada e eles foram embora com todas as nossas colheres de chá — disse Arthur.

— Mas Arthur! Eu não podia expulsá-los. Não seria delicado.

— Eram colheres de família — disse sr. Badcock tristemente.
— Estilo georgiano, pertenceram à minha bisavó.

— Oh, esqueça aquelas colheres velhas, Arthur. Você fica sempre insistindo no mesmo assunto.

— Não sou muito bom em esquecer.

Miss Marple olhou para ele, pensativa.

— O que sua amiga está fazendo agora? — perguntou Heather por delicadeza.

Miss Marple fez uma pequena pausa antes de responder.

—Alison Wilde? Oh... ela morreu.

Capítulo 3

I

— Estou contente por estar de volta — disse sra. Bantry. — Embora tenha me divertido bastante.

Miss Marple concordou apreciativamente enquanto pegava a xícara de chá que a amiga lhe estendera.

Quando o marido, coronel Bantry, morrera, há alguns anos, sra. Bantry vendera Gossington Hall e uma considerável área do terreno contíguo que fazia parte da propriedade, ficando apenas com o que fora o East Lodge, uma pequena construção com um pórtico encantador e muito desconfortável, onde até um jardineiro tinha se recusado a viver. Sra. Bantry tinha acrescentado à construção o essencial da vida moderna, uma cozinha pré-fabricada do último tipo, uma nova cisterna e um banheiro. Tudo isto custara muito caro, mas muito menos do que gastaria se tivesse tentado reformar Gossington Hall. Havia mantido também o máximo de privacidade, três quartos de acre de um jardim lindamente cercado de árvores, e explicava:

— Eu não verei nem me importarei com o que quer que façam com Gossington Hall.

Tinha passado grande parte dos últimos anos visitando crianças e netos em várias partes do mundo e voltado de tempos em tempos para gozar a solidão de sua própria casa. Gossington Hall mudara de dono uma ou duas vezes. Primeiro tinha sido uma espécie de hotel que não fora adiante, e então fora adquirido por quatro pessoas que dividiram a casa em apartamentos e depois brigaram. Finalmente, o Ministério da Saúde havia comprado a propriedade com algum propósito obscuro porque não a queriam mais. Tinham acabado de revendê-la, e era isso que as duas amigas estavam discutindo.

— Ouvi comentários — disse Miss Marple.

— Claro — concordou sra. Bantry. — Disseram até que Charlie Chaplin e suas crianças vinham morar aqui, o que teria sido maravilhoso, mas infelizmente não há uma só palavra de verdade nisso. Não, sem dúvida, Marina Gregg.

— Ela era adorável — disse Miss Marple suspirando. — Sempre relembro seus principais papéis: *Pássaro de estação*, com o bonito Joel Roberts e o principal em *Mary, rainha da Escócia*. Um outro, muito sentimental, mas de que eu realmente gostei foi *Caminhando pela relva*. Oh, querida, faz muito tempo.

— Sim — disse sra. Bantry. — Ela deve estar com... O que você acha? Quarenta e cinco? Cinquenta?

Miss Marple achou que deviam ser quase cinquenta anos.

— Ela fez algum filme ultimamente? Hoje em dia quase não vou ao cinema.

— Acho que apenas algumas pontas — disse sra. Bantry. — Mas há bastante tempo que não faz o papel principal. Ela teve uma crise nervosa séria depois de um de seus divórcios.

— Com todos os maridos que elas têm, deve ser realmente cansativo — disse Miss Marple.

— Comigo não daria certo — disse sra. Bantry. — Depois de você se casar com um homem, se apaixonar por ele, se acostumar e estar instalada confortavelmente, parece-me loucura jogar tudo pela janela e começar de novo!

— Não posso falar porque nunca me casei — disse Miss Marple com uma tosse afetada de mulher solteira. — Mas é uma pena.

— Acho que não conseguem evitar — disse sra. Bantry vagamente — por causa do tipo de vida que levam. Muito pública.

Eu já me encontrei com ela — acrescentou. — Vi Marina Gregg quando estava na Califórnia.

— Como ela estava? — perguntou Miss Marple interessada.

— Encantadora — disse sra. Bantry. — Tão natural e sem afetação — acrescentou pensativamente. — É uma espécie de hábito.

— O quê?

— Ser natural e sem afetação. Você aprende como fazê-lo e deve se comportar sempre do mesmo jeito. Pense só que inferno é não poder estalar a língua e dizer "Pelo amor de Deus, pare de chatear". Acho que até para se defender você tem que dar festas com bastante bebida e orgias.

— Ela teve cinco maridos, não foi? — perguntou Miss Marple.

— No mínimo. O primeiro, que não conta, depois um príncipe ou conde estrangeiro e então outro ator, Robert Truscott, não foi? Tudo planejado para ser um grande romance, mas só durou quatro anos. Depois veio Isidore Wright, autor teatral. Foi sério e tranquilo e ela teve uma criança. Aparentemente sempre sonhara em ter um filho e chegou até a adotar alguns órfãos. De qualquer maneira, foi isto que aconteceu. Tudo muito artificial, maternidade com M maiúsculo, e então nasceu um débil mental, ou retardado, ou algo assim, e foi depois disso que ela teve um colapso nervoso, começou a tomar drogas e a confundir suas falas.

— Você parece saber bastante sobre ela — disse Miss Marple.

— Bem — disse sra. Bantry —, naturalmente eu fiquei interessada quando ela comprou Gossington Hall. Está casada com o atual marido há dois anos, e dizem que está bem novamente. Ele é produtor, ou devo dizer diretor? Sempre faço confusão. Ele já era apaixonado por ela desde jovem, mas naquela época ele não prometia muito. Mas acho que agora é bastante famoso. Como é mesmo o seu nome? Jason... Jason alguma coisa... Jason Hudd, não, Rudd, é isso. Eles compraram Gossington Hall porque fica perto de — hesitou — Elstree? — arriscou.

Miss Marple sacudiu a cabeça.

— Acho que não — disse. — Elstree fica ao norte de Londres.

— São os novos estúdios. Hellingforth, é isso. Eu sempre penso que ficam em Finnish. Estão a cerca de seis milhas de Market Basing. Creio que ela vai fazer um filme sobre Elizabeth da Áustria.

— Como você está bem informada sobre a vida particular das estrelas de cinema — disse Miss Marple. — Aprendeu tudo isso na Califórnia?

— Não exatamente — disse sra. Bantry. — Na verdade sei das coisas pelas incríveis revistas que leio no cabeleireiro. A maior parte das artistas nem sequer conheço de nome, mas, como já disse, como Marina Gregg e o marido compraram Gossington Hall eu fiquei interessada. Essas revistas dizem cada coisa! Não acredito nem que a metade seja verdade, nem um quarto. Não acredito que Marina Gregg seja ninfomaníaca, que beba bebidas alcoólicas, ou tome drogas, e é muito provável que tenha ido apenas descansar e não tenha tido nenhum colapso nervoso, mas é verdade que vem morar aqui.

— Ouvi falar que na próxima semana — disse Miss Marple.

— Já? Sei que ela emprestou Gossington Hall para uma grande festa em benefício de St. John Ambulance. Suponho que fizeram muitas modificações na casa, não é?

— Reformaram praticamente tudo — disse Miss Marple. — Provavelmente teria sido mais simples e barato pôr a casa abaixo e construir uma nova.

— Banheiros?

— Seis novos, ouvi dizer. E um pátio com palmeiras e uma piscina. E ainda o que chamam de janelas panorâmicas. Transformaram o estúdio de seu marido e a biblioteca em um cômodo só para fazer uma sala de música.

— Arthur vai se virar na cova. Você sabe como ele detestava música. Não tinha ouvido, pobre querido. A cara que fazia quando algum amigo gentil nos levava à ópera! Provavelmente voltará para assombrá-los. — Parou e disse subitamente: — Alguém já insinuou que Gossington Hall pode estar mal-assombrada?

Miss Marple sacudiu a cabeça.

— Não está — disse com firmeza.

— Isto não impediria que as pessoas comentassem — observou sra. Bantry.

— Ninguém disse isso — Miss Marple fez uma pausa e continuou: — As pessoas não são tão tolas. Não nas cidades.

Sra. Bantry atirou-lhe um olhar rápido.

—Você sempre insiste nisso, Jane, e não direi que não tem razão. Sorriu de repente.

— Marina Gregg perguntou-me, com muita gentileza e educação, se não seria difícil para mim ver meu velho lar ocupado por estranhos. Assegurei-lhe que não me faria o menor mal, mas não acho que tenha acreditado. Além disso, como você sabe, Jane, Gossington não era nosso lar. Não fomos criados aqui, e é isto que conta. Era apenas uma casa com uma boa área de caça e pesca que compramos quando Arthur se aposentou. Lembro-me que pensamos que seria um lugar fácil e agradável de cuidar. Não posso imaginar como foi que pensamos aquilo! Todas aquelas escadas e corredores e com apenas quatro criados. Só! Que dias foram aqueles, ha, ha! — Ela acrescentou inesperadamente: — Que negócio é esse de você ter levado um tombo? Aquela tal Knight não devia deixá-la sair sozinha.

— Não foi culpa da pobre srta. Knight. Eu pedi-lhe que fizesse uma porção de compras e então...

— Enganou-a deliberadamente? Bem, não devia fazer isto, Jane. Não na sua idade.

— Como foi que soube? — Miss Marple sorriu maliciosamente.

— Não se pode guardar segredos em St. Mary Mead. Você sempre me disse isto. Sra. Meavy contou-me.

— Sra. Meavy? — Miss Marple parecia perdida.

— Ela vem diariamente. É do Desenvolvimento.

— Oh, o Desenvolvimento. — Houve a pausa habitual.

— O que você estava fazendo no Desenvolvimento? — perguntou sra. Bantry com curiosidade.

— Queria apenas conhecê-lo. Ver como eram as pessoas.
— E o que achou delas?
— Exatamente como todo o mundo. Ainda não estou bastante certa se foi desapontador ou reconfortante.
— Eu acharia desapontador.
— Não. Acho que é reconfortante. Faz com que você, bem, reconheça certos tipos, de forma que, quando acontecer alguma coisa, poderá entender muito bem porque e qual a razão.
— Você quer dizer assassinato?
Miss Marple pareceu chocada.
— Não sei por que decidiu que penso em crimes o tempo *todo*.
— Absurdo, Jane. Por que não pensa no assunto seriamente e se aceita como criminologista e encerra a questão?
— Porque não sou nada disso — disse Miss Marple, espirituosa. — É que simplesmente possuo um certo conhecimento da natureza humana, o que é natural depois de ter vivido toda a vida em uma cidade pequena.
— Esta é uma coisa certa que descobriu — disse sra. Bantry, pensativa —, embora, naturalmente, a maioria das pessoas não concordasse. Seu sobrinho Raymond costumava dizer que este lugar era completamente atrasado.
— Raymond querido — disse Miss Marple indulgentemente. E continuou: — Ele tem sido tão delicado. Está pagando srta. Knight, como sabe.
Pensar em srta. Knight levou a uma nova sequência de ideias. Levantou-se e disse:
— Acho melhor eu voltar.
— Você veio a pé, não é?
— Claro que não. Vim de Inch.
Esta afirmação enigmática foi inteiramente compreendida. Muito tempo atrás, sr. Inch fora proprietário de dois táxis que ficavam na estação local aguardando os trens e que eram alugados pelas senhoras do lugar para seus "encontros", chás, e ocasionalmente, junto com as filhas, para distrações frívolas como bailes. Mais

do que em tempo, Inch, um homem com setenta e tantos anos, e uma alegre cara vermelha, dera lugar ao filho, conhecido como "jovem" Inch (estava então com 45 anos), embora continuasse a guiar para as senhoras mais velhas como se considerasse seu filho demasiado jovem ou irresponsável. Para manter-se atualizado, o jovem Inch trocara os carros puxados a cavalos por automóveis. Não era muito bom em mecânica e, no devido tempo, um certo sr. Bardwell comprou seus carros. O nome Inch persistiu. Mais tarde foram vendidos para sr. Roberts, mas no catálogo telefônico o nome oficial era Serviço de Táxis Inch e as senhoras mais idosas da comunidade continuaram a dizer que iam "de Inch", como se elas fossem Jonas, e Inch, uma baleia.

II

— Sr. Haydock telefonou — disse srta. Knight em tom de censura. — Falei que tinha saído para tomar chá com sra. Bantry, e ele disse que telefonaria de novo amanhã.

Ajudou Miss Marple a tirar os casacos.

— E agora, espero que estejamos esgotadas — falou acusadoramente.

— *Você* pode estar — disse Miss Marple. — *Eu* não estou.

—Venha sentar-se a gosto perto do fogo — disse srta. Knight sem prestar atenção, como sempre. (Você não precisa dar muita importância ao que os velhinhos queridos dizem. Eu apenas sou paciente com eles.) E o que acharíamos de uma boa xícara de Ovomaltine? Ou de Harlicks para variar?

Miss Marple agradeceu e disse que preferia um cálice de *sherry* seco. Srta. Knight pareceu desaprovar.

— Não sei o que doutor diria disto — falou quando retornava com o cálice.

— Faremos questão de perguntar a ele amanhã cedo — disse Miss Marple.

Na manhã seguinte, srta. Knight encontrou-se com o dr. Haydock no vestíbulo e cochichou com ele alvoroçadamente.

O idoso médico entrou no quarto esfregando as mãos porque a manhã estava um tanto fria.

— Aqui está o nosso médico para nos examinar — disse srta. Knight alegremente. — Posso guardar suas luvas, doutor?

— Elas estão bem aqui — disse Haydock, pondo-as descuidadamente sobre a mesa. — Está uma manhã bem fria.

— Talvez queira um pouco de *sherry*? — sugeriu Miss Marple.

— Ouvi dizer que você deu para beber. Bem, não devia beber sozinha.

A garrafa e os copos já estavam sobre uma pequena mesa ao lado de Miss Marple. Srta. Knight saiu do quarto.

Dr. Haydock era um velho amigo. Estava quase aposentado, mas ainda atendia alguns clientes antigos.

— Ouvi dizer que andou caindo por aí — disse quando acabou seu copo. — Isto não é bom na sua idade, estou avisando. Também soube que você não quis que chamasse Sandford.

Sandford era o sócio de Haydock.

— Essa sua srta. Knight chamou-o assim mesmo e estava certa.

— Fiquei apenas levemente machucada e um pouco abalada, foi o que disse o dr. Sandford. Eu podia perfeitamente esperar até você voltar.

— Agora olhe aqui, minha querida. Eu não posso durar para sempre. E Sandford é mais qualificado do que eu. É de primeira classe.

— Os médicos jovens são todos iguais — disse Miss Marple. — Tomam a sua pressão e, qualquer que seja o seu problema, você acaba sempre com alguma dessas novas pílulas produzidas em massa. Rosas, amarelas, marrons. A medicina, hoje em dia, é exatamente igual a um supermercado. Tudo vem embalado.

— Bem feito para você se eu prescrevesse sanguessugas, purgantes e esfregasse seu peito com óleo canforado.

— Eu mesma faço isso quando estou com tosse e é muito reconfortante — disse Miss Marple espirituosamente.

— Não gostamos de envelhecer, esta é a verdade — disse Haydock gentilmente. — Eu odeio.

—Você é um homem bastante jovem comparando-se comigo — disse Miss Marple. — E realmente não me incomodo com o fato de estar envelhecendo. É a menor das indignidades.

— Acho que sei o que quer dizer.

— Nunca ficar só! A dificuldade de sair sozinha apenas por alguns minutos. Até de tricotar, o que para mim sempre foi um grande prazer, e sou realmente boa no tricô. Agora deixo cair os pontos a toda hora e, muito frequentemente, nem chego a perceber que caíram.

Haydock olhou-a pensativo e então seus olhos brilhavam.

— Há sempre o outro lado.

— O que quer dizer com isto?

— Se não pode tricotar, que tal desmanchar os pontos para variar? Penélope fazia isso.

— Não estou exatamente na situação dela.

— Mas desembaraçar as coisas é bem o seu estilo, não é?

Levantou-se.

— Tenho que ir. O que receitaria para você seria um bom e suculento assassinato.

— Isto é uma coisa ultrajante!

— Não é? Entretanto, você sempre pode tirar conclusões a partir da profundidade de uma salsa que afundou na manteiga em um dia de verão. Sempre imaginei isto. O bom e velho Holmes. Acho que atualmente está ultrapassado, mas nunca será esquecido.

Srta. Knight entrou alvoroçada depois que o doutor partiu.

— Bem — disse ela —, nós parecemos *muito* mais animadas. O doutor recomendou um tônico?

— Recomendou-me que me interessasse por assassinatos.

— Uma boa história de detetive?

— Não — disse Miss Marple. — Vida real.

— Meu Deus! — exclamou srta. Knight. — Mas não é provável que haja um assassinato neste lugar tranquilo.

— Assassinatos — disse Miss Marple — podem acontecer em qualquer lugar. E acontecem.

— Talvez no Desenvolvimento — disse srta. Knight absorta. — Muitos daqueles garotos carregam facas.

Mas, quando houve o assassinato, não foi no Desenvolvimento.

Capítulo 4

Sra. Bantry deu um ou dois passos atrás, olhou-se rapidamente no espelho, corrigiu o chapéu ligeiramente (não estava acostumada a usar chapéus), calçou luvas de couro de boa qualidade e saiu de casa, fechando a porta cuidadosamente. Tinha expectativas muito agradáveis do que a esperava. Umas três semanas já se haviam passado desde a sua conversa com Miss Marple. Marina Gregg e o marido tinham chegado a Gossington Hall e já estavam mais ou menos instalados lá.

Esta tarde haveria um encontro entre as pessoas responsáveis pelos preparativos para a festa de beneficência de St. John Ambulance. Sra. Bantry não fazia parte do comitê, mas recebera um bilhete de Marina Gregg convidando-a para o chá antes da reunião. Tinha relembrado seu encontro na Califórnia e estava assinado "Cordialmente, Marina Gregg". Estava escrito à mão e não à máquina. Não se pode negar que sra. Bantry estivesse satisfeita e lisonjeada. Afinal de contas, uma estrela de cinema famosa é uma estrela de cinema famosa, e as senhoras idosas, embora tenham importância local, estão conscientes de seu total anonimato no mundo das celebridades. De modo que sra. Bantry tinha a agradável sensação de uma criança para quem uma festa especial fora preparada.

Enquanto subia pela estrada, os olhos argutos de sra. Bantry iam de um lado para outro, registrando impressões. O lugar havia melhorado com as sucessivas vendas.

"Não olharam despesas", disse sra. Bantry para si, balançando a cabeça satisfeita. A estrada não dava vista para o jardim, pelo que sra. Bantry ficou contente. O jardim e suas cercas vivas tinham sido seu prazer particular nos longínquos dias em que habitara Gossington Hall. Permitiu-se pesarosas e nostálgicas lembranças de suas íris. "O melhor jardim de íris do condado", disse para si mesma com um orgulho feroz.

Viu-se frente a uma nova porta de entrada com um brilho de tinta recente e apertou a campainha. A porta foi aberta com agradável presteza pelo que era inegavelmente um mordomo italiano. Foi conduzida direto ao aposento que tinha sido derrubado e ligado ao estúdio. O resultado era impressionante. As paredes estofadas e o chão taqueado. Num dos cantos, havia um grande piano e um pouco adiante, junto à parede, uma imensa vitrola. Na outra extremidade do aposento havia um conjunto formado por tapetes persas, uma mesa de chá e algumas cadeiras. Perto da mesa estava sentada Marina Gregg e, encostado à lareira, o homem mais feio que sra. Bantry pensou já ter visto.

Apenas alguns momentos antes que a mão de sra. Bantry avançasse para tocar a campainha, Marina Gregg dizia para o marido com uma voz suave e entusiasmada:

— Este é o lugar certo para mim, Jinks. É o que sempre quis. Tranquilo. A tranquilidade inglesa e a região campestre inglesa. Posso me ver vivendo aqui, morando aqui toda a vida se for preciso. E adotaremos o modo de vida inglês. Tomaremos todas as tardes chá chinês no meu lindo serviço georgiano. Olharemos pela janela a relva e aquela cerca viva inglesa. Sinto que finalmente cheguei ao lar. Sinto que posso instalar-me aqui e ficar tranquila e feliz. Este lugar será um lar, é o que sinto. Um *lar*.

E Jason Rudd (que a mulher chamava de Jinks) sorrira para ela. Era um sorriso indulgente, mas reservado, porque, afinal de contas, ele já escutara aquilo antes muitas vezes. Talvez desta vez fosse verdade. Talvez este *fosse* o lugar que fizesse Marina Gregg sentir-se em casa. Mas ele já conhecia aquele entusiasmo apressado muito bem. Ela sempre tinha a certeza de ter encontrado o que queria. Disse com sua voz profunda:

— Isto é formidável, querida. Simplesmente formidável. Estou contente porque gostou.

— Gostar? Eu adorei. Você não?

— Claro — disse Jason. — Claro.

Não era tão mau, refletiu. Estilo vitoriano bastante feio, mas bom e sólido. Admitiu que dava uma sensação de solidez e segurança. Agora que o pior de suas incríveis inconveniências tinha sido removido, seria razoavelmente confortável para se viver. Não seria ruim para se visitar de tempos em tempos. Com sorte, pensou, talvez Marina não desgostasse do lugar por dois anos ou dois anos e meio. Tudo dependia.

Suspirando suavemente, Marina disse:

— É tão maravilhoso sentir-se bem novamente! Bem e forte, capaz de lutar em condições de igualdade.

Ele disse novamente:

— Claro, querida, claro.

Foi neste momento que a porta se abriu e o mordomo introduziu sra. Bantry.

A recepção de Marina foi absolutamente encantadora. Adiantou-se com as mãos estendidas, dizendo como estava encantada em encontrar sra. Bantry de novo, e como tinha sido uma coincidência que dois anos e meio depois do encontro em São Francisco, ela e Jinks comprassem a casa que pertencera a sra. Bantry. Esperava que esta não ficasse melindrada com as reformas que haviam feito e que não pensasse que eles eram intrusos terríveis vivendo ali.

— Sua vinda para cá foi uma das coisas mais excitantes que já aconteceram a este lugar — falou sra. Bantry alegremente, e olhou em direção à lareira, ao que, quase como se fosse uma explicação, Marina Gregg disse:

—Você conhece meu marido? Jason, esta é sra. Bantry.

Sra. Bantry olhou para ele com algum interesse. A impressão inicial de extrema feiúra modificou-se. Tinha olhos atraentes, os mais profundos que já vira. "Duas poças fundas e tranquilas", disse sra. Bantry para si mesma e sentiu-se como uma novelista romântica. O restante da face era distintamente irregular, quase comicamente desproporcional. O nariz projetava-se para cima numa saliência e, pintado de vermelho, seria como um nariz de palhaço, de quem tinha também a grande boca triste. Ela não saberia dizer se ele estava furioso naquele momento ou se dava a impressão de estar sempre enfurecido. Quando falou, a voz era surpreendentemente agradável, profunda e calma.

— Um marido é quase sempre uma explicação — disse ele. — Mas quero que saiba que minha mulher e eu estamos muito contentes de recebê-la aqui. Espero que não ache que devia ser o contrário.

— Vocês devem tirar da cabeça que fui posta para fora do meu velho lar — disse sra. Bantry. — Isto nunca foi o meu lar, e tenho me congratulado desde que o vendi. Foi a casa mais inconveniente para organizar. Gostava do jardim, mas a casa era difícil de cuidar e estava se tornando um aborrecimento. Desde que a vendi, passei uma temporada esplêndida viajando pelo exterior, visitando minhas filhas casadas, netos e amigos.

— Filhas — disse Marina Gregg. — Você tem filhos e filhas?

— Dois filhos e duas filhas muito bem distribuídos. Um no Quênia, um na África do Sul, um no Texas e o outro, graças a Deus, em Londres.

— Quatro — disse Marina Gregg. — E netos?

— Nove, até agora — disse sra. Bantry. — É muito divertido ser avó porque você não tem as responsabilidades dos pais e pode mimá-los sem a menor preocupação...

Jason interrompeu-a.

— Acho que o sol está batendo nos seus olhos — disse, e foi até a janela ajustar a persiana. — Você precisa nos contar tudo sobre a sua encantadora cidade — acrescentou ao voltar.

Estendeu para ela uma xícara de chá.

— Prefere bolinhos quentes, sanduíche ou este bolo? Temos um cozinheiro italiano que faz massas e bolos muito bem. Pode ver que aderimos ao seu chá da tarde.

— O chá também está delicioso — disse sra. Bantry, sorvendo a aromática bebida.

Marina Gregg sorriu e pareceu lisonjeada. O repentino movimento nervoso de seus dedos, que o olho de Jason havia captado uns minutos antes, desaparecera. sra. Bantry olhava sua anfitriã admirada. O apogeu de Marina Gregg fora anterior à preponderância das medidas físicas como aspecto de suprema importância. Ela não poderia ter sido descrita como sexy, miss Busto, ou corpo escultural. Tinha sido sempre alta, magra e esbelta e o formato de seu rosto e da cabeça possuía algo da beleza de Greta Garbo. Ela trouxera mais personalidade que sexo aos seus filmes. A maneira súbita de virar a cabeça, o modo de abrir os olhos maravilhosos e profundos, o leve tremor da boca, tudo isso é que transmitia a sensação de uma beleza estonteante, proveniente não da regularidade de traços, mas de uma magia da carne que pega o observador desprevenido. Ainda possuía esta qualidade, só que não muito visível. Como muitas atrizes de cinema e teatro, tinha o que parecia ser um hábito de mudar de personalidade quando o desejasse. Podia retrair-se, ficar tranquila, gentil e desinteressante para um fã ansioso. E, então, com um movimento súbito da cabeça, das mãos, um sorriso inesperado, e a magia estava lá.

Um de seus melhores filmes tinha sido *Maria, rainha da Escócia* e era o seu desempenho naquela fita que sra. Bantry recordava enquanto a observava. Os olhos de sra. Bantry desviaram-se para o marido. Ele também estava observando Marina. Descontraído por um momento, o rosto expressava claramente os seus sentimentos. "Bom Deus", disse sra. Bantry para si mesma, "o homem a adora".

Não sabia por que estava tão surpresa. Talvez a imprensa alardeasse tanto os casos de amor das estrelas de cinema e sua devoção que ninguém poderia esperar ver a coisa acontecendo diante dos olhos. Impulsivamente, falou:

— Espero, realmente, que gostem daqui e que possam ficar algum tempo. Pretendem manter a casa por muito tempo?

Marina voltou seus olhos abertos de surpresa.

— Quero ficar aqui sempre — disse. — Oh, não quero dizer que não tenha que me ausentar bastante. Claro que terei. É bem possível que faça um filme no norte da África no ano que vem, embora nada esteja combinado. Mas este será o meu lar. Eu voltarei para cá, sempre poderei voltar. — Suspirou. — Isto é que é maravilhoso! Isto é que é tão maravilhoso! Ter encontrado um *lar* finalmente.

— Compreendo — disse sra. Bantry — e pensou: "Mesmo assim, não acredito nem por um momento que vá ser assim. Não creio que você seja do tipo que possa jamais repousar."

Atirou outro olhar sub-reptício a Jason. Não parecia zangado agora. Em vez disso, estava sorrindo, um sorriso doce e inesperado, mas triste. "Ele sabe disso também", pensou sra. Bantry.

A porta se abriu e uma mulher entrou.

— Os Bartlett querem falar com você no telefone, Jason — disse ela.

— Diga-lhes para telefonarem depois.

— Disseram que era urgente.

Ele suspirou e levantou-se.

— Deixe-me apresentá-la a sra. Bantry — disse. — Ella Zielinsky, minha secretária.

— Tome uma xícara de chá, Ella — disse Marina, enquanto Ella Zielinsky respondia à apresentação com um sorriso de "prazer em conhecê-la".

— Comerei um sanduíche — disse. — Não gosto de chá chinês.

Ella Zielinsky tinha aproximadamente 35 anos. Usava uma roupa bem talhada, blusa pregueada e parecia respirar autoconfiança. Tinha o cabelo preto e curto e uma testa ampla.

— Contaram-me que você morava aqui — disse a sra. Bantry.

— Já faz uns bons anos — disse sra. Bantry. — Vendi a casa depois que meu marido morreu e ela já teve vários donos desde então.

— Sra. Bantry diz que não odeia as reformas que fizemos — disse Marina.

— Eu ficaria terrivelmente desapontada se não fizessem — disse sra. Bantry. — Vim até aqui impaciente. Posso contar-lhes os esplêndidos rumores que estão correndo pela cidade.

— Nunca pensei que fosse tão difícil encontrar encanadores neste país — disse srta. Zielinsk, enquanto mastigava um sanduíche atarefadamente. — Não que isto seja trabalho meu — continuou.

— Tudo é assunto seu — disse Marina — e você sabe que é, Ella. A criadagem, o encanamento e discutir com os construtores.

— Parece que eles nunca ouviram falar de uma janela panorâmica neste país.

Ella olhou para a janela.

— É uma vista bonita, tenho que admitir.

— Uma antiga e encantadora paisagem campestre inglesa — disse Marina. — Esta casa tem *atmosfera*.

— Não pareceria tão campestre se não fossem as árvores — disse Ella Zielinsk. — Aquelas casas do Estado lá adiante crescem enquanto você olha.

— Isto é novo para mim — disse Bantry.

— Quer dizer que existia apenas a cidade quando vivia aqui?

Sra. Bantry assentiu.

— Devia ser difícil fazer as compras.

— Não penso assim — disse sra. Bantry. — Era incrivelmente fácil.

— Compreendo que se cultivem flores — disse Ella Zielinsk —, mas parece que vocês daqui cultivam todos os legumes de que precisam. Não seria muito mais fácil comprá-los no supermercado?

— Provavelmente é o que acontecerá — disse sra. Bantry com um suspiro —, embora eles não tenham o mesmo gosto.

— Não estrague a atmosfera, Ella — disse Marina.

A porta se abriu e Jason olhou para dentro.

— Querida — disse a Marina. — Detesto incomodá-la, mas você se importa? Eles querem apenas a sua opinião particular sobre o assunto.

Marina suspirou e pôs-se de pé. Caminhou languidamente em direção à porta.

— Há sempre alguma coisa — murmurou. — Sinto muito, sra. Bantry. Não creio que isto leve mais de um ou dois minutos.

— Atmosfera — disse Ella Zielinsk, quando Marina saiu e fechou a porta. — Você acha que a casa tem atmosfera?

— Nunca pensei nisso desta maneira — disse sra. Bantry. — Era apenas uma casa. Bastante inconveniente em alguns aspectos e muito boa e confortável em outros.

— Era o que eu pensaria — disse Ella Zielinsky. Lançou um rápido olhar para sra. Bantry. — Por falar em atmosfera, quando foi que ocorreu o crime aqui?

— Não foi cometido nenhum crime neste lugar — disse sra. Bantry.

— Ora, venha. As histórias que escutei. Sempre há histórias, sra. Bantry. Foi no tapete, bem ali, não foi?

— Sim — disse sra. Bantry. — Foi ali.

— Então *houve* um assassinato?

Sra. Bantry assentiu.

— O assassinato não foi cometido aqui. A garota foi trazida para cá e largada neste aposento. Ela não tinha nada a ver conosco.

Miss Zielinsky pareceu interessada.

—Vocês encontraram alguma dificuldade para fazer as pessoas acreditarem nisso, não? — observou.

—Você tem razão — disse sra. Bantry.

— Quando foi que a encontraram?

—A empregada veio com o chá de manhã cedo — disse sra. Bantry. — Tínhamos empregadas então, sabe.

— Sei — disse srta. Zielinsky — usando vestidos estampados que farfalhavam.

— Não tenho certeza sobre o vestido estampado — disse sra. Bantry — naquela época deviam ser macacões. De qualquer maneira, ela irrompeu aqui e disse que havia um corpo na biblioteca. Eu disse "absurdo", então acordei meu marido e descemos para ver.

— E ali estava — disse srta. Zielinsky. — Meu Deus, como as coisas acontecem. — Virou a cabeça bruscamente em direção à porta e voltou à posição anterior. — Se você não se importar, não fale sobre isto com Marina. Estas coisas não lhe fazem bem.

— Claro. Não direi uma palavra. Aliás, nunca falo sobre isto. Aconteceu há tanto tempo. Mas será que ela, quero dizer srta. Gregg, não ouvirá falar qualquer coisa?

— Ela não tem muito contato com a realidade — disse Ella Zielinsky. — Astros de cinema podem levar uma vida muito isolada. Na verdade, tem-se que cuidar para que seja assim. As coisas os perturbam. *Ela* fica perturbada. Esteve seriamente doente nos dois últimos anos. Só começou a se recuperar de um ano para cá.

— Parece que gostou da casa — disse sra. Bantry — e sentiu que poderá ser feliz aqui.

— Espero que isto dure um ou dois anos — disse Ella Zielinsky.

— Não mais do que isso?

— Bem, duvido muito. Marina é uma daquelas pessoas que estão sempre pensando que encontraram o que mais queriam. Mas a vida não é tão simples, não é?

— Não — disse sra. Bantry forçadamente. — Não é.

— Significará muito para ele se ela for feliz aqui — disse srta. Zielinsky. Comeu mais dois sanduíches de um modo absorto, quase engolindo, igual às pessoas que se abarrotam de comida como se tivessem que tomar o último trem. — Ele é um gênio, sabe — continuou. — Viu algumas das fitas que dirigiu?

Sra. Bantry ficou ligeiramente desconcertada. Era do tipo de mulher que, quando ia ao cinema, ia pelo filme. A longa relação dos participantes, diretores, produtores, fotografia e o resto passava despercebido para ela. Muitas vezes nem sequer sabia o nome dos atores. Entretanto, não estava ansiosa para chamar a atenção sobre esse seu ponto fraco.

— Fico tão confusa — disse.

— Naturalmente ele tem que lutar contra muitas coisas — disse Ella. — Conseguiu-a como tudo o mais, e ela não é fácil. Tem que mantê-la feliz, e acho que não é muito fácil manter as pessoas felizes. A menos... quer dizer... que sejam... — hesitou.

— A menos que sejam do tipo feliz — sugeriu sra. Bantry.

— Algumas pessoas — acrescentou pensativamente — gostam de sentir-se miseráveis.

— Oh, Marina não é assim — disse Ella Zielinsky, sacudindo a cabeça. — Os seus altos e baixos é que são muito violentos. Você sabe, extremamente feliz num momento, muito satisfeita com tudo e encantada com as coisas e sentindo-se maravilhosa. Então, naturalmente, acontece alguma coisa sem importância, e lá se vai ela para o extremo oposto.

— Suponho que isto seja temperamento — disse sra. Bantry vagamente.

— É isto — disse Ella Zielinsky. — Temperamento. Todos eles têm, mais ou menos, mas Marina Gregg tem mais do que a maioria das pessoas. Então não sabemos! As histórias que poderia contar! — Comeu o último sanduíche. — Graças a Deus que sou apenas a secretária social.

Capítulo 5

A abertura dos portões de Gossington Hall em benefício de St. John Ambulance atraiu um número bastante imprevisto de pessoas. As entradas de um *shilling* amontoavam-se de maneira muito satisfatória. Primeiro, o tempo estava bom, um dia claro e ensolarado. Mas a atração preponderante era, sem dúvida, a enorme curiosidade local em saber exatamente o que aquelas "pessoas de cinema" haviam feito em Gossington Hall. As mais extravagantes suposições eram feitas. A piscina, em particular, causou imensa satisfação. A ideia que muitas pessoas tinham dos artistas de Hollywood incluía banhos de sol em piscinas, e companhias e arredores exóticos. Que o clima de Hollywood fosse mais adequado para piscinas que o de St. Mary Mead, não é necessário considerar. Afinal de contas, a Inglaterra tem apenas uma semana de calor no verão e, uma vez por ano, os jornais de domingo publicam artigos sobre "como fugir do calor", "como preparar jantares frios" e "como fazer drinques gelados". A piscina era exatamente o que todo o mundo tinha imaginado. Grande, de águas azuis, com uma espécie de pavilhão exótico para se trocar de roupa, e estava rodeada de sebes e arbustos artificiais. A reação da multidão era exatamente o que se poderia esperar e se notava por uma ampla variedade de observações.

— Oh, não é lindo!?
— Dois trampolins de mergulho, sim senhor!
— Faz-me lembrar uns feriados que passei no campo.
— Eu diria que é um luxo exagerado. Não devia ser permitido.

— Olhe todo aquele mármore ornamental. Deve ter custado uma fortuna!

— Não sei por que as pessoas pensam que podem vir para cá e gastar todo o dinheiro que quiserem.

— Talvez isto apareça na televisão. Seria divertido.

Até sr. Sampson, o homem mais velho de St. Mary Mead, sustentando orgulhosamente que tinha 96 anos, embora seus parentes insistissem que estava apenas com 88, se arrastara até ali apoiado em suas pernas reumáticas e numa bengala para assistir ao acontecimento, e fez o seu maior elogio:

— Isto é mau! — Estalou os lábios esperançosamente. — E haverá muita perdição aqui, não tenho dúvida. Homens e mulheres nus bebendo e fumando o que os jornais chamam de entorpecentes. Acho que vai acontecer tudo isso, sim — disse sr. Sampson com enorme prazer. — Haverá muita perdição.

O selo final de aprovação ao divertimento da tarde fora dado. Por um *shilling* extra as pessoas poderiam entrar na casa e ver a nova sala de música, a sala de visitas e a irreconhecível sala de jantar, agora em carvalho e couro espanhol e umas tantas outras maravilhas.

— Você nunca diria agora que isto foi Gossington Hall, não é? — disse a nora de sr. Sampson.

Sra. Bantry veio passeando mais tarde e observou com prazer que o dinheiro estava entrando em quantidade e o atendimento era fenomenal.

A grande tenda onde serviam chá estava apinhada. Sra. Bantry fez votos que os biscoitos fossem servidos do lado de fora. Mas parecia haver algumas mulheres competentes cuidando disso. Ela mesma fizera uma marca de proteção para a cerca viva e tomava conta dela com olho ciumento. Não haviam poupado despesas com a cerca viva, ficou contente em notar. Estava bem-feita, planejada e arranjada com material caro. Tinha certeza de que ninguém havia se preocupado pessoalmente com aquilo, mas, sem dúvida, fora o trabalho de alguma boa firma de jardinagem. Ajudados pela inteira liberdade e pelo tempo, haviam feito um trabalho muito bom.

Olhando em volta, sentiu que havia no ambiente um leve clima de festa no jardim do palácio de Buckingham. Todos esticavam os pescoços para ver o mais que pudessem e, de quando em quando, alguns poucos escolhidos eram levados aos interiores mais secretos da casa. Ela própria foi abordada naquele momento por um rapaz esbelto, com longo cabelo anelado.

— Sra. Bantry? É sra. Bantry?

— Sou.

— Hailey Preston. — Apertou sua mão. — Trabalho para sr. Rudd. Quer vir até o segundo andar? Sr. e sra. Rudd estão convidando alguns amigos especiais para irem lá em cima.

Devidamente honrada, sra. Bantry o seguiu. Entraram e passaram o que no seu tempo fora a porta do jardim. Um cordão vermelho separava a parte de baixo da escadaria principal. Hailey Preston desenganchou o cordão, e ela passou. Logo à frente sra. Bantry reconheceu o conselheiro e sra. Allcock, uma mulher gorda que respirava ofegantemente.

— Foi maravilhoso o que fizeram, não é sra. Bantry? — arquejou sra. Allcock. — Gostaria de dar uma olhada nos banheiros, mas acho que não terei oportunidade. — Sua voz era ansiosa.

No topo da escada, Marina Gregg e Jason Rudd recebiam a elite especialmente escolhida. O pequeno quarto de dormir que existia ali fora derrubado para dar uma impressão informal. O mordomo Giuseppe oficiava os drinques.

Um homem corpulento e uniformizado anunciava os convidados.

— Conselheiro e sra. Allcock — ecoou.

Marina Gregg se comportava da maneira que sra. Bantry descrevera para Miss Marple, completamente natural e encantadora. Podia quase ouvir sra. Allcock dizer mais tarde: "É tão natural apesar de ser tão famosa."

Quanta gentileza de sra. Allcock e do conselheiro em terem vindo, e esperava que se divertissem.

— Jason, tome conta de sra. Allcock, por favor.

O conselheiro e sra. Allcock foram passados para Jason e os drinques.

— Oh, sra. Bantry, quanta gentileza em ter vindo.

— Não perderia isto por nada neste mundo — disse sra. Bantry e caminhou resolutamente para os martínis.

O jovem chamado Hailey Preston serviu-a gentilmente e, logo a seguir, consultou uma lista que tinha nas mãos para trazer, sem dúvida, mais que Eleitos para a Presença. "Tudo estava muito bem conduzido", pensou sra. Bantry, virando-se com o martíni na mão, para observar os próximos a chegar. O vigário, um homem magro e ascético, parecia perdido e ligeiramente confuso. Falou seriamente com Marina Gregg.

— Foi muita gentileza sua me convidar. Sinto não ter uma televisão, mas naturalmente eu... hum... bem, naturalmente meus jovens me mantêm atualizado.

Ninguém entendeu o que ele quis dizer. Srta. Zielinsky, que também ajudava, passou uma limonada para ele com um sorriso gentil. Sr. e sra. Badcock eram os próximos na escada, e Heather Badcock, ruborizada e triunfante, adiantou-se ao marido.

— Sr. e sra. Badcock — ecoou o homem fardado.

— Sra. Badcock — disse o vigário, voltando-se com a limonada na mão — a infatigável secretária da Associação. É uma de nossas maiores trabalhadoras. De fato, não sei o que seria da St. John sem ela.

— Estou certa que tem sido maravilhosa — disse Marina.

— Você não se lembra de mim — disse Heather de modo travesso. — Como poderia, com as centenas de pessoas que encontra. E, de qualquer maneira, foi há anos. Foi nas Bermudas, entre todos os lugares do mundo. Eu estava lá com uma de nossas unidades ambulantes. Oh, faz muito tempo!

— Naturalmente — disse Marina Gregg, uma vez mais toda charme e sorrisos.

— Lembro-me tão bem — disse sra. Badcock. — Eu estava emocionada, sabe, excitadíssima. Era apenas uma garota naquela época. Pensar que teria uma chance de ver Marina Gregg em pessoa. Oh! Sempre fui uma grande fã sua.

— É realmente muita bondade sua — disse Marina delicadamente, os olhos começando a pairar levemente por cima do ombro de Heather em direção aos próximos convidados.

— Não vou detê-la — disse Heather — mas preciso.

"Pobre Marina Gregg", pensou sra. Bantry. "Acho que este tipo de coisa sempre acontece com ela! A paciência que eles precisam ter!"

Heather continuava sua história com determinação.

Sra. Allcock arfou junto ao ombro de sra. Bantry.

— As mudanças que fizeram aqui! Você não acreditaria se não visse com seus próprios olhos. E o que deve ter *custado*...

— Não me sentia realmente doente. Então, achei que precisava apenas...

— Isto é vodca — Sra. Allcock olhava desconfiada para o seu copo. — Sr. Rudd perguntou-me se não queria provar. Parece muito russo. Acho que não gosto muito...

— Disse a mim mesma: não serei vencida! Coloquei bastante pintura no rosto.

— Acho que seria indelicado deixá-lo em qualquer lugar — Sra. Allcock parecia desesperada.

Sra. Bantry confortou-a gentilmente.

— De modo algum. Vodca deve ser bebida de um só gole. — Sra. Allcock pareceu espantada. — Mas isto requer prática. Coloque-o na mesa e pegue um martíni na bandeja que o mordomo está levando.

Voltou-se para escutar o discurso triunfante de Heather Badcock.

— Nunca me esquecerei de como você estava maravilhosa naquele dia. Valeu cem vezes a pena.

Desta vez a resposta de Marina não foi tão automática. Os olhos que antes estavam ondulando sobre o ombro de Heather Badcock pareciam agora fitos na parede a meio caminho da escada. Olhava fixamente e a sua expressão era tão assombrada que sra. Bantry ensaiou um passo adiante. Será que a mulher ia desmaiar? O que tinha visto que lhe dera aquele olhar de basilisco? Mas, antes que pudesse chegar ao lado de Marina, esta se recobrara. Seus olhos vagos e desfocados voltaram-se para Heather, e o charme voltou uma vez mais, se bem que um tanto mecânico.

— Que bonita história. Agora, o que quer tomar? Jason! Um coquetel?

— Bem, geralmente tomo limonada ou suco de laranja.

— Deve tomar algo melhor do que isto — disse Marina. — Lembre-se que é um dia festivo.

— Deixe-me convencê-la a tomar um daiquiri americano — disse Jason, aparecendo com dois copos na mão. — São os preferidos de Marina também.

Entregou um à mulher.

— Acho que não devia beber mais — disse Marina. — Já tomei três. — Mas aceitou o copo.

Heather pegou o drinque com Jason. Marina virou-se para a pessoa que estava chegando.

Sra. Bantry disse a sra. Allcock:

— Vamos ver os banheiros.

— Acha que podemos? Não seria indelicado?

— Estou certa que não — disse sra. Bantry. Falou a Jason: — Queremos explorar os seus maravilhosos banheiros novos, sr. Rudd. Podemos satisfazer esta curiosidade puramente doméstica?

— Certamente — disse Jason rindo. — Vão e divirtam-se, meninas. Podem tomar banho, se quiserem.

Sra. Allcock seguiu sra. Bantry pelo corredor.

— Foi muita gentileza sua, sra. Bantry. Devo dizer que nunca teria ousado.

— Tem-se que tentar se se quer alguma coisa — disse sra. Bantry.

Foram pelo corredor, abrindo várias portas. Logo escaparam "Ahs" e "Ohs" de admiração de sra. Allcock e de duas outras mulheres que tinham se juntado a elas.

— Gosto do rosa — disse sra. Allcock. — Oh, adorei o rosa.

— Prefiro aquele com azulejos de delfins, disse uma das outras mulheres.

Sra. Bantry representou o papel de anfitriã com a maior satisfação. Por um momento, esqueceu que a casa não lhe pertencia mais.

— Todos aqueles chuveiros — disse sra. Allcock reverentemente. — Não que *goste* realmente de chuveiros. Nunca sei como você pode manter a cabeça seca.

— Seria bom dar uma olhada nos quartos de dormir — disse uma das mulheres esperançosamente. — Mas acho que seria um *pouco* de intrometimento demais.

— Oh, não creio que possamos fazer *isto* — disse sra. Allcock. Ambas olharam expectantes para sra. Bantry.

— Bem — disse sra. Bantry — acho que não deveríamos — então ficou com pena dela. — Mas acho que ninguém saberia se déssemos uma olhada. — Pôs a mão na maçaneta.

Mas isto não tinha sido previsto. Os dormitórios estavam trancados. Todo o mundo ficou desapontado.

— Acho que eles têm direito a um pouco de reserva — disse sra. Bantry delicadamente.

Elas refizeram seu caminho pelo corredor. sra. Bantry olhou por uma das janelas. Notou embaixo sra. Meavy (do Desenvolvimento) parecendo inacreditavelmente bonita em um vestido de organdi pregueado. Junto de sra. Meavy estava a Cherry de Miss Marple, cujo nome sra. Bantry não conseguiu se lembrar. Estavam falando e rindo e pareciam estar se divertindo.

Subitamente, sra. Bantry teve a impressão de que a casa estava velha, usada e muito artificial. A despeito de toda a tinta brilhante e nova e das reformas, era uma velha mansão vitoriana. "Fiz bem em sair", pensou sra. Bantry. "As casas são como todas as outras coisas. Chega um dia em que passam. Esta aqui já teve os seus dias. Ganhou uma plástica de fachada, mas acho que não adiantou nada."

De repente um rumor de vozes chegou até ela. As duas mulheres que estavam junto pararam.

— O que está havendo? — disse uma delas. — Parece que está acontecendo alguma coisa.

Caminharam pelo corredor em direção às escadas. Ella Zielinsky passou rapidamente por elas. Tentou abrir a porta de um quarto e disse depressa.

— Oh, diabo! É claro que fecharam todos os quartos.

— Está acontecendo alguma coisa? — perguntou sra. Bantry.

— Alguém está passando mal — respondeu srta. Zielinsky laconicamente.

— Oh, Deus, sinto muito. Posso ajudar?

— Há algum médico por aí?

— Não vi nenhum dos médicos locais — disse sra. Bantry.

— Mas é quase certo que haja algum aqui.

— Jason está telefonando — disse Ella Zielinsky —, mas parece que ela está bem mal.

— Quem é? — perguntou sra. Bantry.

— Acho que é uma sra. Badcock.

— Heather Badcock? Mas ela parecia tão bem ainda há pouco.

Ella Zielinsky disse impaciente:

—Teve um derrame, uma síncope ou algo assim. Sabe se sofria do coração ou de alguma coisa deste tipo?

— Realmente não sei nada sobre ela — disse sra. Bantry. — É nova aqui. Vem do Desenvolvimento.

— Do Desenvolvimento? Ah, você quer dizer das casas do governo. Nem sequer sei onde está o marido ou como ele é.

— Meia-idade, gentil, inofensivo — disse sra. Bantry. — Veio com ela e deve estar em algum lugar por aí.

Ella Zielinsky entrou num banheiro.

— Não sei realmente o que dar para ela — disse. — Você acha que sal volátil ou algo parecido?

— Está desmaiada? — disse sra. Bantry.

— É mais do que isso — disse Ella Zielinsky.

— Vou ver se posso fazer alguma coisa — disse sra. Bantry. Virou-se e andou depressa de volta ao topo da escadaria. Ao dobrar em um canto, deu um encontrão em Jason Rudd.

— Viu Ella? — disse. — Ella Zielinsky?

— Ela foi por ali para um dos banheiros. Procurava alguma coisa. Sal volátil ou algo assim.

— Ela não precisa se preocupar — disse Jason Rudd.

Alguma coisa no seu tom fez sra. Bantry tremer. Ela olhou para cima repentinamente.

— Ela está mal? — perguntou. — Muito mal?

— Pode-se dizer que sim — disse Jason Rudd. — A pobre mulher está morta.

— Morta! — Sra. Bantry estava chocadíssima. Repetiu o que dissera antes. — Mas parecia tão bem há pouco.

— Eu sei, eu sei — disse Jason. Ficou ali, com a testa franzida. — Que coisa foi acontecer!

Capítulo 6

I

— Aqui estamos! — disse srta. Knight, pondo a bandeja com o café da manhã na mesa de cabeceira de Miss Marple. — Como nos sentimos esta manhã? Vejo que já abriu as cortinas — acrescentou com uma leve nota de reprovação na voz.

— Eu acordo cedo — disse Miss Marple. — Você fará o mesmo quando tiver a minha idade — acrescentou.

— Sra. Bantry telefonou há cerca de meia hora — disse srta. Knight. — Queria falar com você, mas eu lhe disse que telefonasse novamente depois que você tivesse tomado café. Não ia incomodá-la àquela hora, antes que bebesse uma xícara de chá ou comesse alguma coisa.

— Quando meus amigos telefonam — disse Miss Marple. — Prefiro ser avisada.

— Sei disso, sinto muito — disse srta. Knight —, mas pareceu-me desconsideração. Depois que tiver tomado o chá, comido o ovo quente e a torrada com manteiga, nós veremos.

— Meia hora atrás — disse Miss Marple pensativamente —, deviam ser, deixe-me ver, oito horas.

— Cedo demais — reiterou srta. Knight.

— Não creio que sra. Bantry me telefonasse àquela hora a não ser por uma razão muito especial — disse Miss Marple pensativa. — Ela não costuma me telefonar de manhã cedo.

— Oh, querida, não esquente a sua cabeça com isso — disse srta. Knight suavemente. — Acho que ela telefonará novamente daqui a pouco. Ou prefere que eu ligue para ela?

— Não, obrigada — disse Miss Marple. — Vou tomar meu café enquanto ainda está quente.

— Espero não ter esquecido nada — disse srta. Knight alegremente.

Mas nada fora esquecido. O chá tinha sido feito com água fervendo, os ovos tinham fervido exatamente três minutos e quarenta e cinco segundos, a torrada estava levemente tostada, a manteiga disposta em um bonito floco e a pequena jarra de mel estava ao lado. Em muitos aspectos, inegavelmente, srta. Knight era um tesouro. Miss Marple tomou o café da manhã e gostou. Dali a pouco, começou um ruído de aspirador de pó no andar de baixo. Cherry chegara.

Competindo com o zumbido do aspirador, uma voz fresca e melodiosa entoava uma das canções da moda. Srta. Knight, que entrava para buscar a bandeja, abanou a cabeça.

— Eu gostaria muito que aquela jovem não ficasse cantando pela casa — disse. — Não é o que chamo de respeitável.

Miss Marple esboçou um pequeno sorriso.

— Nunca entraria na cabeça de Cherry que ela teria que ser respeitável — observou. — Por que deveria?

Srta. Knight fungou e disse:

— As coisas estão muito diferentes do que costumavam ser.

— Naturalmente — disse Miss Marple. — Os tempos mudam e esta é uma coisa que se tem que aceitar. — E acrescentou: — Talvez você pudesse telefonar agora para sra. Bantry e descobrir o que queria.

Srta. Knight saiu apressada. Um ou dois minutos depois ouviu-se uma batida suave na porta, e Cherry entrou. Parecia entusiasmada, excitada e extremamente bonita. Amarrado por cima do vestido azul-escuro usava um avental de plástico com um padrão de marinheiros e emblemas navais já meio desbotado.

— Seu cabelo está bonito — disse Miss Marple.

— Fiz um permanente ontem — disse Cherry. — Ainda está um pouco duro, mas logo ficará bom. Vim ver se você já sabe das novas.

— Que novas?

— Sobre o que aconteceu em Gossington Hall ontem. Sabe que houve uma grande festa lá para a St. John Ambulance?

Miss Marple assentiu.

— O que aconteceu? — perguntou.

— Alguém morreu lá. Uma sra. Badcock. Mora na esquina próxima a nós. Acho que você não a conhece.

— Sra. Badcock? — Miss Marple pareceu alerta. — Mas eu a conheço. Acho... sim, era este o seu nome. Ela me ajudou quando caí outro dia. Foi muito delicada.

— Oh, claro que Heather Badcock é gentil, está certo. Algumas pessoas dizem que é gentil demais. Chamam a isso de intromissão. Bem, de qualquer modo, ela se levantou e morreu. Assim mesmo.

— Morreu! Mas de quê?

— Não tenho nem ideia. Tinha sido levada para dentro da casa porque era secretária da St. John Ambulance, acho. Ela, o major e muitos outros. O que escutei foi que bebeu qualquer coisa e, cinco minutos depois, passou mal e morreu num piscar de olhos.

— Que coisa chocante — disse Miss Marple. — Ela sofria do coração?

— Dizem que batia alto como um sino — disse Cherry. — Mas nunca se sabe, não é? Acho que você pode sofrer do coração e ninguém ficar sabendo. De qualquer jeito, posso dizer uma coisa: eles não a mandaram para casa.

Miss Marple pareceu intrigada.

— O que quer dizer com "não a mandaram para casa"?

— O corpo — disse Cherry com entusiasmo inigualado. — O médico disse que teria que ser feita uma necropsia. *Post mortem*... não sei como chamam. Disse que nunca a tinha consultado para coisa alguma, e não havia nada que mostrasse a *causa mortis*. Isto é engraçado — acrescentou.

— O que quer dizer com engraçado? — disse Miss Marple.
— Bem. — Cherry refletiu. — Engraçado. Como se houvesse alguma coisa por trás.
— O marido está terrivelmente perturbado?
— Branco como um lençol. Nunca vi um homem tão arrasado, quer dizer, de se olhar.

Os ouvidos de Miss Marple, longamente familiarizados com nuanças delicadas levaram-na a inclinar levemente a cabeça para um lado como um passarinho curioso.

— Ele era muito dedicado a ela?
— Fazia tudo que ela lhe falava e deixava-a livre — disse Cherry — mas isto não quer dizer sempre que você seja devotado, não é? Pode significar que você não tenha a coragem de se firmar sozinho.
— Você não gostava dela? — indagou Miss Marple.
— Não a conheço direito — disse Cherry. — Conheci, quero dizer. Eu não desgosto, isto é, desgostava dela. Mas não é meu tipo. Muito metida.
— Quer dizer perguntadeira, enxerida?
— Não — disse Cherry. — Não é isto. Era uma mulher muito delicada e estava sempre ajudando as pessoas e sabia sempre qual a melhor coisa a ser feita. O que as pessoas pensavam não lhe interessava. Tive uma tia igual a ela. Adorava bolo de sementes de cominho e costumava fazê-lo para as outras pessoas, mas nunca se preocupou em saber se gostavam. Há pessoas que não suportam, simplesmente não aguentam o cheiro do condimento. Bem, Heather Badcock era um pouco assim.
— Sim — disse Miss Marple pensativamente. — Devia ser. Conheci alguém que era um pouco assim. Essas pessoas — acrescentou — vivem perigosamente, embora não saibam disso.

Cherry olhou para ela.
— Isto que disse é engraçado. Não entendi muito bem.
Srta. Knight entrou.
— Parece que sra. Bantry saiu de casa e não disse para onde ia.

— Posso imaginar aonde — disse Miss Marple. — Está vindo para cá. Vou levantar-me.

II

Miss Marple acabara de alojar-se em sua cadeira favorita perto da janela quando sra. Bantry chegou. Estava ligeiramente ofegante.

— Tenho muito que contar, Jane — disse.

— Sobre a festa? — perguntou srta. Knight. — Você foi à festa ontem, não? Estive lá à tarde, por pouco tempo. A barraca de chá estava cheia de gente. Havia um número espantoso de pessoas. Não consegui nem vislumbrar Marina Gregg, o que foi muito desapontador.

Espanou um pouco a poeira da mesa e disse entusiasticamente:

— Agora acho que vocês duas querem conversar bastante — e saiu do quarto.

— Ela parece que não sabe de nada — disse sra. Bantry. Lançou um olhar penetrante para a amiga. — Jane, creio que você *sabe*.

— Quer dizer sobre a morte de ontem?

— Você sempre sabe tudo — disse sra. Bantry. — Não consigo saber como.

— Bem, querida — disse Miss Marple — da mesma forma que as pessoas sempre sabem das coisas. Minha ajudante, Cherry Baker, trouxe as notícias. Daqui a pouco o açougueiro estará contando o que houve para srta. Knight.

— O que pensa disso?

— A respeito de quê?

— Ora, não seja aborrecedora, Jane. Sabe exatamente o que quero dizer. Essa mulher... qualquer que seja o seu nome.

— Heather Badcock — disse Miss Marple.

— Chega animada e cheia de vida. Eu estava lá quando ela chegou. Cerca de quinze minutos depois, senta-se em uma cadeira, diz que não está bem, arqueja e morre. O que acha *disto*?

— Não se deve tirar conclusões apressadas — disse Miss Marple. — A questão é o que um médico pensaria disto?

Sra. Bantry concordou.

— Está para haver um inquérito e uma necropsia — disse. — Isto mostra o que eles acham, não é?

— Não necessariamente — disse Miss Marple. — Qualquer pessoa pode ficar doente e morrer repentinamente, e eles têm que fazer uma necropsia para descobrir a causa.

— É mais do que isso — disse sra. Bantry.

— Como é que sabe? — interrogou Miss Marple.

— O dr. Sandford foi para casa e telefonou para a polícia.

— Quem contou isto? — inquiriu Miss Marple, muito interessada.

— O velho Briggs — disse sra. Bantry. — Ou melhor, não foi exatamente ele. Você sabe que ele vai cuidar do jardim do dr. Sandford bem tarde e estava podando alguma coisa perto do estúdio quando ouviu o doutor ligando para o distrito policial de Much Benham. Briggs contou para a filha que contou para a mulher dos correios que contou para mim — disse sra. Bantry.

Miss Marple sorriu.

— Vejo que St. Mary Mead não mudou muito.

— A videira é a mesma[1] — concordou sra. Bantry. — Bem, Jane, o que acha?

— Pensa-se naturalmente no marido — disse Miss Marple reflexivamente. — Ele estava lá?

— Sim, estava. Você não pensa que foi suicídio — disse sra. Bantry.

— Certamente que não — disse Miss Marple incisivamente. — Ela não era do tipo.

— Como foi que a conheceu, Jane?

---

[1] Como as raízes da videira espalham-se em todas as direções, usa-se a expressão relacionada à maneira pela qual as notícias correm, ou às pessoas que funcionam como canais de transmissão. (N.T.)

— Foi no dia em que fui dar uma volta no Desenvolvimento e caí perto da casa dela. Foi a gentileza personificada. Era uma mulher muito delicada.

—Viu o marido? Parecia capaz de envenená-la?

— Sabe o que digo — continuou sra. Bantry enquanto Miss Marple esboçava fracos sinais de protesto. — Ele a fez recordar-se do major Smith, Bertie Jones ou de alguém que conheceu há anos e que envenenou a mulher ou tentou fazê-lo?

— Não — disse Miss Marple —, não me lembrou ninguém que conheço. Mas ela sim — acrescentou.

— Quem? Sra. Badcock?

— Sim — disse Miss Marple. — Lembrou-me alguém chamado Alison Wilde.

— E como era Alison Wilde?

—Não tinha a menor ideia do mundo — disse Miss Marple vagarosamente. — Não conhecia as pessoas, nunca pensava nelas. E, então, não podia proteger-se.

— Acho que não estou entendendo uma palavra do que diz — disse sra. Bantry.

— É muito difícil de explicar ao certo — disse Miss Marple, em tom de desculpa. — É uma consequência do fato de ser egocêntrico e não quero dizer egoísta. Você pode ser educado, desinteressado e até solícito. Mas, se é como Alison Wilde, nunca saberá realmente o que está fazendo e o que pode acontecer a você.

— Não pode ser um pouco mais clara? — disse sra. Bantry.

— Bem, acho que poderia dar um exemplo ilustrativo. Não é alguma coisa que tenha acontecido, é apenas algo que estou inventando.

— Prossiga — disse sra. Bantry.

— Bem, suponha que você entrasse em uma loja e soubesse que a proprietária tinha um filho que era o protótipo do delinquente juvenil. Ele estaria lá escutando enquanto você contava para a mãe dele sobre o dinheiro, pratarias ou joias que tinha em casa. Era uma coisa que lhe dava prazer e você queria falar sobre aquilo. Talvez mencionasse uma noite em que fosse sair. Talvez dissesse que nunca tranca a casa. Está completamente absorvida no que está contando porque aquilo ocupa a sua mente. E, então, digamos, naquela noite você volta para casa porque esqueceu alguma coisa e lá está aquele rapaz ruim, que, apanhado em flagrante, vira-se e esfaqueia você.

— Isso pode acontecer com quase todo o mundo, atualmente — disse sra. Bantry.

— Não exatamente — disse Miss Marple. — Muitas pessoas têm um pouco de senso de proteção. Percebem quando não é prudente dizer ou fazer alguma coisa por causa das pessoas que estão escutando, ou por causa do tipo de caráter que aquelas pessoas têm. Mas, como disse, Alison Wilde nunca pensava em ninguém, exceto nela. Era daquelas pessoas que contam para você o que fizeram, viram, sentiram ou ouviram. Nunca mencionam o que os outros disseram ou fizeram. A vida é uma espécie de caminho com mão única. Os outros são como papel de parede num quarto.

Fez uma pausa e então falou:

— Acho que Heather Badcock era deste tipo.

— Acha que era do tipo capaz de intrometer-se em alguma coisa sem saber o que estava fazendo?

— E sem perceber que aquilo seria perigoso — disse Miss Marple. E acrescentou: — É a única razão que encontro para a sua morte. Isto, naturalmente, presumindo-se que *foi* cometido um assassinato.

— Não acha que poderia estar chantageando alguém? — sugeriu sra. Bantry.

— Oh, não — assegurou Miss Marple. — Era uma mulher amável, boa. Seria incapaz de fazer uma coisa *dessas*. — Continuou inquietamente: — A coisa toda nem pareceu muito improvável. Acho que não pode ter sido...

— Sim? — apressou-a sra. Bantry.

— Apenas imaginei que podia ter sido o crime errado — disse Miss Marple refletidamente.

A porta abriu-se e o dr. Haydock entrou inesperadamente. Srta. Knight tagarelava atrás dele.

— Ah, vejo que já está nisso — disse o dr. Haydock olhando para as duas senhoras. — Entrei para ver como estava a sua saúde — olhou para Miss Marple — mas não preciso perguntar. Vejo que adotou o tratamento que sugeri.

— Tratamento, doutor?

Dr. Haydock apontou para o tricô que estava sobre a mesa ao lado dela.

— Desmanchando — disse. — Não estou certo?

Miss Marple piscou levemente, de forma antiquada.

— Você terá uma surpresa, dr. Haydock — disse.

— Não pode jogar areia nos meus olhos, minha querida senhora. Conheço-a há muito tempo. Uma morte súbita em Gossington Hall e todas as línguas de St. Mary Mead estão trabalhando, não é isto? Antes mesmo que alguém saiba o resultado do inquérito, já insinuam que foi assassinato.

— Quando é que vai ser feito o inquérito?

— Depois de amanhã — disse o dr. Haydock — e até lá vocês terão revisto toda a história, decidido sobre o veredicto e uma série de outros pontos. Bem — prosseguiu — não perderei meu tempo aqui. Não é bom gastar o tempo com uma paciente que não necessita de minhas receitas. As faces estão rosadas, olhos brilhantes, vocês estão começando a se divertir. Nada como ter um interesse na vida. Vou indo. — E saiu rapidamente.

— Eu o prefiro mil vezes ao Sandford — disse sra. Bantry.

— Eu também — disse Miss Marple. — Ele é um bom amigo — acrescentou pensativamente. — Acho que veio aqui para me dar o sinal de ir em frente.

— Então *foi* assassinato — disse sra. Bantry. Elas entreolharam-se. — Os médicos, pelo menos, acham isto.

Srta. Knight entrou trazendo café. Pela primeira vez na vida, ambas estavam muito impacientes para receber cordialmente a interrupção. Assim que srta. Knight se retirou, Miss Marple começou.

— Agora vejamos, Dolly, você estava lá...

— Eu praticamente vi acontecer — disse sra. Bantry com uma ponta de orgulho.

— Esplêndido — disse Miss Marple. — Quero dizer, bem, você sabe o que quero dizer. Então pode me contar exatamente o que aconteceu desde o momento em que ela chegou.

— Eu tinha sido convidada para dentro da casa — disse sra. Bantry. — Esnobismo.

— Quem a levou para dentro?

— Oh, um jovem magro. Acho que é secretário de Marina Gregg ou algo parecido. Levou-me até o alto da escadaria. Estava havendo uma espécie de reunião-recepção-comitê no alto.

— No patamar? — disse Miss Marple surpresa.

— Oh, eles mudaram tudo. Derrubaram os quartos de dormir e vestir, de modo que ficou uma espécie de alcova, praticamente um quarto. É muito bonito.

— Entendo. Quem estava lá?

— Marina Gregg, muito natural e charmosa, absolutamente encantadora num vestido liso verde-cinza; o marido, naturalmente; e aquela mulher, Ella Zielinsky, de quem já falei. É a secretária social deles. E acho que havia por ali umas oito ou dez pessoas. Algumas eu conhecia, outras não. Acho que os que não conhecia eram do estúdio. Estavam lá o vigário e a mulher do dr. Sandford. O marido só apareceu mais tarde, e o coronel e sra. Clithering e o superintendente da polícia. Havia também alguém da imprensa e uma jovem com uma grande câmera tirando fotografias.

Miss Marple assentiu:

— Prossiga.

— Heather Badcock e o marido vinham logo depois de mim. Marina Gregg disse-me coisas amáveis, depois para alguém mais, oh sim, o vigário, e então vieram Heather Badcock e o marido. Você sabe que ela é secretária da St. John Ambulance. Alguém falou sobre isto e o quanto ela era trabalhadora e imprescindível, e

Marina Gregg disse coisas bonitas. Então, Jane, devo dizer que sra. Badcock me espantou, mostrando-se um tipo de mulher muito maçante, começando um longo palavrório sobre como há anos encontrara Marina Gregg em algum lugar. E não teve muito tato, pois apressou-se em dizer exatamente há quanto tempo, em que ano acontecera e coisas assim. Estou certa de que as atrizes de cinema e as pessoas não gostam de ser lembradas da idade exata que têm. Mesmo assim, acho que ela não pensou nisso.

— Não — disse Miss Marple. — Ela não é do tipo de pessoa que pensaria nisto. E aí?

— Bem, nada aconteceu quanto a isso, exceto o fato de que Marina Gregg não fez as amabilidades costumeiras.

— Quer dizer que estava aborrecida?

— Não, não é isto. Aliás, acho que não ouviu uma só palavra. Estava olhando fixamente sobre o ombro de sra. Badcock e, quando esta terminou sua tola historinha de como se levantara doente da cama e se esgueirara para fora de casa para ir encontrar-se com Marina Gregg e pegar seu autógrafo, houve uma espécie de silêncio estranho. Então eu vi o seu rosto.

— O rosto de quem? Sra. Badcock?

— Não, de Marina Gregg. Foi como se não tivesse ouvido uma palavra do que aquela mulher, sra. Badcock, dissera. Estava olhando fixamente por cima de seu ombro direto para a parede do lado oposto. Olhava com... não consigo explicar...

— Mas deve tentar, Dolly — dise Miss Marple — porque acho que isso pode ser importante.

— Estava com uma expressão gelada — disse sra. Bantry lutando com as palavras — como se tivesse visto algo. Oh, meu Deus, como é difícil explicar as coisas. Lembra-se da Lady de Shalott? "O espelho quebrou de lado a lado. / 'A morte se abateu sobre mim', gritou / Lady de Shalott." Bem, era assim que ela se parecia. As pessoas riem de Tennyson hoje em dia, mas Lady de Shalott sempre me emocionava quando eu era jovem e ainda me emociona.

— Estava com uma expressão gelada — repetiu Miss Marple, pensativa. — E fitava a parede por cima do ombro de sra. Badcock. O que havia na parede?

— Oh, um quadro qualquer, acho, italiano. Não tenho certeza, mas acho que era uma cópia da *Madona* de Bellini. Uma pintura em que a Virgem está segurando uma criança sorridente.

Miss Marple franziu a testa.

— Não posso entender como uma *pintura* pudesse provocar essa expressão.

— Especialmente porque deve vê-la diariamente — concordou sra. Bantry.

— Ainda havia gente subindo a escada?

— Oh, sim, havia.

— Quem eram, lembra-se?

— Você quer dizer que ela poderia estar olhando para uma das pessoas que estavam subindo a escada?

— Bem, é possível, não é? — disse Miss Marple.

— Claro. Agora, deixe-me ver. Havia o major todo engalanado e a mulher, e um homem com o cabelo comprido e essas barbas engraçadas que se usam hoje em dia. Bastante jovem. Havia também a garota com a câmera. Tinha tomado posição no alto da escada para fotografar as pessoas subindo e apertando a mão de Marina Gregg e, deixe-me ver, duas pessoas que eu não conhecia. Gente do estúdio, acho, e os Grice, de Lower Farm. Pode ser que houvesse mais gente, mas isto é tudo que consigo lembrar.

— Não parece muito promissor — disse Miss Marple. — O que aconteceu depois?

— Acho que Jason Rudd a cutucou, ou algo assim, porque ela pareceu se recompor, sorriu para sra. Badcock e começou a falar as coisas de sempre. Você sabe, doce, despretensiosa, natural, cativante, a cartola usual de truques.

— E daí?

— Então Jason Rudd trouxe drinques.

— Que tipo de drinques?

— Daiquiris, acho. Disse que eram os preferidos da mulher. Deu um a ela e o outro, a Badcock.

— Isto é muito interessante — disse Miss Marple. — Muito interessante mesmo. E o que aconteceu depois disso?

— Não sei, porque levei um grupo de mulheres para ir ver os banheiros. Depois a secretária veio correndo e disse que alguém estava passando mal.

Capítulo 7

O inquérito realizado foi curto e decepcionante. A evidência de identificação foi dada pelo marido e a única evidência posterior foi médica. Heather Badcock morrera em consequência de quatro gramas de dietildexilbarboquindeloridato, ou, sejamos francos, algum desses nomes. Não havia qualquer prova de como a droga fora ministrada.

O inquérito foi suspenso por 15 dias. Depois de concluído, o detetive-inspetor Frank Cornish encontrou-se com Arthur Badcock.

— Poderia dar uma palavra com o senhor, sr. Badcock?
— Claro, claro.

Arthur Badcock parecia, mais do que nunca, uma coisa mastigada e cuspida.

— Não consigo entender — murmurou. — Simplesmente não consigo entender aquilo.

— Estou com um carro aqui — disse Cornish. — Podemos voltar para a sua casa? Lá é melhor, mais reservado.

— Obrigado, senhor. Sim, sim, acho que seria muito melhor.

Saltaram diante do pequeno e limpo portão pintado de azul do nº 3, na Vila Arlington. Arthur Badcock mostrou o caminho, e o inspetor Cornish o seguiu. Tirou a chave da entrada, mas, antes que a pusesse na fechadura, a porta foi aberta pelo lado de dentro. A mulher que a abrira ficou parada atrás e parecia ligeiramente embaraçada. Arthur Badcok ficou perplexo.

— Mary — disse.

— Estava preparando um pouco de chá para você, Arthur. Achei que iria precisar quando voltasse do inquérito.

— É muita amabilidade sua — disse Arthur Badcock com gratidão. — Hum... — hesitou — este é o inspetor Cornish, sra. Bain. Ela é minha vizinha.

— Entendo — disse o inspetor Cornish.

—Vou trazer outra xícara — disse sra. Bain.

Ela desapareceu e, com relutância, Arthur Badcock levou o inspetor para a clara sala de estar forrada de cretone, à direita do vestíbulo.

— Ela é muito amável. Sempre muito amável.

—Você a conhece há muito tempo?

— Oh, não. Só quando viemos para cá.

—Vivem aqui há dois anos, ou são três?

— Quase três anos agora — disse Arthur. — Sra. Bain só chegou há seis meses — explicou. — Depois que o marido morreu, ela se mudou para cá e, como o filho trabalha perto daqui, vem fazer as refeições com ela.

Sra. Bain apareceu nesse momento, trazendo a bandeja da cozinha. Era uma mulher morena, de feições marcantes e cerca de quarenta anos. Sua cor de cigana combinava com os cabelos e olhos escuros. Havia alguma coisa singular em seus olhos. Davam a impressão de estarem atentos. Depositou a bandeja na mesa, e o inspetor Cornish disse alguma coisa agradável e irrelevante. Seu instinto profissional estava alerta. O olhar observador da mulher, seu ligeiro sobressalto quando Arthur Badcock o apresentara não lhe passaram despercebidos. Ele já conhecia aquela leve atitude de inquietação em presença da polícia. Havia duas espécies de mal-estar. Um era o alarme natural e a desconfiança daqueles que infringiam a lei sem premeditação, mas havia um segundo tipo. E ele tinha certeza de que fora o segundo tipo que se manifestara ali. "Algum tempo atrás, sra. Bain deve ter tido algum problema com a polícia", pensou, "alguma coisa que a deixara cuidadosa, cautelosa e arisca". Anotou mentalmente que precisava descobrir mais a respeito de sra. Bain. Depois de deixar a bandeja de chá, sra. Bain recusou o convite para partilhá-lo e foi embora, dizendo que tinha que ir para casa.

— Parece uma boa mulher — disse o inspetor Cornish.

— Realmente. É muito amável, muito boa vizinha, uma mulher muito solidária — disse Arthur Badcock.

— Era muito amiga de sua mulher?

— Não, não, não diria isto. Eram boas vizinhas. Apenas isso.

— Compreendo. Agora, sr. Badcock, queremos que nos dê toda a informação que puder. Os resultados do inquérito foram um choque para o senhor, não?

— Oh, foram sim, inspetor. Percebi que vocês deviam pensar que havia algo errado e eu mesmo quase pensei isto porque Heather sempre foi muito saudável. Praticamente nunca ficou de cama. Disse para mim mesmo: *Deve* haver algo errado, mas parecia tão inacreditável, se é que me entende, inspetor. O que é essa coisa... essa dietildexil... — ele parou.

— Há um nome mais fácil — disse o inspetor. — É vendido sob a marca de Calmo. Nunca ouviu?

Arthur Badcock sacudiu a cabeça, perplexo.

— É mais usado na América do que aqui — disse o inspetor. — É receitado livremente lá.

— Para que serve?

— Induz, pelo que entendo, a um estado mental feliz e tranquilo — disse Cornish. — É indicado para quem está sob tensão: ansiedade, depressão, melancolia, insônia e muitas outras coisas. Receitado apropriadamente não é perigoso, mas não deve ser tomado em exagero. Parece que sua mulher tomou pelo menos seis vezes a dose normal.

Badcock encarou-o.

— Heather nunca tomou nada parecido em sua vida — disse.
— Tenho certeza disto. Não tomava remédios de espécie alguma. Nunca estava deprimida ou aborrecida. Era uma das mulheres mais alegres que possa imaginar.

O inspetor assentiu.

— Entendo. E nenhum médico havia receitado nada desse tipo para ela?

— Não, certamente que não. Tenho certeza disso.
— Quem era o seu médico?
— Era cliente do dr. Sims, mas acho que nunca o consultou desde que viemos morar aqui.

O inspetor Cornish disse pensativamente:

— Então não parecia ser do tipo de mulher que tivesse necessidade ou tomasse isso?

— Não, inspetor, tenho certeza que não. Deve ter tomado por engano.

— É um engano muito difícil de imaginar — disse o inspetor Cornish. — O que bebeu e comeu naquela tarde?

— Bem, deixe-me ver. No almoço...

— Não precisa voltar até o almoço — disse Cornish. — Tomada em quantidade, a droga teria agido rápida e subitamente. O chá. Volte ao chá.

— Bem, fomos para a barraca no andar térreo. Havia um tumulto terrível lá, mas afinal conseguimos um bolinho e uma xícara de chá cada um. Acabamos o mais depressa possível porque estava muito quente na barraca e viemos para fora novamente.

— Comeu apenas um bolinho e tomou uma xícara de chá?
— Sim.
— E depois disso vocês entraram na casa. Está certo?
— Sim. A moça veio e disse que Marina Gregg gostaria muito de conhecer minha mulher, se ela gostaria de entrar na casa. É claro que minha mulher ficou encantada. Vinha falando na Marina Gregg há dias. Todo o mundo estava curioso. Bem, o senhor sabe disso, inspetor, tão bem como qualquer outro.

— Sim, certamente. Minha mulher também estava curiosa. Ora, todo o mundo das redondezas estava pagando o seu *shilling* para entrar e ver Gossington Hall, as reformas feitas, e esperavam poder dar uma olhada em Marina Gregg.

— A jovem nos levou para dentro — disse Arthur Badcock — e para a escadaria. A festa era ali, no patamar lá em cima. Mas parecia bastante modificado, pelo que percebi. Havia um quarto, um recanto enorme com cadeiras e mesas com drinques. Acho que havia de dez a doze pessoas lá.

O inspetor Cornish confirmou.

— E foram recebidos por quem?

— Pela própria Marina Gregg. O marido estava junto, esqueci o nome dele.

— Jason Rudd — disse o inspetor Cornish.

— Oh, sim, mas não o vi primeiro. Bem, de qualquer maneira, srta. Gregg cumprimentou Heather muito delicadamente e pareceu muito contente em vê-la, e Heather contou uma história de como encontrara Marina Gregg há anos nas Índias Ocidentais, e tudo parecia estar nos eixos.

— Tudo parecia estar nos eixos — repetiu o inspetor Cornish. — E depois?

— Depois srta. Gregg perguntou o que íamos tomar. E seu marido, sr. Rudd, trouxe para Heather uma espécie de coquetel. Um diqueri ou qualquer coisa parecida.

— Um daiquiri.

— É isto. Trouxe dois, um para ela e outro para srta. Gregg.

— E o que você tomou?

— *Sherry*.

— Entendo. E vocês ficaram bebendo seus drinques juntos?

— Não, exatamente. Havia mais gente subindo a escada. Pelo menos o major e algumas outras pessoas, um senhor americano e uma senhora, eu acho. Então nos afastamos um pouco.

— E então sua mulher bebeu o daiquiri?

— Não, depois.

— Bem, se não o tomou naquela hora, quando foi?

Arthur Badcock franziu a testa no esforço para se lembrar.

— Acho que ela o colocou sobre uma das mesas. Acho que viu alguns amigos, alguém da St. John Ambulance, que vinha de Much Benham ou de algum outro lugar. De qualquer jeito, começaram a conversar.

— E quando foi que ela bebeu o drinque?

Arthur Badcock franziu a testa novamente.

— Foi um pouco depois disso — disse. — Estava ficando mais cheio de gente. Alguém esbarrou no ombro de Heather e o copo derramou.

— Como foi isso? — O inspetor Cornish levantou os olhos subitamente. — O drinque foi derramado?

— Sim, é como me lembro... Ela pegou o copo, tomou um gole pequeno e fez uma careta. Ela realmente não gostava de coquetéis, mas, sabe como é, não ia desistir por causa daquele. Mas, enquanto estava lá, alguém esbarrou no seu ombro, e o líquido entornou no seu vestido e acho que no de srta. Gregg também. Srta. Gregg não podia ter sido mais delicada. Disse que não se importava, que não deixaria manchas e deu a Heather um lenço para que enxugasse o vestido e então passou-lhe o drinque que tinha nas mãos e disse:

— Tome este, ainda não o toquei.

— Entregou seu próprio drinque? — disse o inspetor. — Está certo disto?

Arthur Badcock fez uma pequena pausa enquanto pensava.

— Sim, estou bastante certo quanto a isto — disse.

— E a sua mulher tomou o drinque?

— Bem, no começo não queria. Disse: "Oh, eu não posso aceitar", e srta. Gregg riu e falou: "Já bebi demais."

— Então sua mulher pegou o copo. E o que fez com ele?

— Virou-se um pouco e bebeu bem depressa, acho. Então andamos um pouco pelo corredor, olhando os quadros e as cortinas de tecidos maravilhosos que nunca vi antes. Aí encontrei um colega meu, o conselheiro Allcock, e estava conversando com ele quando olhei em volta e vi Heather sentada numa cadeira com uma aparência estranha. Então fui até ela e disse: "O que há?" Ela falou que estava se sentindo um pouco esquisita.

— De que maneira?

— Não sei, senhor. Não tive tempo. Tinha a voz enrolada e pastosa e a cabeça um pouco mole. De repente ela arquejou, e a cabeça caiu para a frente. Estava morta, senhor, morta.

Capítulo 8

I

— Você disse St. Mary Mead? — O inspetor-chefe Craddock levantou os olhos bruscamente.

O comissário assistente ficou um pouco surpreso.

— Sim — disse. — St. Mary Mead. Por quê? É alguma...

— Nada, realmente — disse Dermot Craddock.

—Acho que é um lugar bastante pequeno — continuou o outro — embora atualmente estejam construindo muito lá em quase todo o percurso de St. Mary Mead para Much Benham. Os estúdios Hellingforth — acrescentou — ficam do outro lado de St. Mary Mead, em direção a Market Basing. — Ainda parecia inquisitivo. Dermot Craddock sentiu que seria melhor explicar.

— Conheço alguém que mora em St. Mary Mead — disse. Uma velha senhora. Deve estar bem idosa agora. Talvez já tenha morrido, não sei. Mas se não tiver...

O comissário assistente entendeu o que seu subordinado dissera ou pensou ter entendido.

— Sim — disse — isto o ajudaria de certa forma a ficar "por dentro". É bom saber um pouco do falatório local. A coisa toda é muito curiosa.

— O Condado nos convocou para o caso? — perguntou Dermot.

— Sim. Tenho a carta do chefe de lá. Eles sentem que isso não é necessariamente um caso local. A maior casa do lugar,

Gossington Hall, foi recentemente vendida como residência para Marina Gregg, a atriz de cinema, e o marido. Estão rodando um filme nos novos estúdios, em Hellingforth, e parece que ela é a estrela. Uma festa foi organizada nos jardins em benefício da St. John Ambulance. A mulher morta, seu nome é Heather Badcock, era a secretária local e tinha realizado a maior parte do trabalho administrativo da festa. Parecia ser uma pessoa competente, sensível e estimada no lugar.

— Uma dessas mulheres mandonas? — sugeriu Craddock.

— Muito provavelmente — disse o comissário assistente.

— Ainda que, pela minha experiência, as mulheres mandonas raramente sejam assassinadas. Não consigo saber por quê. Quando você pensa nisto, vê que é uma pena. Houve um comparecimento recorde à festa, o tempo estava bom, tudo correndo conforme os planos. Marina Gregg e o marido fizeram uma espécie de pequena recepção íntima em Gossington Hall. Foram cerca de trinta ou quarenta pessoas. As autoridades locais, várias pessoas ligadas à St. John Ambulance, vários amigos particulares de Marina Gregg e umas poucas pessoas ligadas aos estúdios. Tudo muito pacífico, bonito e feliz. Mas, por mais incrível que pareça, Heather Badcock foi envenenada lá.

Dermot Craddock, pensativo, disse:

— Um lugar estranho para se escolher.

— Esta é a opinião do chefe de lá. Se alguém queria envenenar Heather Badcock, por que escolheu precisamente aquela tarde e aquelas circunstâncias? Existem centenas de maneiras muito mais simples de fazê-lo. De qualquer maneira, é um trabalho arriscado derramar uma dose de veneno letal num coquetel com vinte ou trinta pessoas pululando em torno. Alguém devia ter visto alguma coisa.

— Estava mesmo no drinque?

— Sim, com toda certeza. Temos os detalhes aqui. É um daqueles longos nomes intrincados que os médicos gostam, mas uma receita comum na América.

— Na América, entendo.

— Oh, neste país também. Mas estas coisas são manipuladas com muito mais facilidade do outro lado do Atlântico. Tomada em pequenas doses é benéfica.

— Comprada livremente ou sob prescrição médica?

—Você tem que ter a receita.

— Sim, é estranho — disse Dermot. — Heather Badcock tinha alguma ligação com essa gente de cinema?

— Absolutamente nenhuma.

— Algum membro de sua família tinha?

— O marido.

— O marido — disse Dermot refletidamente.

— Sim, sempre se raciocina assim — concordou seu superior — mas o homem de lá, acho que o nome é Cornish, não viu nada de errado aí, embora tenha informado que Badcock parecia desconfiado e nervoso, mas ele também acha que as pessoas respeitáveis frequentemente se comportam assim quando são interrogadas pela polícia. Parece que formavam um casal muito unido.

— Em outras palavras, a polícia de lá não acha que o caso seja deles. Bem, deve ser interessante. Sou eu que vou pegar o caso, senhor?

— Sim, e quanto antes chegar, melhor, Dermot. Quem você quer que vá junto?

Dermot pensou por um ou dois minutos.

—Acho que Tiddler — disse — é um bom homem, e mais, é também um fã de cinema. Isto poderá ser útil.

O comissário assistente concordou.

— Boa sorte — disse.

II

— Bem! — exclamou Miss Marple, ficando corada de prazer e surpresa. — Isto *é* uma surpresa. Como está você, meu querido menino, embora você não seja mais um menino. O que você é... um inspetor, chefe ou esta coisa nova que chamam de comandante?

Dermot explicou seu cargo atual.

— Acho que não preciso perguntar por que veio aqui — disse Miss Marple. — Nosso crime local é considerado merecedor de atenção da Scotland Yard.

— Eles nos passaram o caso — disse Dermot — e, naturalmente, assim que cheguei vim logo para o quartel-general.

— Você quer dizer... — Miss Marple perturbou-se um pouco.

— Sim, tia — disse Dermot desrespeitosamente. — Quero dizer você.

— Temo — disse Miss Marple queixosamente — que eu esteja um pouco por fora das coisas hoje em dia. Não saio muito.

— Sai o suficiente para cair e ser ajudada por uma mulher que vai ser assassinada dez dias depois — disse Dermot Craddock. Miss Marple fez um muxoxo.

— Não sei onde você escutou estas coisas — disse.

— Devia imaginar — disse Dermot Craddock. — Você mesma me disse que, numa cidade pequena, todo o mundo sabe de tudo. E apenas confidencialmente — acrescentou —, você achou que ela ia ser assassinada assim que lhe pôs os olhos em cima?

— Claro que não, claro que não — exclamou Miss Marple. — Que ideia!

— Não viu no marido aquele olhar que a fez lembrar-se de Harry Simpson ou David Jones ou de alguém mais que conheceu há anos e que, depois, empurrou a mulher num precipício?

— Não, eu *não* vi! — disse Miss Marple. — Estou certa de que sr. Badcock seria incapaz de fazer uma coisa tão cruel. Pelo menos — acrescentou pensativa — tenho quase certeza.

— Mas sendo a natureza humana como é — murmurou Craddock maldosamente.

— Exatamente — disse Miss Marple. — Ouso dizer que, depois do impacto inicial, ele não sentirá muito a sua falta.

— Por quê? Ela o maltratava?

— Oh, não! — disse Miss Marple — mas não acho que ela — bem, não era uma mulher muito sensível. Amável, sim. Sensível, não. Podia tomar conta dele quando estivesse doente e gostar dele, mas acho que, bem, ela nem imaginava o que ele pensava ou sentia. Isto torna a vida de um homem muito solitária.

— Ah! — disse Dermot — e é provável que a sua vida vá ser menos solitária no futuro?

— Acho que se casará novamente — disse Miss Marple. — Talvez muito em breve. E provavelmente, o que é uma pena, com uma mulher do mesmo tipo. Quero dizer que se casará com alguém com uma personalidade mais forte que a dele.

— Alguém em vista?

— Não que eu saiba — disse Miss Marple. Acrescentou queixosamente. — Mas eu sei tão pouco.

— Bem, o que você *pensa*? — Dermot Craddock pressionou-a. — Você nunca se enganou em suas suposições.

— Penso — disse Miss Marple inesperadamente — que você devia ir ver sra. Bantry.

— Sra. Bantry? Quem é ela? Uma das pessoas da equipe de filmagem?

— Não — disse Miss Marple — ela vive no East Lodge em Gossington. Estava na festa naquele dia. Foi dona de Gossington Hall durante certo tempo. Ela e o marido, coronel Bantry.

— Estava na festa. E viu alguma coisa?

— Acho que ela mesma deve contar o que viu. Não deve pensar que tenho algum interesse no assunto, mas poderia ser, digamos, sugestivo. Diga-lhe que eu mandei você. Ah, sim, talvez fosse melhor que mencionasse apenas de passagem a Lady de Shalott.

Dermot Craddock olhou-a com a cabeça ligeiramente inclinada.

— Lady de Shalott — disse. — Estas são as palavras do código?

— Não sei se poderia encarar desta forma — disse Miss Marple. — Mas isto a lembrará do que quero dizer.

Dermot Craddock levantou-se.

— Eu voltarei — avisou.

— É muita amabilidade sua — disse Miss Marple. — Talvez, quando tiver tempo, possa vir tomar chá comigo. Se é que você ainda toma chá — acrescentou melancolicamente. — Sei que muitos jovens hoje em dia saem apenas para drinques e outras coisas. Acham que chá à tarde está fora de moda.

— Não sou tão jovem — disse Dermot Craddock. — Sim, virei um dia tomar chá com você. Então conversaremos e falaremos sobre a cidade. A propósito, conhece alguma das artistas do filme ou alguém do estúdio?

— Nada — disse Miss Marple. — Exceto o que ouço — acrescentou.

— Normalmente você ouve bastante — disse Dermot Craddock. — Até logo. Foi muito bom ver você.

III

— Oh, muito prazer — disse sra. Bantry, parecendo ligeiramente surpresa quando Dermot Craddock se apresentou e explicou quem era.

— Que emocionante! Vocês não têm sempre sargentos com vocês?

— Tenho um sargento aqui, sim — disse Craddock. — Mas ele está ocupado.

— Inquéritos de rotina? — perguntou sra. Bantry esperançosamente.

— Mais ou menos — disse Dermot gravemente.

— E Jane Marple mandou-o para mim — falou sra. Bantry enquanto o conduzia para a pequena sala de estar. — Estava justamente arrumando algumas flores — explicou. — Mas hoje é um daqueles dias em que as flores não ficam como você quer. Ou caídas ou espetadas quando não deveriam, e não ficam inclinadas como eu gostaria. De modo que estou grata por ter uma distração, e especialmente uma tão excitante. Então foi mesmo um crime, não?

— Acha que foi crime?

— Bem, suponho que poderia ter sido um acidente. Ninguém ainda disse nada definitivo, isto é, oficial. Apenas aquele trecho muito tolo sobre a inexistência de provas de como foi ministrado o veneno e por quem. Mas, naturalmente, todos nós falamos sobre aquilo como um crime.

— E sobre quem o cometeu?

— Esta é a parte estranha — disse sra. Bantry. — Não comentamos. Porque, realmente, não vejo quem poderia tê-lo feito.

— Você quer dizer que em relação ao fato físico definido, não vê quem poderia tê-lo feito?

— Bem, não, não é isto. Suponho que teria sido difícil, mas não impossível. Quero dizer que não vejo quem poderia *querer* fazê-lo.

— Acha que ninguém poderia querer matar Heather Badcock?

— Francamente — disse sra. Bantry —, não consigo imaginar *ninguém* querendo matar Heather Badcock. Eu a vi bem poucas vezes, em acontecimentos locais. Na reunião das bandeirantes, na St. John Ambulance e na paróquia. Achei-a um tipo de mulher muito cansativo. Entusiasmada a respeito de tudo, um pouco dada ao exagero e efusiva demais. Mas não se mata uma pessoa por causa disso. Era o tipo de mulher que, se antigamente você visse aproximar-se do portão, teria corrido e mandado a criada de quarto, um costume muito útil daqueles tempos, dizer "não está em casa" ou "não recebe visitas".

— Quer dizer que alguém poderia empenhar-se em evitar sra. Badcock, mas ninguém desejaria fazê-la desaparecer.

— Muito bem posto — disse sra. Bantry, balançando a cabeça afirmativamente.

— Também não tinha tanto dinheiro que desse o que falar — murmurou Craddock —, então ninguém ganharia com a sua morte. Ninguém parece desgostar dela a ponto de odiá-la. Não estaria fazendo chantagem com alguém, tampouco?

— Ela nem sequer sonharia em fazer uma coisa destas, tenho certeza — disse sra. Bantry. — Era do tipo conscienscioso e cheio de princípios.

— E o marido não estaria tendo um caso com alguém?

— Não pensaria nisto — disse sra. Bantry. — Eu o vi na festa. Parecia uma coisa mastigada. Bonito, mas molhado.

— Isto não nos deixa muito, não é? — disse Dermot Craddock. — Volta-se à suposição de que ela sabia de alguma coisa.

— Sabia de alguma coisa?

— Capaz de comprometer outra pessoa.

Sra. Bantry sacudiu a cabeça novamente.

— Duvido — disse. — Duvido muito. Ela me pareceu a espécie de mulher que não poderia evitar de falar se soubesse de alguma coisa a respeito de alguém.

— Bem, isto anula esta possibilidade — disse Dermot Craddock. — Chegamos então, se me permite, às minhas razões para vir vê-la. Miss Marple, por quem tenho o maior respeito e admiração, falou-me que era para dizer Lady de Shalott.

— Oh, *aquilo*! — disse sra. Bantry.

— Sim — disse Craddock. — *Aquilo*! O que quer que seja.

— As pessoas hoje em dia não leem muito Tennyson — disse sra. Bantry.

— Uns poucos ecos me vieram à memória — disse Dermot Craddock. — Ela vigiava Camelot, não?

Para fora esvoaçou a teia e pairou ao longe;
O espelho quebrou de lado a lado:
"A maldição se abateu sobre mim", gritou
Lady de Shalott.

— Exatamente. Ela fez — disse sra. Bantry.
— Perdão. Quem fez? Fez o quê?
— Fez aquela cara — disse sra. Bantry.
— Quem fez que cara?
— Marina Gregg.

— Ah, Marina Gregg. Quando foi isto?

— Jane Marple não lhe contou?

— Ela não me disse nada. Mandou-me aqui.

— Isto é muito desagradável da parte dela — disse sra. Bantry — por que ela sabe contar as coisas melhor do que eu. Meu marido costumava dizer que eu era tão confusa que ele nunca sabia sobre o que eu estava falando. De qualquer modo, pode ter sido apenas imaginação minha. Mas, quando você vê alguém com aquela cara, não pode evitar de se lembrar.

— Por favor, conte-me — disse Dermot Craddock.

— Bem, foi na festa. Chamo de festa porque como é que se pode chamar uma coisa dessas? Mas era uma recepção no alto da escadaria, onde construíram uma espécie de vão enorme. Marina Gregg estava lá com o marido. Convidaram alguns de nós para entrar. Suponho que me chamaram porque fui dona da casa, e Heather Badcock e o marido porque ela havia organizado e feito todos os arranjos para a festa. Coincidiu que subimos os degraus mais ou menos na mesma hora. Então eu estava lá quando observei aquilo, entende?

— Perfeitamente. Quando observou o quê?

— Bem, sra. Badcock começou uma longa bajulação, como as pessoas fazem quando encontram celebridades. Você sabe, como era maravilhoso, e que emocionante e como sempre quiseram conhecê-las. Então contou uma enorme história de como encontrara Marina Gregg anos atrás e como fora fantástico. E eu pensava comigo mesma que chateação deve ser para essas pobres celebridades ter que dizer sempre as coisas apropriadas. Então notei que Marina Gregg não estava dizendo as coisas certas. Apenas olhava fixamente.

— Olhava... para sra. Badcock?

— Não, não, parecia ter-se esquecido completamente de sra. Badcock. Quero dizer, não acredito que ela tenha sequer escutado o que sra. Badcock estava dizendo. Apenas fitava, com o que chamo de olhar de Lady de Shalott, como se tivesse visto algo horrível.

Alguma coisa assustadora, algo que ela dificilmente podia acreditar estar vendo e não pudesse suportar.

— A maldição se abateu sobre mim — sugeriu Dermot Craddock pressurosamente.

— Sim, exatamente. Eis por que o chamei de olhar de Lady de Shalott.

— Mas para *onde* ela olhava, sra. Bantry.

— Bem, eu quisera saber — disse sra. Bantry.

— Você diz que ela estava no alto da escada?

— Olhava por cima da cabeça de sra. Badcock, não, mais sobre um dos ombros, acho.

— Direto para o meio da escada?

— Podia ter sido um pouco para o lado.

— E havia pessoas subindo a escada?

— Oh, sim, penso que cerca de cinco ou seis.

— Ela olhava para uma dessas pessoas em particular?

— Não poderia dizer — disse sra. Bantry. — Você entende, eu não estava olhando para este lado. Eu olhava para *ela*. Estava de costas para os degraus. Pensei que estivesse olhando para uma das pinturas.

— Mas, se ela está morando na casa, devia conhecer as pinturas bastante bem.

— Sim, sim, claro. Não, acho que estava olhando para uma daquelas pessoas. Queria saber qual.

— Temos que verificar e descobrir — disse Dermot Craddock. — Consegue se lembrar de todas elas?

— Sei que o major e a mulher estavam entre elas. Havia também um cara. Eu acho que era repórter, de cabelo vermelho, porque fui apresentada a ele mais tarde, mas não consigo lembrar o seu nome. Nunca escuto os nomes. Galbraith, algo assim. Também havia um homem muito escuro. Não quero dizer um negro, apenas muito escuro, que chamava a atenção. Estava com uma atriz. Um pouco oxigenada demais, do tipo chamativo. E o velho general Barnstaple, de Much Benham. Está praticamente gagá agora, o pobre. Não acho que *ele* pudesse ter contribuído para a morte de ninguém. Oh! e os Grice da fazenda.

— Estas são as pessoas de que consegue se lembrar?

— Bem, devia haver outras. Mas, você vê, eu não estava, bem, quero dizer que não estava observando nada em particular. Sei que o major, o general Barnstaple e os americanos chegaram por volta daquela hora. E havia umas pessoas tirando fotos. Uma era um homem do lugar, e a outra, uma garota de Londres, do tipo artístico, com um longo cabelo e uma câmera bem grande.

— E você acha que uma dessas pessoas provocou aquele olhar em Marina Gregg?

— Realmente não acho nada — disse sra. Bantry com toda a franqueza. — Apenas imaginei o que poderia ter provocado aquele olhar e depois não pensei mais naquilo. Mas a gente sempre se lembra dessas coisas mais tarde. Naturalmente — acrescentou sra. Bantry com honestidade — *posso* ter imaginado isso. Afinal de contas, ela pode ter tido uma dor de dentes súbita, ou um alfinete se soltou dentro da sua roupa ou sentiu uma cólica violenta. O tipo de coisa que você tenta não tomar conhecimento e não deixar transparecer, mas não pode evitar que o rosto fique horrível.

Dermot Craddock riu.

— Fico contente em ver que é realista, sra. Bantry. Como disse, pode ter sido uma coisa desse tipo. Mas é certamente um pequeno fato interessante que pode fornecer uma pista.

Ele apertou a mão de sra. Bantry e partiu para apresentar-se oficialmente em Much Benham.

Capítulo 9

I

— Quer dizer que localmente você não chegou a lugar algum? — disse Craddock, oferecendo sua cigarreira para Frank Cornish.

— Completamente — disse Cornish. — Nenhum inimigo, nenhuma briga, entendia-se com o marido.

— Nada sobre outra mulher ou homem?

O outro sacudiu a cabeça.

— Nada do gênero. Nenhum sinal de escândalo. Ela não era o que você pode chamar de sexy. Participava de uma porção de comitês e coisas desse tipo e havia algumas rivalidades locais, mas nada além disso.

— Havia alguém com quem o marido quisesse se casar? Alguém do escritório onde trabalhava?

— Ele está no Biddle & Russel, negócios imobiliários e avaliação. Lá trabalham Florrie West com adenoides e srta. Grundle, que tem pelo menos cinquenta anos e é plana como uma estaca, nada que excite muito um homem. Mas, apesar disso tudo, eu não me surpreenderia se ele se casasse de novo dentro de pouco tempo.

Craddock ficou interessado.

— Uma vizinha — explicou Cornish. — Viúva. Quando voltei com ele do inquérito, ela estava dentro da casa preparando chá e tomando conta dele de um modo geral. Ele pareceu surpreso e grato. Se me perguntar, acho que a mulher decidiu se casar com ele, mas ele ainda não sabe disto, pobre sujeito.

— Que tipo de mulher é ela?
— Boa aparência — admitiu o outro. — Não é jovem, mas é simpática de uma maneira misteriosa. Morena. Olhos escuros.
— Qual é seu nome?
— Bain. Sra. Bain. Mary Bain. É viúva.
— O que o marido fazia?
— Não tenho ideia. Ela tem um filho que trabalha perto daqui e vive com ela. Parece uma mulher tranquila e respeitável. Mesmo assim, sinto que já a vi antes. — Olhou para o relógio. — Dez para o meio-dia. Marquei um encontro para você em Gossington Hall, às doze horas. É melhor irmos.

II

Os olhos de Dermot Craddock, que sempre estavam gentilmente desatentos, faziam agora um detalhado levantamento mental do aspecto de Gossington Hall. O inspetor Cornish o levara lá, entregara-o ao jovem chamado Hailey Preston e se retirara discretamente. Desde então, Dermot Craddock estivera gentilmente fazendo sinais de assentimento de vez em quando, ao mesmo tempo que escutava o fluxo de conversação que emanava de sr. Preston. Hailey Preston, ele deduziu, era uma espécie de relações públicas ou assistente pessoal ou secretário particular, ou, mais provavelmente, uma mistura dos três, para Jason Rudd. Ele falava. Falava livremente sobre tudo, sem muita modulação e conseguindo miraculosamente não se repetir muito frequentemente. Era um jovem agradável, ansioso para que suas opiniões, reminiscências daquelas do dr. Pangloss de que tudo era para o melhor no melhor dos mundos possíveis, fossem compartilhadas por qualquer pessoa em cuja companhia estivesse. Disse várias vezes e de várias maneiras como era terrível o que acontecera, como todo o mundo estava preocupado, como Marina estava absolutamente prostrada, como Sr. Rudd estava mais desnorteado do que ele poderia expressar, como alguém poderia sequer supor que uma coisa daquelas fosse acontecer, não é? Será que poderia ter havido um caso de alergia a alguma substância específica? Ele apenas lançava a ideia. Afinal de contas, alergias eram coisas extraordinárias. O inspetor-chefe Craddock podia contar com toda a cooperação possível que os estúdios Hellingforth ou alguém da equipe pudesse dar. Podia fazer as perguntas que quisesse e ir aonde quisesse. Eles todos tinham grande respeito por sra. Badcock e apreciavam seu forte senso comunitário e o valioso trabalho que havia feito para a St. John Ambulance.

Então ele começou novamente, não com as mesmas palavras mas usando os mesmos temas. Ninguém poderia ser mais ansiosamente cooperativo. Ao mesmo tempo, ele se empenhava em convir como tudo isso era estranho ao transparente mundo dos estúdios e que sr. Jason e srta. Marina Gregg e todas as pessoas da casa fariam o máximo que pudessem para ajudá-lo de todas as maneiras possíveis. Então balançou a cabeça gentilmente umas quarenta e quatro vezes. Dermot Craddock aproveitou-se da trégua para dizer:

— Muito obrigado.

Foi dito de uma maneira tranquila, mas de forma tão concludente, que trouxe sr. Hailey Preston de volta com um puxão. Ele disse:

— Bem — e parou inquisitivamente.

— Você disse que eu podia fazer perguntas?

— Claro. Claro. Vá em frente.

— Foi aqui que ela morreu?

— Sra. Badcock?

— Sra. Badcock. É aqui o lugar?

— Sim, claro. Bem aqui. Pelo menos, bem, posso mesmo mostrar a cadeira para você.

Eles estavam no patamar. Hailey Preston andou um pequeno trecho do corredor e apontou para uma pretensiosa cadeira de carvalho.

— Ela se sentou bem ali — disse. — Falou que não se sentia bem. Alguém foi buscar alguma coisa, e ela simplesmente morreu, bem ali.

— Entendo.

— Não sei se consultara um médico ultimamente. Se tivesse sido avisada que tinha alguma coisa errada no coração...

— Não havia nada errado com o seu coração — disse Dermot Craddock. — Era uma mulher saudável. Morreu porque tomou seis vezes a dose máxima de uma substância cujo nome oficial não tentarei pronunciar, mas que sei que é vendida sob o nome de Calmo.

— Sei, sei — disse Hailey Preston. — Eu mesmo tomo algumas vezes este remédio.

— É mesmo? Isso é muito interessante. Acha que o efeito é bom?

— Maravilhoso! Maravilhoso! Eleva o ânimo e acalma, se entende o que quero dizer. Naturalmente — acrescentou — tem que ser tomado na dosagem certa.

— Será que existem estoques desta substância na casa?

Sabia a resposta que seria dada, mas fez como se não soubesse. A resposta de Hailey Preston foi muito franca.

— Caminhões dela, eu diria. Deve haver um vidro em quase todos os armários dos banheiros.

— O que não facilita a nossa tarefa.

— Naturalmente — disse Hailey Preston — ela mesma podia ter pegado a coisa e, ao tomar uma dose, como eu disse, teve uma alergia.

Craddock não pareceu convencido. Hailey Preston suspirou e disse:

— Está bem certo acerca da dosagem?

— Oh, sim. Foi uma dose letal, e sra. Badcock não costumava tomar estas coisas. Tanto quanto pudemos descobrir, as únicas coisas que tomava eram bicarbonato de sódio e aspirina.

Hailey Preston balançou a cabeça e disse:

— Isto certamente nos cria um problema. Claro.

— Onde sr. Rudd e srta. Gregg receberam seus convidados?

— Bem aqui. — Hailey Preston dirigiu-se para um ponto no alto da escadaria.

O inspetor-chefe Craddock ficou ao lado e olhou para a parede em frente. No centro, estava uma Madona italiana com a criança. Uma boa cópia — presumiu — de alguma pintura conhecida. A Madona vestida de azul erguia nos braços o menino Jesus, e ambos, criança e mãe, estavam rindo. Pequenos grupos de pessoas ficavam de cada lado, com os olhos levantados para a criança. "Uma das Madonas mais bonitas", pensou Dermot Craddock. Dos lados direito e esquerdo da pintura havia duas janelas estreitas. O efeito geral era encantador, mas ali não havia obviamente nada que pudesse provocar numa mulher um olhar de Lady de Shalott que tivesse a morte sobre si.

— Naturalmente havia gente subindo as escadas? — perguntou.

— Sim, vinham aos poucos, e não de uma só vez. Eu mesmo guiei alguns. Ella Zielinsky, a secretária de sr. Rudd, trouxe outros. Queríamos que tudo fosse agradável e informal.

— Onde você estava na hora em que sra. Badcock subiu?

— Lamento dizer, inspetor-chefe Craddock, que simplesmente não me lembro. Eu estava com uma relação de nomes, saía e conduzia algumas pessoas para dentro. Eu os apresentava, servia os drinques e então saía novamente para buscar outra turma. Naquela época, eu ainda não conhecia sra. Badcock pessoalmente e ela não constava da minha lista.

— E uma tal de sra. Bantry?

— Ah, sim, foi uma das antigas proprietárias deste lugar, não? Acredito que ela, sra. Badcock e o marido *realmente* subiram mais ou menos na mesma hora. — Fez uma pausa. — E o major veio logo depois. Estava com uma grande corrente e a mulher loura, que usava então um vestido azul real com babados. Lembro-me de todos eles. Não servi drinques para ninguém porque tinha que descer para pegar o próximo grupo.

— Quem serviu os drinques?

— Ora, não sei dizer exatamente. Éramos três ou quatro ajudando. Sei que o major vinha subindo exatamente quando desci os degraus.

— Pode se lembrar de quem mais estava na escada?

— Jim Galbraith, um dos rapazes do jornal, que estava cobrindo a festa, e três ou quatro pessoas que não conhecia. Havia uma dupla de fotógrafos, um do lugar, não me lembro o nome, e uma artista de Londres, especializada em ângulos originais. Sua câmera estava bem naquele canto, de modo que tinha uma boa visão de srta. Gregg recebendo. Ah, deixe-me pensar, imagino que foi quando Ardwyck Fenn chegou.

— E quem é Ardwyck Fenn?

Hailey Preston ficou chocado.

— É um figurão, inspetor-chefe. Um grande empresário de televisão e cinema. Nós nem sabíamos que estava no país.

— Sua vinda foi uma surpresa?

— Eu diria que sim — disse Preston. — Foi muita amabilidade dele e bastante inesperado.

— Era um velho amigo de srta. Gregg e sr. Rudd?

— Foi amigo íntimo de Marina Gregg há uns bons anos, quando ela estava casada com o segundo marido. Não sei se Jason o conhecia.

— De qualquer modo, foi uma agradável surpresa a sua vinda?

— Claro que sim. Ficamos todos encantados.

Craddock assentiu e passou para outros assuntos. Fez meticulosas indagações sobre os drinques, os ingredientes, como eram servidos e quem os servia, que empregados permanentes ou contratados estavam trabalhando. As respostas pareciam conduzir, como o inspetor Cornish havia sugerido, à conclusão de que qualquer uma das trinta pessoas *podia* ter envenenado Heather Badcock com a maior facilidade, embora ao mesmo tempo qualquer uma das trinta pessoas pudesse ter sido vista fazendo aquilo! "Seria o caso", refletiu Craddock, "de se correr um grande risco".

— Obrigado — disse finalmente. — Agora, se me permite, gostaria de falar com srta. Marina Gregg.

Hailey Preston sacudiu a cabeça.

— Sinto muito — disse. — Peço muitas desculpas, mas isto está fora de questão.

Craddock levantou as sobrancelhas.

— Certamente!

— Ela está prostrada. Absolutamente prostrada. Seu médico particular está aqui. Ele redigiu um atestado. Eu o tenho aqui, vou mostrá-lo a você.

Craddock pegou o papel e leu.

— Entendo — disse. — Marina Gregg tem sempre um médico com ela?

— Todos estes atores e atrizes são muito tensos, levam uma vida muito agitada. Normalmente se considera desejável, em se tratando de figurões, que tenham um médico que conheça a sua constituição e os seus nervos. Maurice Gilchrist tem boa reputação. Trata de srta. Gregg há muitos anos. Como você deve ter lido, ela esteve muito doente nos últimos tempos e foi hospitalizada durante um bom período, e só recuperou suas forças há um ano.

— Entendo.

Hailey Preston pareceu aliviado porque Craddock não insistiu mais.

— Quer ver Sr. Rudd? — sugeriu. — Ele estará... — olhou o relógio de pulso — ele estará de volta dos estúdios em dez minutos, se for bom para você.

— Isto será excelente — disse Craddock. — Enquanto isso, o dr. Gilchrist está na casa?

— Está.

— Gostaria de conversar com ele.

— Ora, certamente. Vou buscá-lo agora mesmo.

O jovem retirou-se apressadamente. Dermot Craddock ficou parado pensativamente no alto da escadaria. É claro que a tal expressão gelada fora inteiramente imaginada por sra. Bantry. "Era uma mulher", pensou "que se apressava em tirar conclusões". Ao mesmo tempo, ele achava que muito provavelmente era uma conclusão acertada. Sem ter realmente ficado como a Lady de Shalott, vendo a morte precipitando-se sobre ela, Marina Gregg podia ter visto alguma coisa que a perturbara ou aborrecera. Alguma coisa que fizera com que negligenciasse sua convidada. Alguém subira aqueles degraus, um convidado inesperado, um convidado indesejável?

Voltou-se ao ouvir passos. Hailey Preston estava de volta e com ele o dr. Maurice Gilchrist. O dr. Gilchrist não era de forma alguma o que Dermot Craddock tinha imaginado. Não tinha maneiras suaves nem aparência teatral. Pareceu, de fato, um homem áspero, direto e objetivo. Vestia-se com *tweed*, excessivamente colorido para o gosto inglês. Os cabelos castanhos eram espigados e tinha olhos argutos e observadores.

— Dr. Gilchrist? Sou o inspetor-chefe Dermot Craddock. Poderia trocar algumas palavras com o senhor em particular?

O doutor concordou. Andou quase até o fundo do corredor, abriu uma porta e convidou Craddock para entrar.

— Ninguém nos incomodará aqui — disse.

Era obviamente o quarto de dormir do médico, confortavelmente arranjado. O dr. Gilchrist indicou uma cadeira e então sentou-se.

— Pelo que entendi — disse Craddock —, de acordo com o senhor, Marina Gregg não pode ser entrevistada. O que há com ela, doutor?

Gilchrist encolheu levemente os ombros.

— Nervos — disse. — Se você lhe fizesse perguntas agora, ela estaria beirando a histeria em dez minutos. Não posso permitir isto. Se quiser mandar o médico da polícia para falar comigo, estarei pronto a expressar-lhe os meus pontos de vista. Ela não estava em condições de comparecer ao inquérito pelas mesmas razões.

— Por quanto tempo — perguntou Craddock — este estado de coisas vai continuar?

O dr. Gilchrist olhou para ele e sorriu. Era um sorriso agradável.

— Se quer minha opinião — disse — quero dizer, a opinião de um leigo e não do médico, a qualquer momento nas próximas 48 horas, ela não apenas desejará vê-lo, mas estará pedindo para vê-lo. Vai querer fazer perguntas e responder às suas. Eles são assim! — Inclinou-se para a frente. — Gostaria de tentar fazê-lo compreender um pouco o que leva essas pessoas a agirem de certa maneira, inspetor. A vida no mundo do cinema é uma tensão permanente, e, quanto mais sucesso você faz, maior é a tensão. Você está sempre, o dia inteiro, sob o olhar público. Quando está no local, trabalhando, é um trabalho monótono que dura horas. Você vai para lá de manhã, senta-se e espera. Faz a sua pequena parte, que é filmada várias vezes. A repetição no teatro é mais humana e aceitável porque você repete um ato, ou pelo menos parte dele, e a coisa tem uma sequência. Mas, quando se roda um filme, tudo é feito fora de sequência. É um negócio monótono, desgastante, exaustivo. Claro que você vive luxuosamente, tem drogas calmantes, banhos, cremes e pós e cuidados médicos, distrai-se com as festas e as pessoas, mas está sempre sob o olhar público. Não pode distrair-se tranquilamente. Não pode realmente *sequer relaxar*.

— Posso entender isso — disse Dermot. — Sim, eu compreendo.

— E há ainda outra coisa — continuou Gilchrist. — Se você escolhe esta carreira, e especialmente se é muito bom no seu trabalho, você pertence a uma determinada espécie de pessoas. Você é uma pessoa, pelo menos foi o que descobri na minha experiência, que estará ameaçada o tempo todo pela falta de confiança em si mesma, por um terrível sentimento de incapacidade, de apreensão de que não pode fazer aquilo que lhe é exigido. As pessoas dizem que os atores e as atrizes são convencidos. Isto não é verdade. Eles não são vaidosos de si mesmos; são *obcecados* consigo mesmos, mas precisam ser estimulados todo o tempo. *Necessitam* ser continuamente estimulados. Pergunte a Jason Rudd. Ele dirá o mesmo. Você tem que fazê-los sentir que podem, assegurá-los de que podem fazê-lo, repetir as mesmas coisas todo o tempo até conseguir o efeito que deseja. Mas estão sempre inseguros. E é isto que os torna nervosos, uma palavra comum, humana e banal. Terrivelmente nervosos. Uma massa de nervos. E, quanto pior estão seus nervos, melhor eles trabalham.

— Isto é interessante — disse Craddock. — Muito interessante. — Fez uma pausa, acrescentando: — Embora eu não saiba exatamente por que você...

— Estou tentando fazê-lo compreender Marina Gregg — disse Maurice Gilchrist. — Você viu seus filmes, sem dúvida.

— É uma atriz maravilhosa — disse Dermot —, maravilhosa! Ela tem personalidade, beleza e simpatia.

— Sim — disse Gilchrist —, ela tem tudo isso e teve de trabalhar como o diabo para produzir os efeitos que conseguiu. Nesse processo, seus nervos ficaram em pedaços, e ela não é verdadeiramente uma mulher forte fisicamente. Não tanto quanto alguém precisa ser. Tem um desses temperamentos que oscilam entre o desespero e a euforia. Não pode evitar, ela é assim. Já sofreu muito, e grande parte desse sofrimento foi por sua própria culpa, mas a outra parte não. Nenhum de seus casamentos foi feliz, exceto este último, eu diria. Encontrou um homem que a ama muito, que já a amava há muitos anos e se sente protegida e feliz. Pelo menos, até o momento está feliz. Não se pode dizer quanto tempo vai durar. O problema é que ou ela pensa que finalmente chegou ao ponto ou lugar ou momento na sua vida em que tudo é como num conto de fadas, que nada de ruim pode acontecer e que nunca mais será infeliz; ou, então, cai em depressão, é uma mulher com a vida arruinada, que nunca conheceu o amor e a felicidade e nunca conseguirá isto. — E acrescentou secamente: — Se ela pudesse apenas parar a meio caminho entre os dois extremos, seria maravilhoso para ela; e o mundo teria perdido uma ótima atriz.

Parou de falar, mas Dermot Craddock ficou em silêncio. Estava imaginando por que Maurice Gilchrist tinha falado aquilo. Por que esta análise detalhada de Marina Gregg? Gilchrist olhava para ele. Era como se forçasse Dermot a fazer uma determinada pergunta. Dermot pensava intensamente em qual seria essa pergunta. Finalmente disse devagar, com ar de quem está sondando o caminho:

— Ela ficou muito abalada com a tragédia que aconteceu aqui?
— Sim — disse Gilchrist. — Ficou.
— Quase exageradamente?
— Isto depende — disse o dr. Gilchrist.
— Depende de quê?
— Da sua razão para ficar abalada.
— Acho — disse Dermot cuidadosamente — que deve ter sido um choque uma morte súbita daquelas no meio de uma festa.

Viu muito pouca reação no rosto defronte dele.

— Ou deveria dizer que foi alguma coisa maior do que isto?
— Naturalmente você não pode dizer como as pessoas vão reagir — disse o dr. Gilchrist. — Mesmo que as conheça muito bem, sempre podem surpreendê-lo. Marina poderia ter superado isso facilmente. É uma pessoa sensível. Poderia ter dito: "Oh pobre, pobre mulher, que tragédia. Como pôde acontecer isto." Poderia ter sido solidária sem se importar realmente. Afinal de contas, normalmente ocorrem mortes nas festas do Estúdio. Ou poderia ainda, se não houvesse mais nada interessante acontecendo, resolver, inconscientemente, dramatizar a coisa. Poderia fazer uma cena. Ou então sempre haveria alguma razão.

Dermot resolveu pegar o touro pelos chifres.

— Gostaria que me dissesse o que pensa realmente.
— Não sei — disse o dr. Gilchrist — não tenho certeza. — Fez uma pausa e então falou. — Existe uma ética profissional, como sabe. Há a relação entre o médico e o paciente.
— Ela contou alguma coisa para você?
— Não sei se iria tão longe.
— Marina Gregg conheceu essa mulher, Heather Badcock? Já a vira antes?

— Não creio que a conhecesse — disse o dr. Gilchrist. — Não, o problema não é este. Se me perguntar, diria que não tem nada que ver com Heather Badcock.

— Essa droga, Calmo — disse Dermot. — Marina também toma?

— Praticamente vive disso — disse o dr. Gilchrist — como todo o mundo por aqui — acrescentou. — Ella Zielinsky, Hailey Preston, metade do pessoal do Estúdio, é a moda do momento. Essas drogas são muito parecidas. As pessoas se cansam de uma, experimentam outra mais nova e acham maravilhoso, um efeito sensacional.

— E elas causam esse efeito?

— Bem — disse Gilchrist — *fazem* efeito. Cumprem a sua tarefa. Acalmam, estimulam, fazem você sentir que é capaz de realizar coisas que nem sequer sonharia. Receito o menos que posso, mas não são perigosas se tomadas sobre controle. Ajudam as pessoas que não podem se ajudar.

— Gostaria de saber — disse Dermot Craddock — o que é que está tentando me dizer.

— Estou tentando decidir qual é o meu dever — disse Gilchrist. — Há dois deveres. Há o dever do médico para com o paciente. O que ele diz ao médico é confidencial e deve ser mantido assim. Mas há um outro aspecto. Você pode imaginar que o paciente corre perigo e deve tomar medidas para evitá-lo.

Ele parou. Craddock olhou-o e esperou.

— Sim — disse o dr. Gilchrist. — Acho que sei o que devo fazer. Quero pedir ao senhor, inspetor Craddock, que mantenha em segredo o que vou dizer. Não dos seus colegas, naturalmente, mas do domínio público, particularmente das pessoas da casa. Concorda?

— Não posso me comprometer — disse Craddock — não sei o que poderá surgir daí. Em termos gerais, concordo, quero dizer, qualquer informação que me desse, eu preferiria guardar para mim e meus colegas.

— Agora escute — disse Gilchrist — isto pode não significar absolutamente nada. As mulheres dizem qualquer coisa quando estão no estado de nervos em que Marina Gregg está agora. Estou dizendo o que ela me contou. Pode não haver nada aí.

— O que foi que ela falou? — perguntou Craddock.

— Ela caiu em depressão quando aquilo aconteceu e mandou me chamar. Dei-lhe um sedativo, fiquei ao seu lado, segurando sua mão, dizendo para se acalmar, e que tudo ia ficar bem. Então, pouco antes de ficar inconsciente, ela disse: "Aquilo foi planejado para *mim*, doutor."

Craddock fitou-o.

— Ela disse isso? E depois, no outro dia?

— Nunca mais se referiu a isso. Uma vez eu levantei a questão e ela desconversou. Disse: "Oh, você deve ter se enganado. Tenho a certeza de que não disse nada parecido. Acho que estava meio dopada na hora."

— Mas você acha que ela quis dizer aquilo?

— Quis sim. O que não quer dizer que tenha acontecido — advertiu. — Se alguém deseja envenená-la ou a Heather Badcock, eu não sei. Você provavelmente sabe melhor do que eu. Tudo que digo é que Marina realmente pensou que a dose era para ela.

Craddock ficou em silêncio por alguns momentos. Então disse:

— Obrigado, dr. Gilchrist. Gostei do que me disse e entendo suas razões. Se o que Marina Gregg disse para o senhor tinha fundamento, poderá significar, ou não, que ainda há perigo para ela?

— Este é o ponto — disse Gilchrist. — Esta é toda a questão.

— Tem alguma razão para pensar que isso poderia ser verdade?

— Não, não tenho.

— Não tem ideia de quais são os motivos para ela pensar assim?

— Não.

— Obrigado.

Craddock se levantou.

— Apenas uma coisa mais, doutor. Sabe se ela disse a mesma coisa para o marido?

Gilchrist balançou a cabeça vagarosamente.

— Não — disse —, estou bem certo disso. Ela não falou com o marido.

Seus olhos se encontraram com os de Dermot por alguns momentos, então fez um ligeiro movimento com a cabeça e disse:

— Ainda precisa de mim? Está bem. Vou voltar para dar uma olhada na paciente. O senhor falará com ela o mais breve possível.

Ele deixou o quarto, e Craddock ficou apertando os lábios e assobiando baixinho.

Capítulo 10

— Jason já chegou — disse Hailey Preston. — Pode me acompanhar, inspetor, eu o levarei ao quarto dele.

O aposento que Jason Rudd usava como escritório e sala de estar era no primeiro andar. Confortavelmente mobiliado, mas não luxuoso. Um lugar com pouca personalidade e nenhuma indicação dos gostos particulares ou predileções de seu ocupante. Jason Rudd levantou-se da mesa e veio ao encontro de Dermot. "Era totalmente desnecessário", pensou Dermot, "que o quarto tivesse personalidade; o dono tinha muita". Hailey Preston fora um falador eficiente e volúvel. Gilchrist tinha força e magnetismo. Mas aqui estava um homem, como Dermot imediatamente admitiu para si mesmo, que não seria fácil de ler. Ao longo de sua carreira, Craddock encontrara e conhecera muita gente. Agora já era capaz de perceber as potencialidades e, muito frequentemente, até ler os pensamentos da maioria das pessoas com quem tinha contato. Mas sentiu logo que uma pessoa só seria capaz de aferir os pensamentos de Jason na medida em que ele próprio o permitisse. Os olhos profundos e pensativos percebiam muito, mas não revelariam facilmente. A cabeça feia e irregular denotava um excelente intelecto. O rosto de palhaço podia atrair ou repelir. "Aqui", pensou Dermot Craddock, "é onde eu me sento, escuto e tomo nota cuidadosamente".

— Desculpe-me, inspetor, se teve que esperar por mim. Fiquei preso por causa de uma pequena complicação nos Estúdios. Aceita um drinque?

— Não agora, obrigado, sr. Rudd.

O rosto de palhaço subitamente se contraiu numa espécie de divertimento irônico.

— Não é a casa para se tomar um drinque, não é o que está pensando?

— Por falar nisso, não era o que eu estava pensando.

— Não, acho que não. Bem, inspetor, o que quer saber? O que posso contar para o senhor?

— Sr. Preston respondeu muito adequadamente a todas as perguntas que fiz.

— E isto o ajudou?

— Não tanto quanto eu desejaria.

Jason Rudd pareceu curioso.

—Também vi o dr. Gilchrist. Ele me informou que sua mulher ainda não está em condições de ser interrogada.

— Marina é muito sensível — disse Jason Rudd. — Francamente, ela está sujeita a tempestades nervosas. Mas um crime tão próximo, o senhor admitirá, é capaz de desencadear uma crise de nervos.

— Não é uma experiência agradável — concordou Dermot Craddock, secamente.

— De qualquer modo, duvido que haja alguma coisa que minha mulher possa contar que o senhor não saiba igualmente bem por mim. Estava ao seu lado quando a coisa aconteceu e, francamente, eu diria que sou melhor observador que ela.

— A primeira pergunta que gostaria de fazer — disse Dermot —, e é uma pergunta que provavelmente já respondeu mas que por isso mesmo vou fazer novamente, é se o senhor ou sua mulher tiveram algum contato anterior com Heather Badcock.

— Nunca. Eu certamente nunca vira a mulher na minha vida. Recebera duas cartas dela da parte da St. John Ambulance, mas nunca a conhecera pessoalmente até cinco minutos antes da sua morte.

— Mas ela dizia que conhecia a sua mulher?

— Sim, há 12 ou 13 anos, pelo que percebi. Nas Bermudas. Alguma festa de beneficência em que Marina fez a abertura, eu acho, e sra. Badcock, logo que foi apresentada, começou uma longa história de como se levantara gripada da cama e conseguira ir à festa para pegar o autógrafo de minha mulher.

Novamente o sorriso irônico enrugou seu rosto.

— Esta, devo dizer, é uma ocorrência muito comum, inspetor. Geralmente muitas pessoas se empenham em conseguir um autógrafo de minha mulher e é um momento que elas guardam e recordam. É muito compreensível que seja um acontecimento em suas vidas. Igualmente compreensível é o fato de minha mulher não se lembrar de um entre mil caçadores de autógrafos. Ela não tinha lembrança nenhuma de sequer ter visto sra. Badcock antes.

— Posso compreender isso muito bem — disse Craddock. — Mas fui informado por um espectador, sr. Rudd, que sua mulher esteve ligeiramente *distraída* durante os poucos minutos em que Heather Badcock falou com ela. O senhor concorda com isto?

— É muito provável. Marina não é particularmente resistente. Naturalmente já está acostumada ao que eu chamo de trabalho de relações públicas, e pode desincumbir-se de seus deveres nesse ponto quase que automaticamente. Mas, ao fim de um longo dia, ela poderia vacilar ocasionalmente. É o que pode ter acontecido, embora eu mesmo não tenha notado nada. Não, espere um momento, não foi exatamente assim. Lembro-me que ela demorou um pouco para responder a sra. Badcock. De fato, dei-lhe um ligeiro toque nas costas.

— Estava distraída com alguma coisa? — disse Dermot.

— Possivelmente, mas pode ter sido um lapso momentâneo devido à fadiga.

Dermot Craddock ficou alguns minutos em silêncio. Olhou pela janela para a paisagem, algo sombria, acima das árvores que circundavam Gossington Hall. Olhou para os quadros nas paredes e finalmente para Jason Rudd. Sua face estava atenta, mas nada além disso. Não havia qualquer indicação de seus sentimentos.

"Parecia cortês e completamente à vontade, mas poderia", pensou Craddock, "não ser nada daquilo. Esse era um homem de alto calibre mental. Não se poderia arrancar nada que ele não estivesse preparado para dizer, a menos que se colocassem as cartas na mesa". Dermot tomou sua decisão. Faria exatamente aquilo.

— Já ocorreu ao senhor, sr. Rudd, que o envenenamento de Heather Badcock tenha sido inteiramente acidental? Que a verdadeira vítima era a sua mulher?

Houve um silêncio. O rosto de Jason Rudd não mudou de expressão. Dermot esperou. Finalmente, Jason Rudd deu um profundo suspiro e pareceu relaxar.

— Sim — disse tranquilamente —, você está certo, inspetor. Eu sabia disto o tempo todo.

— Mas não disse nada a respeito nem para o inspetor Cornish nem no inquérito?

— Não.

— Por que não, sr. Rudd?

— Poderia responder muito adequadamente dizendo que seria meramente uma suposição minha sem nenhuma evidência factual. Os fatos que me levaram a deduzir isso eram também acessíveis à lei, que provavelmente é melhor qualificada do que eu para decidir. Não sabia nada sobre a pessoa de sra. Badcock. Podia ter inimigos, alguém poderia ter resolvido administrar-lhe uma dose letal naquela ocasião específica, embora me parecesse uma decisão curiosa e original. Mas poderia ter sido escolhida justamente porque era um acontecimento público e, nessas ocasiões, as coisas ficariam mais confusas. O número de estranhos presentes seria considerável, o que tornaria mais difícil atribuir à pessoa em questão a responsabilidade do crime. Tudo isso é verdade, mas serei franco com o senhor, inspetor. Esta não foi a minha razão para manter silêncio. Eu não queria que minha mulher suspeitasse, nem por um momento, que escapara por pouco de morrer envenenada.

— Obrigado pela franqueza — disse Dermot. — Não que eu entenda bem o seu motivo para manter silêncio.

— Não? Talvez seja um pouco difícil de explicar. O senhor teria que conhecer Marina para entender. Ela é uma pessoa que precisa desesperadamente de felicidade e segurança. Sua vida foi muito bem-sucedida no terreno material. Conseguiu renome artístico, mas sua vida pessoal foi profundamente infeliz. Várias vezes pensou que tinha encontrado a felicidade, e estava impetuosa e indevidamente ligada nisso, e teve suas esperanças jogadas por terra. Ela é incapaz, sr. Craddock, de ter uma visão racional e prudente da vida. Em seus casamentos anteriores, ela esperava, como uma criança lendo um conto de fadas, ser feliz para sempre.

Novamente o sorriso irônico transformou a feiura do rosto em uma estranha e súbita doçura.

— Mas o casamento não é isso, inspetor. Não pode haver um êxtase que continue indefinidamente. Somos realmente afortunados se conseguimos uma vida de contentamento tranquilo, afeição e uma felicidade moderada e serena. — E acrescentou: — O senhor é casado, inspetor?

Dermot sacudiu a cabeça.

— Ainda não tive essa boa ou má sorte — murmurou.

— Em nosso mundo, o mundo do cinema, o casamento é um acidente totalmente profissional. Os atores se casam frequentemente. Algumas vezes felizmente, outras de modo desastroso, mas é raro que permanentemente. A esse respeito, eu não diria que Marina teve motivos para se queixar, mas para uma pessoa com o seu temperamento essas coisas são muito importantes. Ela imbuiu-se da ideia de que não tinha sorte, que nada daria certo com ela. Estava sempre procurando desesperadamente as mesmas coisas: amor, felicidade, afeição, segurança. Era louca para ter um filho. Segundo alguns médicos, o excesso de ansiedade frustrava o objetivo. Um médico muito famoso aconselhou que adotasse uma criança. Disse que muitas vezes, quando um intenso desejo de maternidade é minorado pela adoção, nasce uma criança naturalmente pouco tempo depois. Marina adotou nada menos que três crianças. Durante um período, ela alcançou alguma felicidade e serenidade, mas ainda não era o que queria. Pode imaginar o seu encantamento, quando há 11 anos, descobriu que estava grávida. Seu prazer e contentamento foram indescritíveis. Ela estava bem de saúde, e os médicos asseguraram-lhe que tudo levava a crer que as coisas correriam bem. Como o senhor pode ou não ter sabido, o resultado foi trágico. A criança, um menino, era mentalmente deficiente, débil mental. As consequências foram desastrosas. Marina teve um colapso nervoso total e esteve seriamente doente durante anos, confinada em um sanatório. Embora sua recuperação fosse lenta, ela conseguiu. Pouco depois disso, nós nos casamos e ela começou novamente a se interessar pela vida e a achar que poderia ser feliz. Inicialmente foi difícil obter contrato de filmes para ela. Todo o mundo duvidava que sua saúde aguentasse a tensão. Tive que lutar por isso. — Jason apertou os lábios. — Bem, a batalha foi ganha. Começamos a rodar o filme. Nesse meio tempo, compramos esta casa e começamos a reformá-la. Há apenas 15 dias, Marina me dizia o quanto era feliz e como finalmente sentia-se capaz de ter uma vida doméstica tranquila, deixando seus problemas para trás. Eu estava um pouco nervoso porque, como sempre, suas expectativas eram demasiado otimistas. Mas não há dúvida que estava feliz. Seus sintomas nervosos desapareceram e ela estava tão calma e tranquila como eu nunca a vira antes. Tudo estava indo bem até... — ele parou. Sua voz tornou-se amarga de repente. — Até aquilo acontecer! Aquela mulher tinha que morrer... *aqui*? Isto já foi um choque suficiente. Eu não podia arriscar, estava decidido a não arriscar, que Marina soubesse que um atentado tinha sido feito contra a *sua* vida. Teria sido um segundo choque, talvez fatal. Poderia ter precipitado outro colapso mental.

Olhou diretamente para Craddock.

— Entende agora?

— Compreendo o que quer dizer — disse Dermot. — Mas, desculpe-me, não há um outro aspecto que está negligenciando? Você disse que está convicto de que tentaram envenenar sua mulher. O perigo não permanece? Se um envenenador não consegue o seu objetivo, não é provável que repita o atentado?

— Naturalmente eu pensei nisso — disse Jason Rudd —, mas estou confiante porque, tendo sido avisado, por assim dizer, posso tomar todas as precauções possíveis para a sua segurança. Tomarei conta dela e arranjarei para que outras pessoas façam o mesmo. Sinto que o mais importante é que ela não saiba que está sendo ameaçada.

— E você acha — disse Dermot cautelosamente — que ela *não* sabe?

— Claro que não. Não tem a menor ideia.

— Tem certeza disso?

— Certamente. Esta hipótese nunca lhe ocorreria.

— Mas ocorreu a você — observou Dermot.

— Isto é diferente — disse Jason Rudd. — Logicamente era a única conclusão. Mas minha mulher não é lógica e, para começar, nunca poderia imaginar que alguém pudesse matá-la. Esta possibilidade nunca lhe ocorreria.

— Você pode estar com a razão — disse Dermot vagarosamente —, mas isto nos coloca várias outras questões. Serei franco. De quem suspeita?

— Não posso dizer.

— Desculpe-me, sr. Rudd, quer dizer que não pode ou não dirá?

Jason Rudd falou rapidamente.

— Não posso. Nunca poderia. É tão inacreditável para mim quanto para ela que alguém a odeie tanto que seja capaz de uma coisa dessas. Por outro lado, à luz clara e objetiva dos fatos, foi exatamente isto que aconteceu.

— Poderia me relatar os fatos do modo como os vê?

— Claro. As circunstâncias são muito claras. Enchi dois copos com daiquiri de uma jarra previamente preparada. Levei-os para Marina e sra. Badcock. O que sra. Badcock fez eu não sei. Presumo que se tenha afastado para falar com alguém que conhecia. Minha mulher estava segurando o drinque. Naquele momento chegaram o major e a mulher. Ela colocou o drinque sobre a mesa, ainda intocado, e cumprimentou-os. Então houve novos cumprimentos. Um velho amigo que não víamos há anos, outras pessoas do lugar e uma ou duas dos Estúdios. Durante esse tempo, o copo contendo o coquetel ficou sobre a mesa situada agora atrás de nós, porque andamos um pouco mais para a frente, para o topo da escadaria. Foram tiradas uma ou duas fotografias de minha mulher falando com o major porque achamos que agradaria à população local, e atendendo a uma solicitação especial feita pelos representantes do jornal da cidade. Enquanto isso estava sendo feito, eu trouxe alguns drinques novos para alguns dos últimos que chegaram. Durante esse tempo, o copo de minha mulher deve ter sido envenenado. Não me pergunte *como* foi feito, mas não deve ter sido fácil. Por outro lado, é espantoso como poucas pessoas são capazes de notar, se alguém tem sangue-frio suficiente para praticar uma ação aberta e descuidadamente! Se me perguntar se tenho suspeitas, tudo que posso dizer é que pelo menos umas vinte pessoas *poderiam* ter feito aquilo. Havia gente andando por ali em pequenos grupos, conversando, e saindo para olhar as reformas que fizemos na casa. Havia um movimento contínuo. Já pensei, pensei, esgotei meu cérebro, mas não há nada, absolutamente *nada* que me leve a suspeitar de alguma pessoa em particular.

Fez uma pausa e suspirou exasperado.

— Entendo — disse Dermot. — Prossiga, por favor.

— Creio que já escutou a próxima parte.

— Gostaria de ouvi-la novamente de você.

— Bem, eu tinha voltado para a ponta da escada. Minha mulher tinha se virado para a mesa e estava justamente pegando o copo. Houve uma leve exclamação de sra. Badcock. Alguém tinha empurrado seu braço, o copo caíra e se quebrara. Marina teve a atitude natural da *hostess*. Sua própria saia ficara salpicada. Insistiu que não fazia mal, usou seu lenço para enxugar a roupa de sra. Badcock e ofereceu-lhe seu próprio drinque. Lembro-me de que disse "Já bebi demais". Foi assim que aconteceu. Mas posso assegurar isto: a dose fatal não poderia ser ministrada *depois*, porque sra. Badcock começou a beber imediatamente. Como sabe, quatro ou cinco minutos depois ela estava morta. Eu imagino, como eu imagino, o que o envenenador sentiu quando percebeu que seu plano tinha falhado...

— Tudo isso ocorreu a você naquela hora?

— Claro que não. Naquela hora, eu pensei que essa mulher tinha tido um colapso. Talvez o coração, trombose coronária, alguma coisa deste tipo. Nunca me ocorreu que era *envenenamento*. Ocorreria a você, ocorreria a alguém?

— Provavelmente não — disse Dermot. — Bem, seu relato é bastante claro, e você parece seguro dos fatos. Diz que não suspeita de ninguém em particular. Não posso acreditar nisso.

— Asseguro que é verdade.

— Vamos encarar de um outro ângulo. Quem é que poderia querer prejudicar sua mulher? Parece melodramático colocar assim, mas quem são seus inimigos?

Jason Rudd fez um gesto expressivo.

— Inimigos? Inimigos? É tão difícil dizer o que se entende por inimigo. Existe muita inveja no mundo em que eu e minha mulher vivemos. Há sempre pessoas que dizem coisas maldosas, começam uma campanha sub-reptícia, e que, se tiverem oportunidade, prejudicarão aqueles de quem sentem ciúmes. Mas isto não quer dizer que uma dessas pessoas seja um assassino, ou até mesmo um assassino em potencial. Não concorda?

— Sim. Deve haver algo mais que antipatias ou invejas mesquinhas. Existe alguém que sua mulher ofendeu no passado?

Jason Rudd não replicou de imediato. Em vez disso, franziu o rosto.

— Honestamente, acho que não — disse finalmente. — E devo dizer que já pensei bastante sobre isso.

— Nada relacionado com algum caso amoroso, alguma ligação com outro homem?

— É claro que pode ter havido coisas deste tipo. Marina pode ter, ocasionalmente, maltratado algum homem. Mas não há nada que possa ter motivado um sentimento doentio duradouro. Tenho a certeza.

— E quanto a mulheres? Alguma que tenha guardado rancor de Marina?

— Bem — disse Jason —, você nunca pode estar certo quanto a mulheres. Mas não me lembro de nada em particular assim de momento.

— Quem se beneficiaria com a morte de sua mulher?

— Seu testamento favorece a várias pessoas mais ou menos na mesma medida. Suponho que as pessoas que se beneficiariam, como você diz, financeiramente, seriam eu mesmo, como marido, e sob outro aspecto possivelmente a estrela que a substituiria no filme, embora ele também pudesse ser interrompido. Estas coisas são muito imprevisíveis.

— Bem, não precisamos entrar nisso agora — disse Dermot.

— E tenho a sua palavra de que Marina não saberá que, possivelmente, está correndo perigo?

— Teremos que investigar este assunto — disse Dermot. — Quero que saiba que está correndo um risco considerável. Entretanto, a questão não será levantada por alguns dias, uma vez que sua mulher está sob cuidados médicos. Agora, há ainda uma coisa que queria que fizesse. Gostaria que anotasse o mais detalhadamente possível todas as pessoas que estiveram naquele recanto, no alto da escada, ou quem você viu subindo na hora do assassinato.

— Farei o que puder, mas tenho dúvidas. Seria melhor que consultasse minha secretária, Ella Zielinsky. Tem uma memória muito acurada e também relacionou as pessoas do lugar que estiveram aqui. Se quiser, pode vê-la agora.

— Gostaria muito de conversar com srta. Ella Zielinsky — disse Dermot.

Capítulo 11

I

Inspecionando friamente Dermot Craddock com seus enormes óculos de aros de chifre, Ella Zielinsky pareceu ao inspetor muito capaz para ser verdade. Com uma eficiência tranquila, retirou de uma gaveta uma folha datilografada e deu a ele.

— Acho que ninguém foi omitido — disse. — Mas é possível que eu tenha incluído um ou dois nomes de pessoas do lugar que não estiveram aqui. Isso quer dizer que saíram mais cedo ou não foram encontradas e trazidas para dentro. Mas estou bem certa de que está completa.

— Um trabalho muito eficiente, se me permite dizer — disse Dermot.

— Obrigado.

— Suponho, sou bastante ignorante nesses assuntos, que o seu trabalho exige um alto grau de eficiência, não?

— As coisas têm que ser bem datilografadas, sim.

— O que você faz exatamente? É uma espécie de contato oficial, por assim dizer, entre os Estúdios e Gossington Hall?

— Não, na verdade nada tenho a ver com os Estúdios, embora, naturalmente, eu tome nota dos recados por telefone. Minha tarefa aqui é cuidar da vida social de srta. Gregg, de seus compromissos públicos e privados e, de certa forma, supervisionar a administração da casa.

— Gosta do seu trabalho?
— É muito bem remunerado e razoavelmente interessante. Naturalmente, não esperava um assassinato — acrescentou secamente.
— Pareceu-lhe muito absurdo?
— Tanto, que vou perguntar se está certo que *é* assassinato?
— Seis vezes a dose de dietilmazine etc. etc., dificilmente poderia ser outra coisa.
— Podia ter sido um acidente qualquer.
— E como pensa que tal acidente teria ocorrido?
— Mais facilmente do que imagina, já que não conhece as instalações. Esta casa está simplesmente cheia de drogas de todos os tipos. Não quero dizer tóxicos, e sim, remédios apropriadamente prescritos, mas, neste tipo de coisa, a dose letal não está muito distante da dose terapêutica.
Dermot assentiu.
— Esse pessoal de cinema e teatro tem os mais curiosos lapsos de inteligência. Algumas vezes me parece que, quanto mais gênio artístico você tem, menos senso comum usa na vida diária.
— Pode ser.
— O que é que pode acontecer com todos os vidros, envelopes, pós, cápsulas e caixinhas que carregam por toda parte; o que pode acontecer se se toma um tranquilizante aqui, um tônico ali e um estimulante acolá? Não acha que seria muito fácil que a coisa toda ficasse bastante confusa?
— Não vejo como isto se aplica neste caso.
— Bem, acho que sim. Alguém, um dos convidados por exemplo, poderia desejar um sedativo, ou um excitante, e então sem perceber, no meio de uma conversa com alguém, porque tivesse esquecido qual a dose certa, colocou uma quantidade excessiva num copo. Então se distraiu e foi para outro lugar qualquer, e aí, digamos, vem essa sra. não sei o quê, pensa que o copo é o seu, pega-o e bebe. Não acha que esta é a ideia plausível?
— Você não acha que tudo isso ocorreu, não é?

— Não, acho que não. Mas havia muitas pessoas e muitos copos espalhados. Acontece frequentemente você pegar o copo errado e beber dele.

— Então não pensa que Heather Badcock foi deliberadamente envenenada? Acha que bebeu do copo de alguém?

— Não posso imaginar nada mais provável.

— Neste caso — disse Dermot falando cuidadosamente —, teria que ser do copo de Marina Gregg. Você percebe? Marina estava segurando seu próprio copo.

— Ou o que ela pensava que fosse o seu — corrigiu Ella Zielinsky. — Ainda não falou com Marina, não é? Ela é extremamente desligada. Teria pegado um copo que parecesse ser o seu e bebido dele. Já a vi fazer isto várias vezes.

— Ela toma Calmo?

— Oh sim, nós todos tomamos.

— Você também, srta. Zielinsky?

— Fui forçada algumas vezes — disse Ella Zielinsky. — Essas coisas têm muito de imitação.

— Ficarei contente — disse Dermot — quando puder falar com srta. Gregg. Ela... hum... parece estar prostrada há muito tempo.

— Está simplesmente fazendo cena — disse Ella Zielinsky. — Ela faz muito drama. Nunca se controlaria diante de um crime.

— Assim como você, srta. Zielinsky?

— Quando todo o mundo à sua volta está num estado de agitação permanente, isto desenvolve em você um desejo de ir para o extremo oposto — disse Ella secamente.

— Orgulha-se de não mexer um fio de cabelo quando acontece alguma tragédia chocante?

Ela considerou.

— Não é um belo traço, talvez. Mas acho que, se você não o desenvolvesse, esse sentido ficaria desequilibrado.

— Srta. Gregg era, ou melhor, é uma pessoa difícil para se trabalhar?

Era uma pergunta um pouco pessoal, mas Dermot Craddock considerou-a como uma espécie de teste. Se Ella Zielinsky levantasse as sobrancelhas e tacitamente perguntasse o que isso tinha que ver com o assassinato de sra. Badcock, seria forçado a admitir que não tinha nada a ver. Mas imaginou que Ella Zielinsky pudesse gostar de lhe contar o que pensava de Marina Gregg.

— Ela é uma grande atriz. Tem um magnetismo pessoal que transparece na tela de uma forma extraordinária. Por causa disso se pensa que é um verdadeiro privilégio trabalhar para ela. Do ponto de vista puramente pessoal, ela é infernal!

— Ah — disse Dermot.

— Não tem nenhuma moderação. Ou está nas nuvens ou na fossa, e tudo é terrivelmente exagerado, e ela muda de opinião e há uma porção de coisas que nunca se deve mencionar ou aludir porque a aborrecem.

— Tais como?

— Bem, naturalmente, colapso mental, ou sanatório de doenças mentais. Acho muito compreensível que ela se sinta assim. E nada que se relacione com crianças.

— Crianças? Em que sentido?

— Bem, fica aborrecida quando vê crianças ou sabe de pessoas que são felizes com crianças. Se escuta que alguém vai ter um bebê ou acabou de ter um, fica num estado miserável. Ela nunca mais poderá ter um filho, você entende, e o único que teve é débil mental. Não sei se sabia disto?

— Ouvi dizer, sim. É tudo muito triste e infeliz. Mas depois de tantos anos, não acha que devia ter se esquecido um pouco?

— Não esqueceu. É uma obsessão. Ela se atormenta com isso.

— Como Sr. Rudd se sente a esse respeito?

— Oh, não era seu filho, e sim de Isidore Wright, seu último marido.

— Ah, sim, seu último marido. Onde está ele agora?

— Casou-se e vive na Flórida — disse Ella Zielinsky prontamente.

—Você diria que Marina Gregg fez muitos inimigos em sua vida?

— Não em excesso. Não mais do que a maioria, quero dizer. Há sempre brigas por causa de outras mulheres e outros homens, contratos ou ciúmes, todas essas coisas.

—Tanto quanto sabe, ela temia alguém?

— Marina? *Temer* alguém? Não acho. Por quê? Por que deveria?

— Não sei — disse Dermot. Pegou a relação de nomes. — Muito obrigado, srta. Zielinsky. Se quiser saber de mais alguma coisa, voltarei. Posso?

— Certamente. Apenas estou muito ansiosa. Estamos todos muito ansiosos para fazer tudo que pudermos para ajudar.

II

— Bem, Tom, o que conseguiu para mim?

O sargento-detetive Tiddler sorriu apreciativamente. Seu nome não era Tom, era William, mas a combinação de Tom Tiddler sempre fora demais para seus colegas.

— Quanto ouro e prata garimpou para mim? — continuou Dermot Craddock.

Os dois estavam no Javali Azul, e Tiddler tinha acabado de voltar de um dia nos Estúdios.

— A proporção de ouro é muito pequena — disse Tiddler. — Poucos mexericos. Nenhum rumor espantoso. Uma ou duas sugestões de suicídio.

— Por que suicídio?

—Acham que ela podia ter brigado com o marido e tentado fazê-lo sentir-se culpado. Este tipo de coisa. Mas não queria ir tão longe a ponto de matar-se.

— Não acho que seja uma linha muito promissora — disse Dermot.

— Não, claro que não é. Não sabem de nada, você entende, exceto que estão muito ocupados. É tudo muito técnico, e há uma atmosfera de que "o espetáculo deve continuar", ou suponho que devia dizer o filme deve prosseguir, ou as tomadas. Não conheço os termos certos. Estão todos preocupados em saber quando Marina Gregg voltará para a filmagem. Ela já atrapalhou filmes antes, uma ou duas vezes, por ter tido um colapso nervoso.

— Gostam dela em geral?

— Eu diria que a consideram um aborrecimento infernal, mas, apesar disso, não podem impedir de se sentirem fascinados, quando ela deseja fasciná-los. A propósito, o marido é louco por ela.

— O que pensam dele?

— Dizem que é o melhor diretor ou produtor, ou o que quer que seja, que já houve.

— Nenhum rumor de estar envolvido com outra estrela ou alguma mulher do mesmo tipo?

Tom Tiddler ficou com os olhos parados.

— Não — disse — Nem sequer uma insinuação. Por que você acha que deveria haver?

— Eu imaginei — disse Dermot. — Marina Gregg está convencida de que a dose era para ela.

— Está? E tem razão?

— É quase certo, eu diria — replicou Dermot. — Mas este não é o ponto. O ponto é que ela não falou isto para o marido, apenas para o médico.

— Você acha que ela teria falado com ele se...

— Eu só fiquei pensando — disse Craddock — que, no fundo de sua mente, ela podia achar que o marido era o responsável. O comportamento do médico foi um pouco esquisito. Posso ter imaginado, mas não acredito que o fiz.

— Bem, não havia este tipo de comentário nos Estúdios — disse Tom. — Você escutou antes que eles soubessem.

— Ela mesma estava envolvida com outro homem?

— Não, parece devotada a Rudd.

— Nenhuma passagem interessante acerca do seu passado?

Tiddler sorriu maliciosamente.

— Nada que não possa ler numa revista de cinema a qualquer dia da semana.

— Acho que terei que ler um pouco — disse Dermot — para pegar a atmosfera.

— As coisas que dizem e insinuam! — disse Tiddler.

— Gostaria de saber — disse Dermot pensativamente — se Miss Marple lê revistas de cinema.

— É aquela velha senhora que vive na casa perto da igreja?

— É.

— Dizem que ela é esperta — disse Tiddler. — Dizem que não há nada que aconteça aqui que Miss Marple não saiba. Pode não conhecer o pessoal de cinema, mas é capaz de contar sobre os podres dos Badcock, por exemplo.

— Não é tão simples como costumava ser — disse Dermot. — Está surgindo aqui uma nova vida social. Casas do Estado, grande desenvolvimento da construção. Os Badcock são muito recentes e vieram de lá.

— Não ouvi muito sobre as pessoas do lugar — disse Tiddler. — Estou concentrado na vida sexual das estrelas de cinema e coisas assim.

— Você não trouxe muita coisa — resmungou Dermot. — E sobre o passado de Marina Gregg, há alguma coisa?

— Casou-se algumas vezes, mas não mais que a maioria. Seu primeiro marido não gostou de ser despedido, pelo menos é o que dizem, mas era um sujeito muito comum. Era um incorporador ou alguma coisa assim. A propósito, o que é um incorporador?

— Acho que é alguém ligado a negócios com bens imobiliários.

— Oh, bem, de qualquer forma, não era do tipo atraente, então ela se livrou dele e casou-se com um conde ou príncipe estrangeiro. O casamento durou muito pouco tempo, mas parece que não houve ossos quebrados. Ela apenas o descartou e juntou-

-se ao número três. O ator de cinema Robert Truscott. Dizem que formavam um casal apaixonado. A mulher dele não gostou muito de ter que deixá-lo ir embora, mas teve que aceitar no final. Pensão enorme. Tanto quanto pude compreender todo o mundo é nervoso porque tem que pagar pensões muito altas para todas as ex-mulheres.

— Mas deu errado?

— Sim. Ela é que foi abandonada, pelo que entendi. Mas outro grande romance veio dentro de um ou dois anos. Isidore Wright, autor teatral.

— É uma vida exótica — disse Dermot. — Bem, tivemos um dia e tanto. Amanhã teremos um pouco de trabalho duro pela frente.

— O quê?

— Checar uma relação que consegui. De vinte e poucos nomes teremos que fazer algumas eliminações e, entre o que sobrar, procurar por X.

— Alguma ideia de quem é X?

— Não tenho a mínima ideia, quero dizer, se não é Jason Rudd. — Acrescentou com um sorriso irônico: — Terei que ir ver Miss Marple para ter um resumo dos assuntos locais.

Capítulo 12

Miss Marple prosseguia com seus métodos próprios de pesquisa.

— É muita bondade sua, sra. Jameson, realmente muita bondade sua. Não posso dizer-lhe o quanto sou grata.

— Oh, não há de quê, Miss Marple. Estou contente em servi-la. Suponho que queira os últimos números?

— Não, não especificamente — disse Miss Marple. — Na verdade, acho que preferiria os mais antigos.

— Bem, aqui os tem — disse sra. Jameson. — Tem bastante aqui, e asseguro que não nos fará falta. Fique o tempo que quiser com eles. Mas é muito pesado para você carregar. Jenny, como está o seu permanente?

— Está bem, sra. Jameson. Já enxaguei e agora está secando.

— Neste caso, querida, você poderia ir com Miss Marple, não é trabalho nenhum. Temos prazer em ajudá-la.

"Como as pessoas são amáveis", pensou Miss Marple, "especialmente se conhecem você praticamente toda a sua vida". Depois de muitos anos dirigindo um salão de beleza, sra. Jameson tinha-se firmado a ponto de acompanhar os novos tempos, mudando o nome de sua loja para "Diane — cabeleireira estilista". Quanto ao mais, a loja permanecia praticamente a mesma e atendia as clientes quase do mesmo jeito. Tornou-se um bom salão de permanentes: aceitava a tarefa de pentear e cortar os cabelos da geração mais nova e a desordem resultante era aceita sem muita recriminação. Mas o grosso da freguesia de sra. Jameson era constituído por um grupo sólido de senhoras de meia-idade que achavam muito difícil pentear o cabelo como queriam em qualquer outro lugar.

— Bem, eu nunca... — disse Cherry na manhã seguinte, enquanto preparava uma veemente limpeza com o aspirador no depósito, como continuava a chamar mentalmente. — O que é tudo isto?

— Estou tentando — disse Miss Marple — instruir-me um pouco acerca do mundo do cinema.

Ela colocou *Movie News* de lado e pegou *Amongst the Stars*.

— É realmente muito interessante. Faz lembrar de tantas coisas.

— Eles devem levar vidas fantásticas — disse Cherry.

— Vidas interessantes — disse Miss Marple. — Altamente interessantes. Isso me lembra muito das coisas que uma amiga minha costumava me dizer. Era enfermeira de hospital. A mesma simplicidade de fachada e todas as fofocas e rumores. E os médicos bonitos causando a maior devastação.

— Este seu interesse não foi um pouco súbito? — disse Cherry.

— Está ficando difícil tricotar — disse Miss Marple. — Claro que estas letras *são* muito pequenas, mas eu sempre posso usar uma lente de aumento.

Cherry olhou-a curiosamente.

—Você está sempre me surpreendendo — disse. — As coisas por que se interessa.

— Estou interessada em tudo — disse Miss Marple.

— Quero dizer interessar-se por assuntos novos na sua idade.

Miss Marple sacudiu a cabeça.

— Não existem realmente assuntos novos. É na natureza humana que estou interessada, entende, e a natureza humana é muito parecida, quer se trate de artistas de cinema, ou enfermeiras de hospital, ou das pessoas de St. Mary Mead, ou — acrescentou pensativamente — das pessoas que vivem no Desenvolvimento.

— Não posso ver muita semelhança entre mim e uma estrela de cinema — disse Cherry rindo —, o que é uma pena. Creio que foi a chegada de Marina Gregg e do marido, em Gossington Hall, que a fez interessar-se pelo assunto.

— Isso e aquele triste acontecimento — disse Miss Marple.

— Sra. Badcock, quer dizer? Aquilo foi má sorte.

— O que pensam sobre isto no... — Miss Marple parou com o "D" na ponta da língua. — O que você e seus amigos pensam? — corrigiu a pergunta.

— É um assunto estranho — disse Cherry. — Parece que foi um crime, embora a polícia esteja usando de muita cautela para anunciar isto claramente. Mesmo assim, parece que foi isto que aconteceu.

— Não vejo o que mais poderia ser — disse Miss Marple.

— Não podia ser suicídio — concordou Cherry —, não com Heather Badcock.

— Você a conhecia bem?

— Não de verdade. Muito pouco. Era um pouco intrometida, sempre querendo que você fizesse isso, aquilo, saísse para as reuniões e coisas deste tipo. Energia demais. Acho que seu marido ficava um pouco enjoado daquilo às vezes.

— Ela não parece ter tido inimigos de verdade.

— As pessoas costumavam ficar cheias dela de vez em quando. O ponto é que não vejo quem poderia matá-la, à exceção do marido. E ele é um tipo muito delicado. Mas mesmo um verme pode reagir, ou pelo menos é o que dizem. Sempre escutei que Crippen era um homem tão bom, e aquele homem, Haigh, que picou todo o mundo e colocou no ácido, dizem que ele não poderia ser mais encantador! Então, nunca se sabe, não é?

— Pobre sr. Badcock — disse Miss Marple.

— E as pessoas dizem que estava triste e nervoso na festa aquele dia, antes que acontecesse, quero dizer, mas as pessoas sempre falam essas coisas depois. Se me perguntar, ele parece melhor agora que há anos. Parece que está um pouco mais animado.

— É mesmo? — disse Miss Marple.

— Ninguém acha *realmente* que foi ele que o fez — disse Cherry. — Apenas, se não foi ele, então quem foi? Não posso evitar de pensar que foi acidente. Acidentes costumam acontecer. Você pensa que conhece tudo sobre cogumelos e vai pegar alguns.

Um fungo vem no meio deles, e lá está você rolando de agonia e tem sorte se o médico chega a tempo.

— Coquetéis e copos de *sherry* não parecem poder provocar acidentes — disse Miss Marple.

— Oh, não sei — disse Cherry. — Uma garrafa disto ou daquilo poderia ter sido misturada por engano. Umas pessoas que conheci tomaram uma dose concentrada de D.D.T. certa vez. Passaram muito mal.

— Acidente — disse Miss Marple, pensativamente. — Sim, certamente parece a melhor solução. Devo dizer que, no caso de Heather Badcock, não acredito que *poderia* ser um crime deliberado. Não direi que é impossível. Nada é impossível, mas não parece ser. Não, acho que a verdade está aqui, em algum lugar. — Ela folheou as revistas e pegou uma outra.

— Você quer dizer que está procurando alguma história especial sobre alguém?

— Não — disse Miss Marple. — Estou simplesmente procurando comentários singulares acerca de pessoas, um tipo de vida ou qualquer outra coisa, alguma pequena coisa que pudesse ajudar. — Ela retomou a sua pesquisa, e Cherry levou o aspirador para o andar de cima. A face de Miss Marple estava rosada e absorta, e, sendo um pouco surda agora, ela não escutou os passos no jardim em direção à janela do escritório. Apenas quando uma leve sombra caiu sobre a página, ela olhou para cima. Dermot Craddock estava de pé, sorrindo.

— Vejo que está fazendo seu trabalho de casa — observou.

— Inspetor Craddock, que bom vê-lo, e quanta gentileza de ter tempo para me ver. Gostaria de uma xícara de café ou, quem sabe, um copo de *sherry*?

— Um copo de *sherry* seria esplêndido — disse Dermot. — Não se incomode. Pedirei quando entrar.

Deu a volta pela porta do lado e juntou-se a Miss Marple.

— Bem — disse —, toda esta confusão está dando ideias a você?

— Ideias em excesso — disse Miss Marple. — Não fico chocada muitas vezes, você sabe, mas isto realmente me choca um pouco.

— O quê? A vida privada das estrelas de cinema?

— Oh, não — disse Miss Marple —, *isso* não! Parece muito natural, dadas as circunstâncias, o dinheiro envolvido e as oportunidades de casamento. Oh, não, isso é mais do que natural. Quero dizer, o jeito como são relatadas. Sou muito antiquada, você sabe, e penso que isto não deveria ser permitido.

— São notícias — disse Dermot Craddock — e certas coisas bem maldosas podem ser ditas sob a forma de comentário inocente.

— Eu sei — disse Miss Marple. — Isto me deixa muito zangada algumas vezes. Acho que vai achar tolice minha ficar lendo tudo isto, mas as pessoas querem tanto ficar *por dentro* das coisas e, naturalmente, não é sentada em casa que vou saber das coisas como gostaria.

— Foi exatamente o que pensei — disse Dermot Craddock — e foi por isso que vim aqui informá-la.

— Mas, meu querido rapaz, desculpe-me, seus superiores realmente aprovam isso?

— Não vejo por que não — disse Dermot. — Tenho aqui uma lista — acrescentou. — Uma relação das pessoas que estiveram no patamar durante o curto espaço de tempo desde a chegada de Heather Badcock até sua morte. Eliminamos um bocado de gente, talvez precipitadamente, mas eu não acho. Riscamos o major e a mulher, um Alderman e mulher, e um grande número de pessoas do lugar, embora tenhamos mantido o marido. Se estou bem lembrado, você sempre suspeitou dos maridos.

— Eles são frequentemente os suspeitos óbvios — disse Miss Marple apologeticamente —, e o óbvio é muito frequentemente o certo.

— Não poderia estar mais de acordo com você — disse Craddock.

— Mas a que marido, meu querido rapaz, você está se referindo?

— Em qual está pensando? — perguntou Dermot, olhando-a de modo penetrante.

Miss Marple fitou-o, por sua vez.

— Jason Rudd? — perguntou.

—Ah! — disse Craddock. — Sua mente trabalha exatamente igual à minha. Não penso que tenha sido Arthur Badcock porque, você vê, não acho que pretendiam matar Heather Badcock. Acho que a verdadeira vítima era Marina Gregg.

— Isso seria quase certo, não? — disse Miss Marple.

— Então, como ambos estamos de acordo, o campo se alarga. Dizer a você quem estava lá, o que viram ou disseram que viram, ou onde estiveram ou disseram estar, são coisas que teria observado por si mesma se estivesse lá. Então meus superiores, como os chama, não poderiam objetar de forma alguma que discutisse isto com você, poderiam?

— Muito bem posto, meu querido — disse Miss Marple.

— Farei um pequeno resumo do que ouvi e então examinaremos a lista.

Fez uma síntese rápida do que ouvira e apresentou a relação.

— Deve ser um desses — disse. — Meu padrinho, Sir Henry Clithering, disse-me que vocês tiveram um clube aqui certa vez. Vocês o chamavam Clube da Terça-Feira à Noite. Jantavam uns com os outros em rodízio, e então alguém devia contar uma história, uma história da vida real que tivesse terminado de modo misterioso. Um mistério que apenas o narrador sabia qual era a resposta. E, todas as vezes, assim disse meu padrinho, você adivinhava. De modo que pensei em vir até aqui para que você faça um pouco de adivinhação para mim esta manhã.

— Acho que esta é uma maneira muito frívola de colocar as coisas — disse Miss Marple num tom de reprovação —, mas há uma pergunta que gostaria de fazer.

— Sim?

— E as crianças?

— As crianças? Há apenas uma. Um deficiente mental num sanatório na América. É isto que quer dizer?

— Não — disse Miss Marple —, não é isto. É muito triste, naturalmente. Uma dessas tragédias que acontecem e não se pode censurar ninguém. Não, quero saber das crianças que vi mencionadas em um desses artigos. — Deu umas pancadinhas nas revistas em frente. — Crianças que Marina Gregg adotou. Acho que dois garotos e uma garota. Um dos casos foi uma mãe com uma porção de filhos e pouco dinheiro para criá-los. Escreveu para ela e perguntou se não poderia ficar com uma criança. Há um bocado de falso sentimentalismo escrito sobre isso. Sobre a generosidade da mãe e a maravilhosa casa, educação e futuro que a criança teria. Não consegui descobrir muito acerca das outras duas. Acho que uma era estrangeira refugiada, e a outra, alguma criança americana. Marina adotou-as em épocas diferentes. Gostaria de saber o que aconteceu a elas.

Dermot Craddock olhou-a curiosamente.

— É estranho que você pense nisto — disse. — Eu apenas pensei vagamente sobre estas crianças. Como foi que estabeleceu a ligação?

— Bem — disse Miss Marple —, tanto quanto ouvi ou pude descobrir, elas não estão vivendo com ela agora, estão?

— Suponho que estejam amparadas — disse Craddock. — De fato, as leis de adoção insistem neste ponto. Provavelmente há dinheiro depositado para elas em confiança.

— Então quando ela se... "cansava" delas — disse Miss Marple, fazendo uma breve pausa antes da palavra "cansava" — elas eram mandadas embora. Depois de terem sido criadas com todo o luxo e vantagens. É isso?

— Provavelmente — disse Craddock. — Não sei exatamente. — Ele continuou olhando-a com curiosidade.

— Crianças sentem as coisas, você sabe — disse Miss Marple, balançando a cabeça. — Sentem mais do que as pessoas em volta poderiam supor. A sensação de rejeição, de ter sido ferido, de não pertencer a ninguém é uma coisa que não se supera simplesmente por causa de vantagens materiais. Educação não é substitutivo para isto, nem o conforto, nem uma renda assegurada ou uma ajuda no começo da profissão. É o tipo da coisa que cria ressentimentos.

— Sim, mas mesmo assim não acha que é uma ideia muito remota? Bem, o que pensa exatamente?

— Não fui tão longe — disse Miss Marple. — Apenas imaginei onde estariam e quantos anos teriam agora. Crescidas, imagino, pelo que li aqui.

— Eu poderia descobrir isto — disse Dermot Craddock vagarosamente.

— Oh, não queria atrapalhá-lo de maneira alguma, nem mesmo sugerir que a minha pequena ideia tenha algum valor.

— Não fará nenhum mal checar isto — disse Dermot Craddock. Fez uma anotação em seu caderninho. — Quer olhar a minha pequena lista agora?

— Não acho que seria capaz de fazer nada útil sobre isto. Você vê, não saberia quem eram as pessoas que estiveram lá.

— Oh, farei um comentário rápido para você — disse Craddock. — Aqui temos, *Jason Rudd, marido* (maridos são sempre altamente suspeitos). Todo o mundo diz que Jason Rudd a adora. Não acha que, por si só, isto já é suspeito?

— Não necessariamente — disse Miss Marple com dignidade.

— Está muito empenhado em esconder o fato de que sua mulher foi objeto de ataque. Nem sequer mencionou isto para a polícia. Não sei por que ele acha que somos tão burros a ponto de não pensar nisto. Nós o consideramos desde o primeiro momento. Mas, de qualquer modo, é a história dele. Estava com medo de que o fato chegasse aos ouvidos da mulher, e ela entrasse em pânico.

— Ela é da espécie de mulher que entra em pânico?

— Bem, ela é neurastênica, temperamental, tem crises nervosas e depressões.

— Isto não significa falta de coragem — objetou Miss Marple.

— Por outro lado — disse Craddock —, se ela sabe muito bem que foi o objeto do ataque, também é possível que saiba quem o fez.

—Você quer dizer que ela sabe quem foi, mas não quer revelar?

— Digo que é apenas uma possibilidade, e, se for, fica-se imaginando a razão. Parece que o motivo, a raiz da questão, é que se trata de uma coisa que não quer que chegue aos ouvidos do marido.

— Este é certamente um pensamento interessante — disse Miss Marple.

—Aqui estão alguns outros nomes. A secretária, Ella Zielinsky. Uma jovem mulher extremamente competente e eficiente.

—Você acha que está apaixonada pelo marido? — perguntou Miss Marple.

— Eu pensaria que sim, definitivamente — respondeu Craddock — mas por que você pensaria isto?

— Bem, acontece tão frequentemente — disse Miss Marple. — E, portanto, não muito afeiçoada à pobre Marina Gregg, suponho.

— Portanto, um motivo viável para o assassinato — disse Craddock.

— Muitas secretárias e empregadas são apaixonadas pelos maridos de suas patroas — disse Miss Marple — mas, poucas, muito poucas, tentam envenená-las.

— Bem, devemos permitir exceções — disse Craddock. — Havia duas pessoas do lugar, um fotógrafo de Londres e dois membros da imprensa. Nenhum deles é suspeito, mas vamos averiguar. Havia uma mulher que foi casada antes com o segundo ou terceiro marido de Marina Gregg. Ela não gostou quando Marina Gregg tomou-lhe o marido, mas, ainda assim, já se passaram 11 ou 12 anos. Parece improvável que tenha visitado este lugar com o propósito de envenená-la por causa daquilo. Há um homem chamado Ardwyck Fenn. Foi amigo íntimo de Marina no passado. Não a via há anos. Não se sabia que ele estava nesta parte do mundo, e foi uma grande surpresa quando apareceu na festa.

— Ela ficou espantada quando o viu?

— Presumivelmente sim.

— Espantada... e possivelmente amedrontada.

— "A maldição se abateu sobre mim" — disse Craddock. — Essa é a ideia. Havia também o jovem Hailey Preston rodando por ali naquele dia, fazendo seu trabalho. Fala bastante, mas definitivamente não ouviu nada, não viu nada e não sabe de nada. Quase ansioso demais ao afirmar isto. Algo faz soar o alarme?

— Não exatamente — disse Miss Marple. — Muitas possibilidades interessantes, mas eu ainda gostaria de saber um pouco mais sobre as crianças.

Ele olhou-a curiosamente.

— Você ficou cismada com isto, não? — disse. — Está bem, vou descobrir.

Capítulo 13

I

— Suponho que não poderia de forma alguma ter sido o major — disse o inspetor Cornish, ansiosamente.

Bateu com o lápis no papel, contando os nomes. Dermot sorriu maliciosamente.

— Acredita nisto?

— Não duvido não. Aquele velho pomposo, hipócrita e falso! — continuou. — Todo o mundo está por aqui com ele. Espalha sua autoridade por aí, ultrassantimonial, mas está metido na sujeira até o pescoço há anos!

— Nunca conseguiram provar nada contra ele?

— Não — disse Cornish. — Ele é muito escorregadio. Está sempre do lado certo da lei.

— É tentador, concordo — disse Dermot Craddock —, mas acho que deve banir esta imagem cor-de-rosa da sua mente, Frank.

— Eu sei, eu sei — disse Cornish. — É possível, mas completamente improvável. Quem mais conseguimos?

Ambos estudaram a lista novamente. Restavam oito nomes.

— Estamos bem certos — disse Craddock — de que não falta ninguém aqui? — Havia uma leve interrogação na voz.

Cornish respondeu.

— Pode estar certo de que é tudo. Depois de sra. Bantry veio o vigário, e depois, os Badcock. Havia então oito pessoas na escada.

O major e a mulher, Joshua Grice e a mulher, de Louwer Farm. Donald McNeil do jornal *Herald & Argus*, de Much Benham. Ardwyck Fenn, EUA. Srta. Lola Brewster, estrela de cinema americana. Aqui está. Ainda havia uma fotógrafa de arte de Londres com uma grande câmera num dos cantos da escadaria. Se, como você sugere, esta história de sra. Bantry sobre Marina Gregg estar com uma expressão gelada foi motivada por alguém que estava nos degraus, terá que fazer a sua escolha neste grupo. O major, lamentavelmente, está fora. Os Grice também; nunca se ausentaram de St. Mary Mead, eu diria. Isto deixa apenas quatro. O jornalista local é improvável, a garota fotógrafa já estava lá há meia hora, então por que Marina iria reagir tão tarde? O que sobra?

— Estranhos sinistros da América — disse Craddock, com um leve sorriso.

— Você o disse.

— São de longe os nossos maiores suspeitos, eu concordo — disse Dermot. — Chegaram inesperadamente, e Ardwyck Fenn foi uma velha paixão de Marina Gregg, que não o via há anos. Lola Brewster foi casada com o terceiro marido de Marina Gregg que pediu o divórcio para se casar com ela. Pelo que entendi, não foi um divórcio amigável.

— Eu a colocaria como Suspeito Número Um — disse Cornish.

— Faria isso, Frank? Depois de um lapso de mais ou menos 15 anos, e tendo se casado duas vezes desde então?

Cornish disse que nunca se sabia com as mulheres. Dermot aceitou isso como um princípio geral, mas observou que parecia estranho, para dizer o mínimo.

— Mas concorda que está entre os dois?

— Possivelmente. Mas eu não gosto muito. Que tal a empregada contratada que servia os drinques?

— Descontando a "expressão gelada" de que tanto ouvimos falar? Bem, nós checamos por alto. Uma firma local de Market Baring foi contratada... para a festa, quero dizer. No momento, estavam na casa o mordomo Giuseppe, como responsável, e duas garotas locais da cantina do Estúdio. Conheço as duas. Não muito inteligentes, mas inofensivas.

—Você está me forçando, não? Vou dar uma palavra com este repórter. Deve ter visto alguma coisa útil. Então, para Londres. Ardwyck Fenn, Lola Brewster, e a garota fotógrafa, como é seu nome? — Margot Bence. Ela também deve ter visto algo.

Cornish assentiu.

— Lola Brewster é meu melhor palpite — disse. — Olhou curiosamente para Craddock. — Você não parece tão convencido quanto eu.

— Estou pensando nas dificuldades — disse Dermot, vagarosamente.

— Dificuldades?

— De colocar veneno no copo de Marina sem que ninguém visse.

— Bem, é o mesmo para todo o mundo, não? Foi uma coisa louca de fazer.

— Concordo que foi uma loucura, mas muito mais para Lola Brewster do que para qualquer outra pessoa.

— Por quê? — perguntou Cornish.

— Porque ela era uma convidada de certa importância. Ela é alguém, um grande nome. Todo o mundo estaria olhando para ela.

— É verdade — admitiu Cornish.

— O pessoal do lugar estaria se catucando, cochichando e olhando, e, depois de ter cumprimentado Marina Gregg e Jason Rudd, ela seria entregue a uma das secretárias. Não seria fácil, Frank. Por mais hábil que você fosse, não estaria certa de que *alguém* não estivesse olhando. Este é o impedimento aqui, e é um grande impedimento.

— Como eu digo, o obstáculo não é o mesmo para todo o mundo?

— Não — disse Craddock. — Oh, não. Longe disto. Pegue o mordomo, agora, Giuseppe. Ele está ocupado com drinques e copos, enchendo-os, despejando-os e manuseando-os. Ele poderia ter colocado uma pitada, ou um tablete ou dois de Calmo em um copo com bastante facilidade.

— Giuseppe? — Frank Cornish refletiu. — Acha que o fez?

— Nenhuma razão para crer nisto — disse Craddock —, mas temos que encontrar uma razão. Um bom e sólido motivo, por assim dizer. Sim, ele poderia tê-lo feito. Ou alguém da equipe de cozinha poderia ter feito aquilo. Infelizmente eles não estavam no local, uma pena.

— Alguém poderia ter conseguido se empregar na firma com este propósito deliberado.

— Você acha que poderia ter sido tão premeditado assim?

— Não sabemos nada ainda — disse Craddock, contrariado. — Não sabemos coisa alguma a respeito. Não até que possamos apanhar o que queremos de Marina Gregg, ou de seu marido. Eles *devem* saber ou suspeitar, mas não estão falando. E ainda não sabemos *por que* não estão falando. Temos um longo caminho pela frente.

Fez uma pausa e resumiu:

— Descontando a "expressão gelada" que pode ter sido pura coincidência, há outras pessoas que poderiam tê-lo feito com a maior facilidade. A secretária, Ella Zielinsky. Ela também estava ocupada com copos e entregando coisas às pessoas. Ninguém a observaria particularmente. O mesmo se aplica àquele jovem varapau, esqueci seu nome. Hailey... Hailey Preston? É isto. Haveria uma boa oportunidade para cada um. De fato, se um deles *quisesse* matar Marina Gregg teria sido muito mais seguro fazê-lo numa ocasião pública.

— Alguém mais?

— Bem, há sempre o marido — disse Craddock.

— De volta aos maridos — disse Cornish com um leve sorriso. — Pensando que fosse aquele pobre diabo, Badcock, antes de perceber que Marina era a verdadeira vítima. Agora transferimos nossas suspeitas para Jason Rudd. Apesar disso, devo dizer que ele parece bastante dedicado.

— Tem a reputação de ser assim — disse Craddock —, mas nunca se sabe.

— Se ele queria se livrar dela, não seria mais fácil se divorciar?

— Muito mais comum — concordou Dermot —, mas há uma série de prós e contras neste assunto que ainda não conhecemos.

O telefone tocou. Cornish atendeu.

— O quê? Sim? Faça a ligação. Sim, ele está aqui. — Escutou um momento, desligou e olhou para Dermot. — Srta. Marina Gregg — disse — está se sentindo muito melhor. Está pronta para ser entrevistada.

— É melhor eu ir depressa — disse Dermot Craddock — antes que ela mude de ideia.

II

Em Gossington Hall, Dermot Craddock foi recebido por Ella Zielinsky. Ela foi, como sempre, lacônica e eficiente.

— Srta. Gregg o aguarda, sr. Craddock — disse.

Dermot Craddock olhou-a com certo interesse. Desde o começo, ele achara Ella Zielinsky uma personalidade intrigante. Disse para si mesmo: "Um rosto de pôquer, se é que já vi um antes." Ela respondera às perguntas que fizera com a maior presteza. Não dera sinais de estar escondendo algo, mas o que pensava ou sentia ou mesmo sabia sobre o assunto, ele ainda não tinha ideia. Parecia não haver fendas na armadura de sua brilhante eficiência. Podia não saber mais nada do que dissera; podia saber bastante. A única coisa que ele tinha certeza — e teve que admitir para si mesmo que não tinha razões para justificar aquela certeza — é que estava apaixonada por Jason Rudd. Era, como dissera, uma doença ocupacional das secretárias. Provavelmente não significava nada. Mas o fato sugeria um motivo, e ele estava certo, bastante certo, de que ela estava ocultando alguma coisa. Poderia ser amor, poderia ser ódio. Poderia ser simplesmente culpa. Podia ter aproveitado a oportunidade naquela tarde, ou planejado deliberadamente o que ia fazer. Podia vê-la executando o ato muito facilmente. Seus movimentos leves mas sem pressa, indo daqui para ali, cuidando dos convidados, entregando copos para um e outro, recolhendo os copos, seus olhos marcando o lugar em que Marina colocara o drinque sobre a mesa. E então, talvez no exato momento em que Marina estivesse cumprimentando os recém-chegados dos Estados Unidos com gritos de surpresa e alegria e os olhos de todos estivessem voltados para eles, ela poderia, quietamente e sem impedimentos, ter deixado cair a dose fatal no copo. Requereria audácia, sangue-frio e vivacidade. Ela teria tido tudo isto. O que quer que tivesse feito, não pareceria culpada enquanto estivesse fazendo. Teria sido um crime simples e brilhante, um crime que dificilmente poderia fracassar. Mas a sorte tinha decidido outra coisa. No espaço bastante apinhado, alguém empurrara o braço de Heather Badcock. Seu drinque entornara, e Marina, com sua graça natural e impulsiva, prontamente oferecera seu próprio copo, que ali estava intocado. E então a mulher errada morrera.

"Um bocado de pura teoria e provavelmente besteira", disse Dermot Craddock para si mesmo, enquanto fazia observações polidas para Ella Zielinsky.

— Uma coisa que gostaria de perguntar, srta. Zielinsky. A comida foi feita por uma firma de Market Basing?

— Sim.

— Por que foi escolhida especificamente aquela firma?

— Realmente não sei — disse Ella. — Isto não faz parte de minhas obrigações. Sei que sr. Rudd pensou que seria mais diplomático empregar gente do lugar do que uma firma de Londres. A coisa toda foi realmente um acontecimento muito pequeno do nosso ponto de vista.

— Realmente. — Ele a observava enquanto ela franzia um pouco o rosto e olhava para baixo. Uma boa testa, um queixo determinado, uma boca sensual, ávida, um corpo que poderia ser bastante voluptuoso se ela permitisse. Os olhos? Olhou-os com uma leve surpresa. As pálpebras estavam avermelhadas. Ele imaginou. Tinha estado chorando? Parecia que sim, embora ele pudesse jurar que ela não era do tipo de jovem que chorava. Ela levantou os olhos para ele e, como se tivesse lido seus pensamentos, pegou o lenço e assoou o nariz vigorosamente.

— Você apanhou um resfriado — disse ele.

— Não um resfriado. Febre de feno. É uma espécie de alergia. Sempre fico assim nesta época do ano.

Houve um zumbido baixo. Havia dois telefones no quarto, um na mesa e um em outra mesa no canto. Era o último que estava tocando. Ella caminhou até lá e pegou o fone.

— Sim — disse. — Ele está aqui. Vou levá-lo imediatamente.
— Colocou o fone no lugar. — Marina está pronta para você — disse.

III

Marina Gregg recebeu Dermot Craddock em um aposento do primeiro andar, contíguo ao seu quarto de dormir, que era obviamente a sua sala de estar privada. Depois dos relatos sobre a sua prostração e estado nervoso, Dermot Craddock esperava encontrar uma inválida vacilante. Mas, embora Marina estivesse meio reclinada num sofá, sua voz estava firme e seus olhos brilhantes. Estava com muito pouca pintura, mas, apesar disto, não aparentava a idade, e ele foi atingido pelo intenso esplendor da sua beleza. Era a linha admirável das maçãs do rosto e do queixo, o jeito que o cabelo caía solto e natural, emoldurando a face. Os grandes olhos verde-mar, os cílios espessos, devendo alguma coisa à arte e mais à natureza, a doçura e vivacidade do sorriso, tudo tinha uma mágica sutil. Ela disse:

— Inspetor Craddock? Tenho-me comportado indelicadamente. Peço mil desculpas. Simplesmente deixei-me ficar em cacos depois desta coisa horrível. Podia ter escapado disso, mas não o fiz. Estou envergonhada. — O sorriso veio, arrependido, doce, soerguendo os cantos da boca. Estendeu a mão, e ele a tomou.

— É natural — disse ele — que se sentisse perturbada.

— Bem, todo o mundo ficou perturbado — disse Marina.

— Eu não tinha motivos para achar que seria pior para mim que para os outros.

— Não tinha?

Ela olhou para ele durante um momento e então assentiu.

— Sim — disse —, você é muito perspicaz. Sim, eu tinha. — Olhou para baixo e com o longo indicador acariciou gentilmente o braço do sofá. Era um gesto que lhe observara em um de seus filmes. Era algo banal, mas parecia pleno de significado. Tinha uma espécie de suavidade meditativa.

— Sou uma covarde — disse, semicerrando os olhos. — Alguém quis me matar, e eu não quis morrer.

— Por que você pensa que alguém queria matá-la?

Seus olhos se abriram.

— Porque era o meu copo, meu drinque, que estava envenenado. Foi simplesmente um engano aquela pobre mulher tê-lo tomado. Isto é que é tão horrível e tão trágico. Além disso...

Pareceu não saber se devia continuar.

— Talvez você tenha outras razões para acreditar que era a verdadeira vítima.

Ela confirmou.

— Que razões, srta. Gregg?

Ela fez uma pausa um pouco maior antes de dizer:

— Jason diz que eu devo contar tudo a você.

— Então você contou a ele?

— Sim... No começo eu não queria, mas o dr. Gilchrist achou que deveria. Então descobri que ele também tinha a mesma opinião. Havia pensado naquilo todo o tempo mas... é muito engraçado — um sorriso entristecido curvou seus lábios novamente — não queria me assustar. Realmente! — Marina sentou-se com um movimento súbito e vigoroso. — Querido Jinks! Será que ele pensa que sou uma completa idiota?

— Ainda não me falou, srta. Gregg, por que pensa que alguém quer matá-la.

Ela ficou em silêncio durante um momento e então, com um gesto repentino, estendeu a mão para a bolsa, abriu-a, e pegou um pedaço de papel que atirou na mão dele. Dermot leu. Havia uma linha batida à máquina.

Não pense que escapará da próxima vez.

Ele disse bruscamente:
— Quando recebeu isto?
— Estava na penteadeira quando voltei do banho.
— Então alguém da casa.
— Não necessariamente. Alguém poderia ter subido pelo balcão da janela e jogado por ali. Acho que fizeram isto para me assustar ainda mais, mas, na verdade, não conseguiram. Fiquei furiosa e mandei um recado para que você viesse me ver.

Dermot Craddock sorriu.

— Um resultado bastante inesperado para quem quer que o tenha mandado. Foi a primeira mensagem deste tipo que recebeu?

Marina hesitou novamente. Então disse:
— Não, não foi.
— Poderia me contar sobre as outras?
— Foi há três semanas, logo que chegamos. Foi para o Estúdio, não para cá. Era bastante ridícula. Apenas uma mensagem, não estava batida à máquina. Em letras maiúsculas. Dizia: "Prepare-se para morrer." — Ela riu. Havia talvez um leve traço de histeria na risada. A hilaridade era suficientemente genuína. — Era tão tola — disse ela. — Naturalmente, é comum se receber mensagens doentias, ameaças e coisas assim. Pensei que fosse coisa religiosa, você sabe. Alguém que não aprova atrizes de cinema. Simplesmente rasguei-a e joguei na cesta de papéis.

— Falou com alguém sobre isto, srta. Gregg?

Marina balançou a cabeça.

— Não, nunca disse uma palavra a ninguém. Aliás, estávamos tendo um pequeno problema com a cena que estava sendo filmada, e eu não conseguia pensar em mais nada no momento. De qualquer maneira, como eu disse, pensei que fosse uma brincadeira tola ou um desses maníacos religiosos que não gostam de atrizes e coisas assim.

— E depois desta, houve outra?

— Sim, no dia na festa. Acho que foi um dos jardineiros que a trouxe para mim. Disse que alguém tinha deixado um bilhete e queria saber a resposta. Pensei que talvez tivesse alguma coisa a ver com os preparativos, e o abri. Dizia: "Hoje será o seu último dia na terra." Eu simplesmente amassei o papel e disse: "Não tem resposta." Então chamei o homem de volta e perguntei quem lhe entregara a mensagem. Ele disse que tinha sido um homem de óculos numa bicicleta. Bem, quero dizer, o que se poderia fazer? Achei que era mais tolice. Eu não pensei, não pensei nem por um momento que fosse uma ameaça real.

— Onde está este bilhete agora?

— Não tenho a mínima ideia. Eu estava usando um desses casacos italianos de seda estampada e acho, tanto quanto me lembro, que o amassei e coloquei no bolso. Mas não está lá. Acho que deve ter caído.

— E não tem ideia de quem escreveu estas mensagens, srta. Gregg. Quem as maquinou. Nem mesmo agora?

Seus olhos se abriram muito. Havia uma espécie de espanto inocente que ele anotou. Admirou-o, mas não acreditou nele.

— Como posso dizer? De que maneira posso dizer?

— Acho que pode ter uma boa ideia, srta. Gregg.

— Não tenho. Asseguro a você que não tenho.

— Você é uma pessoa muito famosa — disse Craddock. — Tem feito grande sucesso. Sucessos na profissão e na vida particular também. Homens apaixonaram-se por você, quiseram casar-se e se casaram. As mulheres tiveram ciúmes e a invejaram. Alguns homens apaixonaram-se e foram repelidos. É um campo vasto, concordo, mas eu penso que deve ter *alguma* ideia de quem escreveu estas mensagens.

— Poderia ter sido qualquer um.

— Não, srta. Gregg, não poderia ter sido *qualquer um*. Possivelmente poderia ser qualquer tipo de pessoa. Humilde, uma costureira, um eletricista, um criado; ou então do seu círculo de amizades, ou dos assim chamados amigos. Mas você deve ter alguma ideia. Um nome, talvez mais do que um, para sugerir.

A porta se abriu, e Jason Rudd entrou. Marina virou-se para ele e estendeu um braço em apelo.

— Jinks, querido, sr. Craddock está insistindo que eu devo saber quem escreveu aquelas mensagens horríveis. E eu não sei. Você sabe que não. Nenhum de nós sabe. Não temos a menor ideia.

"Muito apressada", pensou Craddock. "Muito insistente. Será que Marina Gregg tem medo do que o marido possa dizer?"

Com os olhos escuros de fadiga e a expressão do rosto mais fechada do que de costume, Jason Rudd veio juntar-se a eles, e tomou a mão de Marina.

— Sei que parece inacreditável para você, inspetor — disse —, mas, honestamente, nem eu nem Marina fazemos a menor ideia a respeito.

— Então vocês estão na feliz posição de não ter inimigos, é isso? — A ironia era evidente na voz de Dermot.

Jason Rudd ficou um pouco corado.

— Inimigos? Esta é uma palavra muito bíblica, inspetor. Nesse sentido, posso assegurar que não tenho inimigos. Pessoas que não gostam de alguém, que gostariam de levar a melhor, que fariam uma falseta se pudessem, maldosas e sem caridade, sim. Mas daí a colocar uma dose de veneno em um drinque vai uma grande distância.

— Ainda agora, falando com sua mulher, eu perguntei-lhe quem poderia ter escrito ou inspirado aquelas mensagens. Ela disse que não sabia, mas, quando chegamos ao ato em si, as possibilidades se estreitam. *Alguém realmente colocou veneno naquele copo e isto limita bastante o campo, como sabe.*

— Não vi nada — disse Jason.

— Eu certamente não vi — disse Marina. — Bem, quero dizer, se tivesse visto alguém colocando alguma coisa no meu copo, eu não teria bebido a coisa, teria?

— Não posso deixar de acreditar — disse Dermot Craddock, gentilmente — que você sabe um pouco mais do que está me dizendo.

— Não é *verdade* — disse Marina. — Diga-lhe que não é verdade, Jason!

— Eu asseguro a você — disse Jason Rudd — que estou completa e absolutamente perdido. A coisa toda é fantástica. Eu poderia pensar que foi uma piada que saiu errado e se tornou perigosa, feita por uma pessoa que nem sonhara que seria perigoso...

Havia uma leve interrogação na sua voz, então sacudiu a cabeça.

— Não, vejo que esta ideia não agrada a você.

— Há mais uma coisa que gostaria de lhe perguntar — disse Dermot Craddock. — Você se recorda da chegada de sr. e sra. Badcock, naturalmente. Eles vieram logo depois do vigário. Sei que os cumprimentou da mesma maneira amável que aos outros convidados, srta. Gregg. Mas soube por uma testemunha ocular que, imediatamente depois de saudá-los, você olhou por cima de um dos ombros de sra. Badcock e viu alguma coisa que pareceu alarmá-la. Isto é verdade, e se for, o que era?

Marina disse rapidamente:

— Claro que não é verdade. Alarmar-me, o que poderia ter me alarmado?

— É isto que queremos saber — disse Dermot Craddock pacientemente. — Minha testemunha insiste muito neste ponto.

— Quem era a sua testemunha? O que foi que ela ou ele viu?

— Você estava olhando a escada — disse Dermot Craddock.

— Havia pessoas subindo os degraus. Havia um jornalista, sr. Grice e a mulher, habitantes antigos deste lugar, e havia Sr. Ardwyck

Fenn, que tinha acabado de chegar dos Estados Unidos e srta. Lola Brewster. Foi a visão de uma destas pessoas que a perturbou, srta. Gregg?

— Estou dizendo que não estava perturbada. — Ela quase latiu as palavras.

— E teve sua atenção distraída de sra. Badcock. Ela disse algo a que você não respondeu porque olhava para alguma coisa além dela.

Marina dominou-se. Falou rápida e convincentemente.

— Posso explicar isso, realmente posso. Se você soubesse alguma coisa de representação, seria capaz de entender muito facilmente. Há um momento em que, mesmo que você saiba bem a sua parte, de fato acontece quando você conhece *bem* a sua parte, você a faz mecanicamente. Sorrir, fazer os movimentos e gestos adequados e dizer as palavras com as inflexões apropriadas. Mas sua mente não está concentrada naquilo. E muito subitamente dá um branco e você não sabe onde está, em que ponto está a peça e quais são as suas próximas falas. Chamamos isto de branco. Bem, foi o que me aconteceu. Não sou muito resistente, como meu marido pode atestar. Tive um período muito extenuante e uma boa dose de apreensão acerca do filme. Queria fazer desta festa um sucesso, ser gentil, amável e receber bem todo o mundo. Mas realmente se diz as coisas, várias vezes, mecanicamente, para as pessoas que dizem sempre as mesmas coisas para você. Não é preciso pensar porque já foi dito antes muitas vezes. Subitamente, eu acho, veio uma onda de cansaço. Meu cérebro ficou vazio. E então percebi que sra. Badcock tinha estado me contando uma longa história da qual não ouvira nada e me olhava de uma maneira ansiosa, e que eu não respondera ou dissera as coisas certas. Foi apenas cansaço.

— Apenas cansaço — disse Dermot Craddock, lentamente. — Insiste nisto, srta. Gregg?

— Sim. Não entendo por que não pode acreditar em mim.

Dermot Craddock virou-se para Jason Rudd.

— Sr. Rudd — disse —, acho que é capaz de entender melhor do que sua mulher o que quero dizer. Estou preocupado, muito preocupado, com a segurança dela. Houve um atentado contra a sua vida, têm havido cartas ameaçadoras. Isto significa algo, não é mesmo?, que há alguém que esteve aqui no dia da festa e provavelmente ainda está, alguém muito ligado à casa e ao que se passa nela. Esta pessoa, quem quer que seja, pode ser um pouco insana. Não é apenas uma questão de ameaças. Dizem que homens que recebem ameaças vivem muito. O mesmo acontece com as mulheres. Mas quem quer que seja, não se deteve em ameaças. Realizou um ato deliberado para envenenar srta. Gregg. Você não vê, pela própria natureza das coisas, que aquele atentado pode se repetir? Há apenas uma maneira para se alcançar a segurança. É me dar todas as pistas possíveis. Não digo que você *saiba* quem é a pessoa, mas acho que pode me dar um palpite ou pelo menos ter uma vaga ideia. Você falará a verdade? Ou se, o que é possível, você mesmo não souber qual é, poderia insistir com sua mulher para fazê-lo. Estou pedindo no interesse de sua própria segurança.

Jason virou a cabeça devagar:

— Você está escutando o que inspetor Craddock diz, Marina? É possível, como ele diz, que você saiba de alguma coisa que eu não sei. Se é assim, pelo amor de Deus, não seja tola. Se tiver a menor suspeita de alguém, diga-nos *agora*.

— Mas eu não tenho — sua voz se alterou. — Vocês devem acreditar.

— De quem estava com medo naquele dia? — perguntou Dermot.

— Não estava com medo de ninguém.

— Ouça, srta. Gregg, entre as pessoas que estavam subindo os degraus estavam dois amigos que ficou surpresa em ver, que não via há muito tempo e que não esperava: Sr. Ardwyck Fenn e srta. Lola Brewster. Sentiu alguma emoção especial quando os viu de repente subindo a escada? Não sabia que viriam, não é?

— Não, não tínhamos ideia de que estavam na Inglaterra — disse Jason Rudd.

— Eu fiquei encantada — disse Marina —, absolutamente encantada!

— Encantada em ver srta. Brewster?

— Bem — ela atirou-lhe um olhar rápido e desconfiado.

Craddock disse:

— Lola Brewster era, creio, anteriormente casada com seu terceiro marido, Robert Truscott?

— Sim, é isto.

— Ele se divorciou dela para se casar com você.

— Oh, todo o mundo sabe disso — disse Marina Gregg impacientemente. — Não precisa pensar que é algo que descobriu. Houve um pequeno rebuliço na época, mas não ficou nenhum ressentimento no final.

— Ela fez ameaças contra você?

— Bem, de certo modo, sim. Mas, oh Deus, eu queria poder explicar. Ninguém leva a *sério* esta espécie de ameaças. Foi numa festa, ela bebera muito. Teria me dado um tiro se tivesse uma pistola. Mas felizmente não tinha. Tudo isso foi há *anos*. Nenhum desses sentimentos ainda permanece! Não duram, realmente não. Isso não é verdade, Jason?

— Eu diria que sim — disse Jason Rudd — e posso assegurar, sr. Craddock, que Lola Brewster não teve oportunidade para envenenar o drinque de minha mulher no dia da festa. Fiquei junto dela a maior parte do tempo. A ideia de Lola vir para a Inglaterra subitamente, depois de um longo período de amizade, e chegar toda preparada para envenenar o drinque de minha mulher... ora, essa ideia é absurda!

— Aprecio o seu ponto de vista — disse Craddock.

— Não é apenas isto, é uma questão factual também. Ela não estava perto do copo de Marina.

— E o outro visitante, Ardwyck Fenn?

"Houve", ele pensou, "uma ligeira pausa antes de Jason Rudd responder".

— Ele é um velho amigo nosso — disse. — Não o víamos faz muito tempo, embora ocasionalmente tenhamos nos correspondido. Ele é uma figura bastante importante na televisão americana.

— Era também um velho amigo seu? — Dermot perguntou a Marina.

Sua respiração se acelerou enquanto replicava:

— Sim, oh sim. Ele, ele sempre foi um grande amigo meu, mas eu o perdi de vista nos últimos anos. — Então, num repentino e rápido fluxo de palavras, continuou. — Se você pensa que levantei os olhos e vi Ardwyck Fenn e fiquei com medo dele, é absurdo. É um *absurdo* total. Por que eu deveria ter medo dele, que razão teria para ter medo dele? Éramos grandes amigos. Eu fiquei apenas contente, muito contente quando o vi. Foi uma surpresa deliciosa, como disse. Sim, uma surpresa deliciosa. — Ela levantou a cabeça, olhando para ele, o rosto vívido e desafiante.

— Muito obrigado, srta. Gregg — disse Craddock, placidamente. — Se, em algum momento, sentir-se inclinada a confiar um pouco mais em mim, eu a aconselharia energicamente a fazê-lo.

Capítulo 14

I

Sra. Bantry estava ajoelhada. Um bom dia para se cavar. O solo bem seco. Mas só cavar não adiantaria. Cardos, agora, e dentes-de-leão. Lidou vigorosamente com estas pragas.

Pôs-se de pé, sem respiração, mas triunfante, e olhou por cima da cerca para a estrada. Ficou levemente surpresa ao ver a secretária de cabelos escuros, cujo nome não conseguia se lembrar, saindo da cabina do telefone público que ficava perto do ponto de ônibus do outro lado da estrada.

"Qual era mesmo o seu nome? Começava com B, ou era um R? Não, Zielinsky, era isso", sra. Bantry lembrou-se bem a tempo, enquanto Ella atravessava a estrada e subia o caminho depois do Lodge.

— Bom dia, srta. Zielinsky — chamou em tom amigável.

Ella Zielinsky pulou. Não fora bem um pulo, mas um arranco, o arranco de um cavalo assustado. Isto surpreendeu sra. Bantry.

— Bom dia — disse Ella e acrescentou rapidamente. — Vim telefonar. Há alguma coisa errada com a nossa linha hoje.

Sra. Bantry ficou mais surpresa. Imaginou por que Ella se dava ao trabalho de explicar o que fazia. Respondeu polidamente.

— Que amolação para você. Pode vir telefonar daqui a qualquer hora que quiser.

— Oh, muito obrigada... — Ella foi interrompida por um acesso de espirros.

—Você pegou a febre de feno — disse sra. Bantry, diagnosticando instantaneamente. — Tente um pouco de bicarbonato de sódio com água.

— Oh, está tudo bem. Tenho um bom remédio num nebulizador. Mesmo assim, obrigada.

Espirrou novamente e afastou-se, subindo o caminho rapidamente.

Sra. Bantry ficou olhando-a. Então voltou os olhos para o jardim. Olhou insatisfeita. Nenhuma semente à vista.

"A ocupação de Otelo se foi", murmurou para si mesma confusamente. "Ouso dizer que sou uma velha intrometida, mas gostaria de saber se..."

Sra. Bantry hesitou um pouco e cedeu alegremente à tentação. Ela ia ser uma velha intrometida e para o inferno com isto! Entrou em casa e foi para o telefone. Levantou o fone e discou. Uma voz transatlântica falou.

— Gossington Hall.

— Aqui é sra. Bantry, do East Lodge.

— Oh, bom dia sra. Bantry. Aqui é Hailey Preston. Eu a conheci no dia da festa. O que posso fazer por você?

— Pensei que talvez eu pudesse fazer alguma coisa por vocês. Se o telefone estiver enguiçado...

Sua voz espantada interrompeu-a.

— Nosso telefone enguiçado? Não há nada de errado com ele. Por que pensou isso?

— Devo ter cometido um engano — disse sra. Bantry. — Não estou escutando bem — explicou sem corar.

Colocou o fone de volta, esperou um minuto e discou mais uma vez.

— Jane? Dolly aqui.

— Sim, Dolly. O que é?

— Bem, parece muito estranho. Aquela secretária estava ligando da cabina do telefone público na estrada. Deu-se ao trabalho de me explicar, bastante desnecessariamente, que estava fazendo aquilo porque a linha de Gossington Hall estava enguiçada. Mas eu telefonei para lá e não está...

Fez uma pausa e esperou uma resposta para continuar.

— De fato — disse Miss Marple pensativamente. — Interessante.

— Por que razão acha isto?

— Bem, obviamente, não queria que a ouvissem.

— Exatamente.

— E pode haver um bom número de razões para isso.

— Sim.

— Interessante — disse Miss Marple de novo.

II

Ninguém poderia estar mais pronto para falar do que Donald McNeil. Era um jovem simpático, de cabelos vermelhos. Cumprimentou Dermot Craddock com prazer e curiosidade.

— Como estão indo? — Perguntou animadamente. — Tem alguma noticiazinha para mim?

— Ainda não. Talvez mais tarde.

— Fingindo como sempre. Vocês são todos iguais. Fingidos! Já chegaram ao estágio em que convidam alguém para ir "assistir aos inquéritos"?

—Vim ver você — disse Dermot Craddock com um sorriso malicioso.

— Será que há um maldoso duplo sentido nesta observação? Você realmente suspeita que matei Heather Badcock e acha que foi por engano ou acha que pretendia matar Heather Badcock o tempo todo?

— Não sugeri nada — disse Craddock.

— Não, não, você não faria isto, não é? Você seria muito correto. Está bem. Vamos entrar no assunto. Eu estava lá. Eu tinha a oportunidade, mas tinha o motivo? Ah, é isso que você gostaria de saber. Qual era o meu motivo?

— Ainda não fui capaz de descobrir um tão remoto — disse Craddock.

— Isto é muito gratificante. Sinto-me mais seguro.

— Só estou interessado no que possa ter visto naquele dia.

— Vocês já tiveram isto. A polícia local teve imediatamente. É humilhante. Lá estava eu na cena de um crime. Praticamente *vi* o crime ser cometido e ainda assim não tenho ideia de quem foi. Estou envergonhado em confessar que a primeira coisa que *eu* notei foi a pobre, querida mulher, sentada em uma cadeira, lutando por ar e depois morrendo. Claro que este é um bom relato de testemunha. Deu-me um furo, e tudo isso. Mas vou confessar para você que me sinto humilhado por não saber mais. Eu devia saber mais. E você não pode me enganar que a dose era para Heather Badcock. Era uma boa mulher que falava demais, mas ninguém é assassinado por causa disso, a não ser, naturalmente, que revelem segredos. Mas acho que alguém jamais contaria um segredo para Heather Badcock. Ela não era do tipo de mulher que estivesse interessada nos segredos de outras pessoas. Minha opinião é que era uma mulher que invariavelmente falava de *si*.

— Esta parece ser a opinião geral — concordou Craddock.

— Então chegamos à famosa Marina Gregg. Estou certo de que há muitos motivos maravilhosos para matar Marina. Inveja, ciúme e intrigas amorosas, todos os elementos do drama. Mas quem o fez? Alguém com um parafuso frouxo, eu presumo. Aí está! Você teve a minha valiosa opinião. Era isto que queria?

— Não só isto. Entendi que você chegou e subiu os degraus mais ou menos ao mesmo tempo que o vigário e o major.

— Muito correto. Mas não era a primeira vez que eu chegava. Já tinha estado lá mais cedo.

— Não sabia disto.

— Sim. Eu estava numa espécie de comitiva ambulante, você sabe, indo aqui e ali. Tinha um fotógrafo comigo. Tinha descido para tirar algumas fotos locais do major chegando, dando um alô e depositando um níquel para a construção de sepulturas, este tipo de coisa. Então subi de volta, não tanto pelo trabalho, mas para pegar um ou dois drinques. A bebida era boa.

— Entendo. Agora, você pode se lembrar de quem mais estava na escada quando subiu?

— Margot Bence, de Londres, estava lá com sua câmera.

— Conhece-a bem?

— Eu esbarro com ela frequentemente. É uma garota inteligente, que fez sucesso com seu negócio. Ela pega todos os acontecimentos da moda, noites de estreia, recitais de gala, e se especializava em fotografias de ângulos diferentes. Artísticos! Estava em um canto do patamar, muito bem situada para pegar todo o mundo que subia e os cumprimentos do alto da escada. Lola Brewster estava logo à minha frente nos degraus. Não a conheci logo. Está com um novo penteado, vermelho ferrugem. No mais moderno estilo das ilhas de Fiji. A última vez que a vi estava com o cabelo ondulado caindo no rosto e nas orelhas, num bonito tom castanho avermelhado. Havia um homem alto e moreno com ela, americano. Não sei quem era ele, mas parecia importante.

— Olhou para a própria Marina Gregg enquanto estava subindo?

— Claro que olhei.

— Ela não parecia completamente perturbada ou como se tivesse levado um choque e estivesse assustada?

— É estranho você dizer isto. Eu *realmente* pensei por um momento que ela fosse desmaiar.

— Entendo — disse Craddock, pensativo. — Obrigado. Não há mais nada que gostaria de me contar?

McNeil deu-lhe um olhar inocente.

— O que poderia ser?

— Não confio em você — disse Craddock.

— Mas você parece bastante certo que não fui eu. Desapontador. Suponha que eu me revele como o primeiro marido dela. Ninguém sabe quem ele era, exceto que era tão insignificante, que até mesmo seu nome foi esquecido.

Dermot sorriu maliciosamente.

— Casou-se com você no jardim de infância? Perguntou. — Ou possivelmente ainda nos cueiros! Devo me apressar. Tenho que pegar um trem.

III

Havia uma volumosa pilha de sumários numerados em cima da mesa de Craddock na Nova Scotland Yard. Deu uma olhada superficial neles e então atirou uma pergunta.

— Onde Lola Brewster está hospedada?

— No Savoy, senhor. Suíte 1.800. Ela o espera.

— E Ardwyck Fenn?

— Está no Dorchester. Primeiro andar, 190.

— Bom.

Pegou alguns cabogramas e leu-os duas vezes antes de enfiá-los no bolso. Sorriu para si mesmo ao ler o último.

— Não diga que não faço minha parte, Tia Jane — murmurou baixinho.

Saiu e tomou o caminho do Savoy.

Em sua suíte, Lola Brewster saiu de onde estava para cumprimentá-lo efusivamente. Com o informe que tinha acabado de ler na cabeça, ele estudou-a cuidadosamente. "Muito bonita ainda", pensou, "de uma maneira exuberante, que se poderia chamar de um pouco ultrapassada, mas ainda gostavam daquele jeito". Um tipo completamente diferente, claro, de Marina Gregg. Encerradas as amenidades, Lola puxou para trás o seu cabelo Fiji, fez um amuo provocativo com a boca generosamente pintada, e, com cintilantes pálpebras azuis sobre grandes olhos castanhos, disse:

— Veio me fazer uma porção de perguntas horríveis? Assim como o inspetor local fez?

— Espero que não sejam demasiado horríveis, srta. Brewster.

— Oh, mas tenho a certeza de que serão, e estou certa de que a coisa toda foi algum engano terrível.

— Realmente pensa assim?

— Sim. É tudo tão absurdo. Vocês pensam mesmo que alguém tentou envenenar Marina. Quem, no mundo, envenenaria Marina? Ela é a doçura em pessoa, você sabe. Todo o mundo a ama.

— Incluindo você?

— Sempre fui devotada a Marina.

— Oh, venha, srta. Brewster, não houve um pequeno problema há 11 ou 12 anos?

— Oh, aquilo — Lola ponderou. — Estava terrivelmente nervosa e louca, e Rob e eu estávamos tendo brigas horríveis. Nenhum de nós estava em seu estado normal. Marina se apaixonou loucamente por ele e deixou-o no ar, coitadinho.

— E você se importou muito?

— Bem, eu pensei que sim, inspetor. Claro que vejo agora que foi uma das melhores coisas que já me aconteceram. Eu estava realmente preocupada com as *crianças*, você sabe. Desmanchar o nosso lar. Mas temo que já havia percebido que Rob e eu éramos incompatíveis. Espero que saiba que me casei com Eddie Groves logo que o divórcio terminou. Acho que realmente estava apaixonada por ele há muito tempo, mas, naturalmente, não queria romper meu casamento por causa das crianças. É tão importante que elas tenham um lar, não é?

— Embora as pessoas digam que, na época, você ficou terrivelmente perturbada.

— Oh, as pessoas sempre dizem coisas — disse Lola vagamente.

— Você disse um bocado de coisas, não, srta. Brewster? Saiu ameaçando atirar em Marina, ou assim eu entendi.

— Eu disse a você que se *diz* coisas. *Presume-se* que coisas assim sejam ditas. Claro que realmente eu não atiraria em *ninguém*.

— Apesar de ter dado um tiro em Eddie Groves alguns anos depois?

— Oh, foi porque tivemos uma discussão — disse Lola. — Eu perdi o controle.

— Soube de muito boa fonte, srta. Brewster, que você disse, estas foram as suas exatas palavras, ou assim me disseram, (leu em um caderno): "Que aquela cadela não precisa pensar que vai se sair bem. Se não lhe der um tiro agora, eu esperarei e a pegarei de outro jeito. Não me importa quanto tempo tiver que esperar, anos se for necessário, mas acabarei com ela no final."

— Tenho a certeza de que nunca disse nada parecido — Lola riu.

— Estou certo, srta. Brewster, de que o fez.

— As pessoas exageram tanto — um sorriso atraente iluminou seu rosto. — Eu estava simplesmente louca na hora, você sabe — murmurou confidencialmente. — Diz-se toda a espécie de coisas quando se está furiosa com as pessoas. Mas você não acha mesmo que eu esperaria 14 anos e viria à Inglaterra olhar Marina e colocar um veneno mortal no seu coquetel três minutos depois de vê-la novamente.

Dermot Craddock realmente não pensava isso. Pareceu-lhe totalmente improvável. Apenas disse:

— Estou apenas mostrando a você, srta. Brewster, que houve ameaças no passado e que Marina Gregg certamente ficou espantada e assustada quando viu alguém subindo as escadas naquele dia. Naturalmente se pensa que aquele alguém deve ter sido você.

— Mas Marina querida ficou encantada em me ver! Ela me beijou e exclamou que era maravilhoso. Oh, realmente, inspetor, acho que você está sendo muito, muito tolo.

— Na verdade vocês todos formavam uma grande família feliz?

— Bem, talvez seja mais verdadeiro que todas as coisas que pensou.

— E não tem nenhuma ideia que pudesse nos ajudar de algum modo? Nenhuma ideia de quem poderia querer matá-la?

— Digo que ninguém podia querer matar Marina. Ela é uma mulher muito tola, de qualquer maneira. Sempre fazendo cenas terríveis sobre a sua saúde e mudando de ideia, querendo isto, aquilo e aquilo outro, e no momento que consegue, se desinteressa! Não consigo entender por que as pessoas gostam dela do jeito que gostam. Jason sempre foi absolutamente louco por ela. O que aquele homem tem que suportar! Todo o mundo aceita Marina e se consome por causa dela. Então ela lhes dá um sorriso triste, doce e agradece! E aparentemente isto os faz sentir que todo o esforço valeu a pena. Eu realmente não entendo como ela consegue fazer isso. É melhor tirar da cabeça a ideia de que alguém queria matá-la.

— Eu gostaria — disse Dermot Craddock. — Infelizmente não posso tirá-la da cabeça porque, você vê, aconteceu.

— O que quer dizer com *aconteceu*, ninguém matou Marina, não é?

— Não, mas o atentado foi feito.

— Não acredito nem por um momento! Acho que quem quer que tenha sido pretendia matar a outra mulher o tempo todo, a que *foi* morta. Suponho que alguém que herdou dinheiro quando ela morreu.

— Ela não tinha dinheiro, srta. Brewster.

— Oh, bem, então alguma outra razão. De qualquer maneira, eu não me preocuparia com Marina se fosse você. Marina está *sempre* bem!

— Está? Não me pareceu uma mulher muito feliz.

— Oh, isto é porque ela faz aquela encenação a respeito de tudo. Casos amorosos frustrados. Não poder ter filhos.

— Ela adotou algumas crianças, não? — disse Dermot com uma vívida lembrança do tom premente de Miss Marple.

— Acredito que o fez uma vez. Não foi muito bem-sucedida, creio. Ela faz dessas coisas impulsivas e depois deseja que não tivesse feito.

— O que aconteceu com as crianças que ela adotou?

— Não tenho ideia. Parece que simplesmente desapareceram pouco depois. Suponho que tenha se cansado delas, como de tudo o mais.

— Entendo — disse Dermot Craddock.

IV

O próximo — Dorchester. Suíte 190.

— Bem, inspetor — Ardwyck Fenn olhou para o cartão que ele apresentava.

— Craddock.

— O que posso fazer por você?

— Espero que não se incomode se fizer algumas perguntas.

— De forma alguma. É esse caso de Much Benham. Não... qual é mesmo o nome, St. Mary Mead?

— Sim. É isto. Gossington Hall.

— Não posso entender para que Jason Rudd quis morar num lugar daqueles. Tantas casas boas em estilo georgiano na Inglaterra, ou mesmo Queen Anne. Gossington Hall é uma mansão puramente vitoriana. Qual é o seu atrativo?

— Oh, há algum atrativo na estabilidade vitoriana, isto é, para certas pessoas.

— Estabilidade? Bem, talvez tenha acertado. Acho que Marina ansiava por estabilidade. É uma coisa que nunca teve, pobre menina, e acho que foi isso que sempre quis. Talvez esse lugar a satisfaça por algum tempo.

— Conhece-a bem, sr. Fenn?

Ardwyck Fenn encolheu os ombros.

— Bem? Não sei se diria isto. Eu a conheci durante muito tempo, isto é, em certas épocas.

Craddock examinou-lhe com um olhar. Um homem moreno, grandalhão, olhos astutos atrás de lentes grossas, mandíbula e queixo grandes. Ardwyck Fenn continuou:

— A ideia, pelo que compreendi do que li nos jornais, é que essa sra. não sei o quê foi envenenada por engano. Que a dose era para Marina. Está certo?

— Sim. É isto. A dose estava no coquetel de Marina. Sra. Badcock derramou o seu, e Marina passou-lhe o dela.

— Bem, parece muito convincente. Apesar disso, eu não posso imaginar quem desejaria envenenar Marina. Especialmente por que Lynette Brown não estava lá.

— Lynette Brown? — Craddock pareceu desnorteado. Ardwyck Fenn sorriu.

— Se Marina quebrar esse contrato, desistir de sua parte, Lynette a pegará e isto significaria muito para ela. Mas justamente por isso eu não acho que mandaria algum emissário com o veneno. É uma ideia muito melodramática.

— Parece muito remota — disse Dermot secamente.

— Ah, você ficaria surpreso com o que as mulheres fazem quando são ambiciosas — disse Ardwyck Fenn. — Olhe, a intenção não era matar. Pode ter sido planejado simplesmente para dar-lhe um susto, o suficiente para golpeá-la, mas não para acabar com ela.

Craddock balançou a cabeça.

— A dose não era pequena — disse.

— As pessoas cometem grandes erros quando calculam doses.

— É esta, realmente, a sua teoria?

— Oh, não, não é. Foi apenas uma sugestão. Não tenho teoria. Fui apenas um espectador inocente.

— Marina ficou surpresa ao vê-lo?

— Sim, foi uma completa surpresa para ela. — Ele riu divertido. — Simplesmente não pôde acreditar em seus olhos quando me viu subindo os degraus. Ela me recebeu muito bem, devo dizer.

— Não a via há muito tempo?

— Eu diria que há quatro ou cinco anos.

— E creio que alguns anos antes você e ela tinham sido amigos muito íntimos, não?

— Está insinuando alguma coisa em particular com esta observação, inspetor Craddock?

A voz mudou ligeiramente, mas havia algo que não estava lá antes. Uma sugestão de ameaça, de dureza. Dermot sentiu subitamente que este homem seria um adversário muito cruel.

— Pode ser também — disse Ardwyck Fenn — que você tenha lido exatamente o que acha.

— Estou suficientemente preparado para isto, sr. Fenn. Tive que me informar sobre as antigas amizades de todos que estiveram naquele dia com Marina Gregg. Parece ser do conhecimento comum que, na época a que me referi, você estava loucamente apaixonado por Marina Gregg.

Ardwyck Fenn encolheu os ombros.

— Tem-se desses desvarios, inspetor. Felizmente eles passam.

— Dizem que ela o encorajou e, mais tarde, o repeliu e que você ficou muito ressentido.

— Dizem... dizem! Suponho que leu todas essas coisas no *Confidential*?

— Foi-me dito por pessoas sensíveis e muito bem informadas.

Ardwyck Fenn jogou a cabeça para trás, mostrando a linha maciça do pescoço.

— Sim, eu a desejei ardentemente durante um tempo — admitiu. — Ela era uma mulher bonita e atraente e ainda é. Dizer que alguma vez a ameacei é ir um pouco longe. Eu não gosto de ser contrariado, inspetor, e a maioria das pessoas que me contraria costuma se arrepender de tê-lo feito. Mas este princípio se aplica somente aos negócios.

— Você realmente usou, creio, sua influência para tirá-la do filme que ela estava fazendo?

Fenn encolheu os ombros.

— Ela não servia para o papel. Houve um conflito entre ela e o diretor. Eu investi dinheiro no filme e não tinha a mínima intenção de desperdiçá-lo. Asseguro que foi uma transação puramente comercial.

— Mas talvez Marina Gregg não pensasse dessa maneira?
— Oh, naturalmente ela não pensou. Ela diria sempre que uma coisa daquela fora pessoal.
— Ela chegou a dizer para alguns amigos, creio, que estava com medo de você.
— Ela fez isto? Que infantilidade. Espero que tenha gostado da sensação.
— Acha que não tinha necessidade de temê-lo?
— Claro que não. Qualquer que seja o desapontamento pessoal que tenha, eu logo o deixo para trás. Sempre segui o princípio de que em relação a mulheres há tantos peixes bons no mar quanto os que são pescados.
— Uma maneira muito satisfatória de encarar a vida, sr. Fenn.
— Sim, acho que é.
— Tem um conhecimento muito grande do mundo do cinema?
— Tenho interesses financeiros nele.
— E consequentemente é provável que saiba muito sobre ele.
— Talvez.
— Você é um homem cujo julgamento valeria a pena ouvir. Pode sugerir alguém que tenha um ressentimento tão profundo de Marina Gregg que quisesse matá-la?
— Provavelmente uma dúzia — disse Ardwyck Fenn —, quer dizer, se não tivessem que se envolver pessoalmente. Se fosse uma simples questão de apertar um botão numa parede, ouso dizer que haveria um bocado de dedos ávidos.
— Você estava lá naquele dia. Viu-a e falou com ela. Acha que entre as pessoas que estiveram à sua volta naquele breve período de tempo, desde que chegou até o momento em que Heather Badcock morreu, acha que entre elas pode sugerir — olhe, apenas sugerir, não estou pedindo nada além de um palpite — alguém que pudesse envenenar Marina Gregg?
— Não gostaria de dizer — disse Ardwyck Fenn.

— Isto significa que tem alguma ideia.
— Isto significa que não tenho nada a dizer sobre o assunto. E isto, inspetor Craddock, é tudo que conseguirá de mim.

Capítulo 15

Dermot Craddock olhou para o último nome e endereço anotados no seu caderno. Tinha ligado duas vezes para aquele número de telefone, mas ninguém respondera. Tentou uma vez mais. Encolheu os ombros, levantou-se e decidiu ir dar uma olhada.

O estúdio de Margot Bence ficava numa rua sem saída à direita de Tottenham Court Road. Além de um nome numa placa ao lado da porta, havia pouco que o identificasse e certamente nenhum tipo de anúncio. Craddock subiu tateando até o primeiro andar. Ali havia um grande anúncio pintado em letras pretas sobre fundo branco: "Margot Bence, Fotógrafa de Personalidades. Entre sem bater."

Craddock entrou. Havia uma pequena sala de espera, mas ninguém tomando conta. Ficou ali hesitando, então limpou a garganta de uma maneira alta e teatral. Como aquilo também não chamou nenhuma atenção, alteou a voz.

— Há alguém aqui?

Escutou o arrastar de chinelos atrás de uma cortina de veludo que foi puxada para o lado, e um jovem com cabelo exuberante e uma face rosa e branca espiou para fora.

— Sinto muito, querido — disse. — Não o ouvi. Tive uma ideia absolutamente nova e estava justamente experimentando.

Puxou a cortina mais para o lado, e Craddock o acompanhou para um quarto no interior. Este era inesperadamente amplo. Era claramente um estúdio de trabalho. Havia câmera, luzes, refletores, montes de tecidos, telas sobre rodas.

— Que confusão — disse o jovem que era quase tão magro quanto Hailey Preston. — Mas é difícil trabalhar a não ser que se entre na confusão, eu acho. Para que estava querendo nos ver?

— Queria ver srta. Margot Bence.

— Ah, Margot. Mas que pena. Se tivesse chegado uma hora mais cedo você a teria encontrado. Ela saiu para fazer umas fotografias de modelos para a *Fashion Dream*. Devia ter telefonado antes, você sabe, para marcar uma hora. Margot está terrivelmente ocupada estes dias.

— Eu telefonei. Ninguém respondeu.

— Claro — disse o jovem. — Tiramos o fone do gancho. Eu me lembro agora. Estava nos atrapalhando. — Alisou uma espécie de avental lilás que estava usando. — Posso fazer alguma coisa por você? Marcar uma hora? Eu cuido de grande parte dos compromissos de Margot. Quer combinar para fazer algumas fotografias? Privadas ou de negócios?

— Nada neste aspecto — disse Dermot Craddock. — Entregou o seu cartão para o jovem.

— Isto é absolutamente extasiante! — disse o jovem. — D.I.C.! Detetive-inspetor-chefe. Eu acredito, você sabe, vi filmes de vocês. Você é um dos Quatro Grandes ou Cinco Grandes, ou talvez sejam os Seis Grandes, atualmente? Há tanto crime por aí, eles aumentaram de número, não? Oh, Deus, isto é desrespeitoso? Temo que sim. Não queria de maneira alguma ser desrespeitoso. Mas, para que quer Margot, não para prendê-la, espero.

— Queria apenas fazer-lhe uma ou duas perguntas.

— Ela não faz fotografias indecentes ou qualquer coisa dessas — disse o jovem ansiosamente. — Espero que ninguém tenha contado este tipo de coisa, porque não é verdade. Margot é muito artística. Trabalha muito para teatro e no estúdio. Mas seus estudos são terrivelmente, terrivelmente puros, quase puritanos, eu diria.

— Posso dizer a você muito simplesmente por que quero falar com srta. Margot Bence — disse Dermot. — Ela foi recentemente testemunha ocular de um crime que ocorreu perto de Much Benham, numa cidade chamada St. Mary Mead.

— Oh, meu Deus, *claro*! Sei tudo sobre *aquilo*. Margot contou-me quando voltou. Hemlock nos coquetéis, não foi? Alguma coisa deste tipo. Pareceu tão *gélido*! Mas tudo misturado com St. John Ambulance, que não parece tão gélido, não é? Mas você já não interrogou Margot sobre aquilo, ou foi alguém mais?

— Sempre surgem novas perguntas à medida que o caso continua — disse Dermot.

— Você quer dizer que ele se revela. Sim, posso entender bem isto. O crime se revela. Sim, como uma fotografia, não é?

— É realmente muito semelhante a uma fotografia — disse Dermot. — Sua comparação é muito boa.

— Bem, é muita amabilidade sua dizer isto, tenho a certeza. Agora sobre Margot. Gostaria de encontrá-la imediatamente?

— Se puder me ajudar, sim.

— Bem, no momento — disse o jovem consultando o relógio — no momento ela deverá estar do lado de fora da casa de Keats em Hampstead Heath. Meu carro está lá fora. Posso levá-lo até lá.

— Seria muita gentileza sua, sr...

— Jethroe — disse o jovem — Johnny Jethroe.

Enquanto descem os degraus, Dermot perguntou:

— Por que a casa de Keats?

— Bem, você sabe que não fazemos mais fotografias de moda no estúdio. Gostamos que pareçam naturais, batidas pelo vento. E, se possível, com um fundo diferente. Você sabe, um vestido de Ascot contra a prisão de Wandsworth, ou um terninho informal tendo como cenário a casa de um poeta.

Sr. Jethroe seguiu rápido, mas habilmente, por Tottenham Court Road, através de Canden Town e finalmente parou nas vizinhanças de Hampstead Heath. Na calçada perto da casa de Keats, uma bonita cena estava sendo representada. Uma garota magra usando um organdi diáfano estava de pé segurando um imenso chapéu preto. Um pouco atrás dela, uma segunda garota segurava a saia da primeira bem esticada para trás de forma que ficava colada aos joelhos e pernas. Com voz rouca e profunda, uma garota com uma câmera dirigia as operações.

— Pelo amor de Deus, Jane, abaixe o seu traseiro. Está aparecendo atrás de seu joelho direito. Fique mais *achatada*. É isto. Não, mais para a esquerda. Está certo. Agora o arbusto está na sua frente. Serve. Não se mexam. Vamos bater mais uma. Coloque as mãos atrás do chapéu desta vez. Cabeça levantada. Bom, agora vire-se, Elsie. Curve-se. Mais. Curve-se, você tem que apanhar aquela cigarreira. Está certo. Está divino! Consegui! Agora um pouco mais para a esquerda. Mesma posição, apenas vire a cabeça sobre o ombro. Assim.

— Não sei para que você quer tirar fotografias do meu traseiro — disse a garota chamada Elsie bastante mal-humorada.

— É um traseiro adorável, querida. Parece esmagado — disse a fotógrafa. — E, quando você vira a cabeça, seu queixo surge como o nascer do sol numa montanha. Acho que não precisamos nos incomodar mais.

— Ei, Margot — disse sr. Jethroe.

Ela virou a cabeça.

— Oh, é você. O que está fazendo aqui?

— Trouxe alguém para falar com você. O detetive-inspetor-chefe Craddock, D.I.C.!

Os olhos da garota voltaram-se rapidamente para Dermot. Ele pensou que tinham uma expressão cautelosa e perscrutadora mas, como bem sabia, não era nada extraordinário. Era uma reação bastante comum aos detetives-inspetores. Era uma garota magra, toda cotovelos e ângulos, mas tinha uma figura interessante. Uma pesada cortina de cabelos pretos caía de cada lado do rosto. Aos seus olhos ela parecia suja e com um aspecto doentio e não particularmente atraente. Mas ele reconheceu que havia caráter ali. Ela levantou as sobrancelhas já levemente erguidas pela arte e observou.

— E o que posso fazer por você, detetive-inspetor Craddock?

— Muito prazer, srta. Bence. Eu queria perguntar a você, se tiver a bondade de me responder, algumas coisas sobre aquele infeliz caso em Gossington Hall, perto de Much Benham. Você foi lá, se me lembro, para tirar fotografias.

A garota assentiu.

— Claro. Lembro-me muito bem. — Atirou-lhe um olhar penetrante. — Não o vi lá. Certamente era alguém mais. Inspetor, inspetor...

— Inspetor Cornish? — disse Craddock.

— Está certo.

— Fomos chamados depois.

— Você é da Scotland Yard?

— Sim.

— Vocês se intrometeram e tiraram o caso do pessoal de lá. É isso?

— Bem, não é uma questão de se intrometer, você sabe. O chefe do comando é quem decide se quer manter o caso em suas próprias mãos ou se acha que será melhor conduzido por nós.

— O que o faz decidir-se?

— Muitas vezes depende se o caso tem um fundo local ou se é mais universal. Algumas vezes, talvez, internacional.

— E ele decidiu, não foi, que o caso era internacional?

— Transatlântico, talvez fosse uma palavra melhor.

— Eles estão insinuando nos jornais, não? Insinuando que o assassino, quem quer que seja, saiu de casa para pegar Marina Gregg e pegou uma infeliz mulher do lugar por engano. É verdade ou é um pouco de publicidade para o filme deles?

— Temo que não haja dúvida a respeito, srta. Bence.

— O que você quer me perguntar? Tenho que ir à Scotland Yard?

Ele sacudiu a cabeça:

— Não, a menos que queira. Voltaremos para o seu estúdio, se preferir.

— Está bem, vamos fazer isto. Meu carro está logo ali.

Ela andou rapidamente pelo passeio. Dermot veio com ela. Jethroe gritou para eles:

— Até logo, querida. Não me intrometerei. Estou certo de que você e o inspetor vão falar grandes segredos. — Juntou-se às duas modelos na calçada e começou uma animada discussão com elas.

Margot entrou no carro, destravou a outra porta, e Dermot sentou-se ao seu lado. Ela não disse absolutamente nada durante o trajeto de volta para Tottenham Court Road. Manobrou na rua e no final entrou por um portão aberto.

— Consegui um estacionamento particular aqui — observou. — É, na verdade, um depósito de móveis, mas eles me alugam uma vaga. Estacionar um carro em Londres é uma das maiores dores de cabeça, como você provavelmente deve saber muito bem, embora eu suponha que você não lide com o tráfego, não é?

— Não, não é um dos meus problemas.

— Acho que assassinato seria infinitamente preferível — disse Margot Bence.

Ela mostrou-lhe o caminho de volta ao estúdio, indicou-lhe uma cadeira, ofereceu-lhe um cigarro e deixou-se cair sobre um *pouf* em frente a ele. De trás da cortina de cabelos pretos ela olhou-o de modo sombrio e questionador.

— Atire, estranho — disse.

— Entendi que você estava tirando fotografia por ocasião dessa morte.

— Sim.

— Estava engajada profissionalmente?

— Sim. Eles queriam que eu pegasse uns ângulos especializados. Faço bastante disto. Trabalho para estúdios cinematográficos algumas vezes, mas desta vez estava apenas tirando fotografias da festa e depois algumas fotos de pessoas especiais sendo cumprimentadas por Marina Gregg e Jason Rudd. Personalidades locais e outras pessoas de renome. Coisas do gênero.

— Sim. Eu entendo isso. Estava com sua câmera nos degraus?

— Uma parte do tempo, sim. Consegui um ângulo muito bom de lá. Podia-se pegar as pessoas embaixo subindo os degraus e também girar e pegar Marina Gregg apertando as mãos. Conseguia-se pegar uma porção de ângulos diferentes sem ter que se movimentar muito.

— Sei, naturalmente, que você respondeu a algumas perguntas na época sobre se tinha visto algo incomum, alguma coisa que pudesse ajudar. Eram perguntas gerais.

—Você tem algumas mais especializadas?

— Um pouco mais especializadas, eu acho. De onde estava tinha uma boa visão de Marina Gregg?

Ela confirmou:

— Excelente.

— E de Jason Rudd?

— Ocasionalmente. Mas ele estava andando por ali. Drinques e coisas, e apresentando as pessoas umas às outras. Os locais para as celebridades. Este tipo de coisa. Não vi essa sra. Baddeley.

— Badcock.

— Desculpe, Badcock. Não a vi beber o gole fatal ou algo assim. De fato, acho que nem sei quem ela era, realmente.

—Você se lembra da chegada do major?

— Oh, sim. Lembro-me do major, sim. Estava com sua corrente e as roupas de ofício. Peguei-o subindo os degraus, um *close-up*, um perfil bastante cruel, e depois peguei-o apertando a mão de Marina.

— Então pôde fixar ao menos esse período de tempo na sua mente. sra. Badcock e o marido subindo os degraus e Marina Gregg logo à frente deles.

Ela sacudiu a cabeça.

— Sinto. Eu ainda não me lembro dela.

— Isto não importa muito. Presumo que você tinha uma boa visão de Marina Gregg e que estava com os olhos nela e apontando-lhe sua câmera muito amiúde.

— Está certo. A maior parte do tempo. Tinha que esperar até conseguir o momento exato.

— Conhece de vista um homem chamado Ardwyck Fenn?
— Oh, sim. Eu o conheço bastante. Rede de televisão e filmes também.
— Tirou uma fotografia dele?
— Sim, eu o peguei subindo com Lola Brewster.
— Isto seria depois do major.
Ela pensou um minuto e concordou.
— Sim, por aí.
— Notou que por volta daquele momento Marina Gregg pareceu sentir-se subitamente doente. Notou alguma expressão incomum no seu rosto?

Margot Bence inclinou-se para frente, abriu uma cigarreira, pegou um cigarro e o acendeu. Ele esperou, imaginando o que ela estaria revolvendo na cabeça. Finalmente ela disse, de modo abrupto:

— Por que me pergunta isto?
— Porque é uma pergunta que estou ansioso para ter uma resposta, uma resposta segura.
— Você acha que minha resposta é digna de confiança?
— Sim, eu acho. Aliás, você deve ter o hábito de observar os rostos das pessoas muito detalhadamente, esperando certas expressões, momentos propícios.

Ela balançou a cabeça.
— Viu alguma coisa parecida?
— Alguém mais viu, não é?
— Sim. Mais de uma pessoa, mas me descreveram de maneiras bastante diferentes.
— Como as outras pessoas descreveram?
— Uma disse que ela ia desfalecer.

Margot sacudiu a cabeça lentamente.
— Alguém mais disse que ela estava espantada. — Ele parou um momento e continuou — e alguém mais descreveu-a como tendo uma expressão gelada.
— Gelada — disse Margot pensativamente.

— Concorda com esta última afirmação?
— Não sei. Talvez.
— Foi colocada de maneira ainda mais fantasiosa — disse Dermot. — Nas palavras do poeta Tennyson: "O espelho quebrou de lado a lado: / 'A morte se abateu sobre mim', gritou / Lady de Shalott."
— Não havia nenhum espelho — disse Margot Bence —, mas se houvesse, teria se quebrado. — Ela levantou-se abruptamente. — Espere — disse. — Farei algo melhor que descrever. Vou mostrá-la a você.

Ela afastou a cortina até o canto e desapareceu por alguns momentos. Ele podia ouvi-la emitindo murmúrios impacientes baixinho.

— Que inferno — disse quando emergiu novamente —, nunca se encontra as coisas quando se quer. Mas eu a consegui.

Veio em direção a ele e colocou uma cópia lustrosa em sua mão. Ele olhou para ela. Era uma fotografia muito boa de Marina Gregg. Sua mão estreitava a mão da mulher em frente a ela, e, consequentemente, de costas para a câmera. Mas Marina Gregg não estava olhando para a mulher. Seus olhos não fitavam exatamente no interior da câmera, mas um pouco obliquamente para a esquerda. Porém, para Dermot Craddock, a coisa interessante era que o rosto não expressava o que quer que fosse. Não havia medo nele, nenhuma dor. A mulher retratada ali estava fitando algo, alguma coisa que via, e a emoção que isso despertava nela era tão grande que era fisicamente incapaz de exprimi-la por qualquer tipo de expressão facial. Dermot Craddock já vira uma vez aquela expressão no rosto de um homem, um homem que, um segundo depois, morrera com um tiro...

— Satisfeito? — perguntou Margot Bence.

Craddock deu um profundo suspiro.

— Sim, obrigado. É difícil, você sabe, fazer-se uma ideia quando as testemunhas estão exagerando, se estão imaginando que viram coisas. Mas não é este o caso. Havia *algo* para ver, e ela viu. Posso ficar com essa foto? — perguntou.

— Oh sim, pode ficar com a cópia. Eu tenho o negativo.

— Não o mandou para a imprensa?

Margot Bence sacudiu a cabeça

— Estou muito admirado porque não o fez. Afinal de contas é uma foto bastante dramática. Alguns jornais teriam pagado um bom preço por ela.

— Eu não gostaria muito de fazê-lo — disse Margot Bence.

— Se você olha dentro da alma de alguém por acidente, você se sente um pouco embaraçado em aproveitar-se disto.

— Conhece bem Marina Gregg?

— Não.

—Você veio dos Estados Unidos, não?

— Nasci na Inglaterra, mas fui educada na América. Vim para cá, oh, há cerca de três anos.

Dermot Craddock assentiu. Ele sabia as respostas para as suas perguntas. Elas tinham estado esperando por ele entre as outras listas de informações sobre a sua mesa de trabalho. A garota parecia bastante franca. Ele perguntou.

— Onde foi educada?

— Estúdios Reingarden e Andrew Quilp.

Dermot Craddock ficou subitamente alerta. Os nomes tocaram uma corda sensível de sua lembrança.

—Viveu em Seven Springs, não?

Ela pareceu divertida.

— Parece saber um bocado sobre mim. Andou me investigando?

—Você é uma fotógrafa famosa, srta. Bence. Há artigos escritos sobre você. Por que veio para a Inglaterra?

Ela encolheu os ombros.

— Oh, gosto de mudar. Além disso, como disse a você, nasci na Inglaterra embora tenha ido para os Estados Unidos quando criança.

— Muito nova ainda, acho.

— Cinco anos de idade, se está interessado.

— Estou interessado. Acho, srta. Bence, que você poderia me contar um pouco mais do que fez.

Sua face se endureceu. Ela fitou-o.

— O que quer dizer com isso?

Dermot Craddock olhou para ela e arriscou. Não havia muito com que continuar. Reingarden e Andrew Quilp e o nome de uma cidade. Mas ele sentiu como se a velha Miss Marple estivesse juntinho dele, instigando-o.

— Acho que conhecia Marina Gregg melhor do que diz.

Ela riu.

— Prove-o. Está imaginando coisas.

— Estou? Não acho que esteja. E poderia prová-lo, você sabe, com um pouco de tempo e cuidado. Venha, srta. Bence, não seria melhor que admitisse a verdade? Admita que Marina Gregg a adotou quando criança e que viveu com ela quatro anos.

Ela prendeu a respiração subitamente com um silvo.

— Seu bastardo intrometido! — disse.

Isto o espantou um pouco porque contrastava muito com a atitude anterior dela. Levantou-se, sacudindo sua cabeça de cabelos negros.

— Está bem, está bem, é verdade! Sim. Marina Gregg levou-me para a América com ela. Minha mãe tinha oito filhos. Vivia num cortiço em algum lugar. Era uma das centenas de pessoas, suponho, que escrevem para qualquer atriz de cinema que, por acaso, veem ou escutam falar, contando uma história infeliz, implorando que adote a criança de uma mãe que não pode dar-lhe todas as condições. Oh, este assunto é tão nojento, todo ele.

— Havia três de vocês — disse Dermot. — Três crianças adotadas em épocas diferentes.

— Está certo. Eu, Rod e Angus. Angus era mais velho do que eu, e Rod, praticamente um bebê. Tivemos uma vida maravilhosa. Oh, que vida maravilhosa! Todas as vantagens! — Sua voz se alteou zombeteiramente. — Roupas e carros e uma maravilhosa casa para viver e pessoas para tomar conta de nós, boas escolas e professores e comida deliciosa. Tudo em abundância! E ela própria, nossa "mamãe", "mamãe" entre aspas, fazendo a sua parte, cantando baixinho para nós, sendo fotografada conosco! Ah, que linda foto sentimental.

— Mas ela realmente queria crianças — disse Dermot Craddock. — Isso era bastante real, não era? Não foi apenas um truque publicitário.

— Oh, talvez. Sim, acho que era verdade. Ela queria crianças. Mas não *nos* queria! Não realmente. Era apenas um glorioso trecho de uma representação. "Minha família. É tão maravilhoso ter uma família que seja minha." E Izzy deixou que fizesse. Ele devia saber melhor.

— Izzy era Isidore Wright?

— Sim, seu terceiro ou quarto marido, esqueço qual é. Ele era um homem realmente maravilhoso. Acho que a compreendia e algumas vezes se preocupava conosco. Era gentil, mas não pretendia ser um pai. Não se sentia como um pai. Apenas se importava com os seus escritos. Li algumas de suas coisas desde então. São sórdidas e muito cruéis, mas são poderosas. Acho que algum dia as pessoas dirão que é um grande escritor.

— E isso continuou até quando?

O sorriso de Margot Bence acentuou-se subitamente.

— Até que ela enjoou daquele trecho específico de representação. Não, isto não é bem verdade... Ela descobriu que ia ter uma criança.

— E então?

Ela riu com súbita amargura.

— Então nós o tivemos! Não éramos mais desejados. Tínhamos servido muito bem como substitutos, mas ela não se importava absolutamente conosco, absolutamente. Oh, ela nos aposentou muito bem. Com um lar e uma mãe postiça e dinheiro para a nossa educação e uma boa soma para começarmos na vida. Ninguém pode dizer que ela não se comportou correta e simpaticamente. Mas ela nunca *nos* quis, tudo que desejava era uma criança que fosse sua.

— Não pode censurá-la por isso — disse Dermot gentilmente.

— Oh, não a censuro por querer uma criança que fosse sua, não! Mas e nós? Ela nos levou para longe de nossos pais, dos lugares a que pertencíamos. Minha mãe vendeu-me por uma ração de batata, se quer saber, mas não me vendeu visando a vantagens para si mesma. Ela me vendeu porque era uma mulher absolutamente tola que pensava que eu teria "vantagens" e "educação" e uma vida maravilhosa. Pensou que estava fazendo o melhor para mim. O melhor para mim? Se ela apenas soubesse...

—Você é que ainda está muito amargurada.

— Não, não estou amargurada agora. Já superei isso. Estou amarga porque estou me recordando, porque voltei àqueles dias. Nós éramos todos muito amargos.

— Todos vocês?

— Bem, Rod não. Rod nunca se importou com nada. Além disso, ele era muito pequeno. Mas Angus sentiu-se como eu, somente era mais vingativo. Ele dizia que, quando crescesse, iria matar o bebê que ela ia ter.

—Vocês sabiam sobre o bebê?

— Oh, claro que sabíamos. E todo o mundo sabe o que aconteceu. Ela ficou louca de felicidade e quando ele nasceu era um retardado! Bem feito para ela. Idiota ou não, ela não nos quis de volta.

—Você a odeia muito?

— Por que deveria odiá-la? Ela me fez a pior coisa que alguém pode fazer a uma pessoa. Deixar que acreditem que são amados e queridos e depois mostrar-lhes que é tudo uma fraude.

— O que aconteceu aos seus dois... Eu os chamarei irmãos para guardar as conveniências.

— Oh, nós nos separamos depois. Rod é fazendeiro em algum lugar do Meio-Oeste. Ele é de natureza feliz como sempre foi. Angus? Não sei. Eu o perdi de vista.

— Ele continuou a querer vingar-se?

— Não pensaria isto — disse Margot. — Não é o tipo de coisa que se pode continuar sentindo. A última vez que o vi, ele disse que ia entrar para o teatro. Não sei se o fez.

— Mas você se lembrou — disse Dermot.

— Sim. Eu me lembrei — disse Margot Bence.

— Marina Gregg ficou surpresa ao vê-la naquele dia ou ela arranjou que fotografasse para agradá-la?

— Ela? — A garota sorriu desdenhosamente. — Ela não sabia de nada sobre os arranjos. Eu estava curiosa para revê-la e usei um bocado de influência para conseguir o trabalho. Como disse, eu consegui alguma influência com o pessoal do Estúdio. Queria ver como ela estava hoje em dia. — Bateu na superfície da mesa. — Ela nem sequer me reconheceu. O que acha disto? Estive com ela durante quatro anos. Dos cinco aos nove, e ela não me reconheceu.

— As crianças mudam — disse Dermot Craddock. — Elas mudam tanto que você dificilmente as reconhece. Tenho uma sobrinha que encontrei outro dia e asseguro a você que teria passado por ela na rua...

— Está dizendo para que eu me sinta melhor? Não me importo realmente. Oh, que diabo, sejamos honestos. Eu me importo. Eu me importei. Ela possuía uma mágica, você sabe. Marina! Uma mágica deslumbrante e magnética que o domina. Você pode odiar uma pessoa e, ainda assim, se importar com ela.

— Não lhe contou quem era?

Ela sacudiu a cabeça.

— Não, não contei a ela. É a última coisa que faria.

— Tentou envenená-la, srta. Bence?

Seu humor mudou. Ela se levantou e riu.

— Que perguntas ridículas você faz! Mas suponho que tenha que fazer. É parte do seu trabalho. Não. Posso assegurar a você que eu não a matei.

— Não foi isto que perguntei, srta. Bence.

Ela olhou para ele, com o rosto franzido, perplexa.

— Marina Gregg — disse — ainda está viva.

— Por quanto tempo?

— O que quer dizer com isso?

— Não acha que é provável, inspetor, que alguém tente novamente e desta vez... desta vez, talvez... consiga?

— Precauções serão tomadas.

— Oh, estou certa de que serão. O marido devotado tomará conta dela, não? E se certificará de que nenhum mal vai lhe acontecer.

Ele escutava atentamente a zombaria na voz dela.

— O que quis dizer quando falou que não me perguntou aquilo? — ela disse, voltando ao assunto subitamente.

— Perguntei a você se tentou matá-la. Você replicou que não a matou. Isto é verdade mesmo, mas *alguém* morreu, *alguém* foi morto.

— Quer dizer que tentei matar Marina e, em vez disso, matei a sra. não sei o quê? Se quiser que eu me faça entender, *não* tentei envenenar Marina e *não* envenenei sra. Badcock.

— Mas sabe talvez quem o fez?

— Não sei de nada, inspetor, asseguro-lhe.

— Mas tem alguma ideia?

— Oh, sempre se tem ideias. — Riu para ele, um sorriso zombeteiro. — Entre tantas pessoas podia ser, ou não, aquela secretária robô de cabelos pretos, o elegante Hailey Preston, serventes, empregadas, um massagista, o cabeleireiro, alguém dos Estúdios, tanta gente... e um deles poderia estar fingindo.

Então, como ele dera inconscientemente um passo em sua direção, ela sacudiu a cabeça com veemência.

— Relaxe, inspetor — disse —, estou apenas provocando-o. *Alguém* saiu de casa pelo sangue de Marina, mas quem foi não tenho ideia. Realmente, não tenho a menor ideia.

Capítulo 16

I

No número 16 da Vila Aubrey, a jovem sra. Baker estava falando com o marido. Jim Baker, um gigante louro e bem-apessoado, estava tentando montar um modelo de construção.

—Vizinhos! — disse Cherry. — Atirou para trás sua cabeça de cabelos encaracolados. — Vizinhos! — disse de novo venenosamente.

Levantou com cuidado a frigideira do fogão e literalmente atirou seu conteúdo em dois pratos, um bem mais cheio do que o outro. Colocou o mais cheio diante do marido.

— Carne grelhada — anunciou.

Jim levantou os olhos e cheirou apreciativamente.

— Parece muito bom — disse. — O que é hoje? Meu aniversário?

—Você tem que ser bem alimentado — disse Cherry.

Ela estava muito bonita num avental listrado cereja e branco, com pequenos babados. Jim deslocou as partes componentes de um cruzador transatlântico para abrir lugar para a sua refeição. Sorriu maliciosamente para a mulher e perguntou:

— Quem diz isto?

— Minha Miss Marple que eu saiba! — disse Cherry. — E se for mesmo — acrescentou, sentando-se defronte a Jim e puxando seu prato para perto — eu diria que ela própria devia ter uma alimentação um pouco mais sólida. Aquela gata velha do seu Cavaleiro Branco não lhe dá nada além de carboidratos. É tudo em que pode pensar. Um "bonito manjar", um "bonito pudim de pão e manteiga", um "bom macarrão com queijo". Pudins moles com calda rosa. E fala, fala, fala, fala, todo o dia. Deve ficar tonta.

— Oh, bem — disse Jim vagamente —, suponho que é a dieta de inválidos.

— Dieta de inválidos! — disse Cherry e bufou. — Miss Marple não é uma inválida, é apenas velha. Sempre interferindo, também.

— Quem, Miss Marple?

— Não. Aquela srta. Knight. Dizendo-me como fazer as coisas! Tentou até me dizer como devo cozinhar! Eu sei cozinhar melhor do que ela.

— Você é demais na cozinha, Cherry — disse Jim, apreciativamente.

— Há algo para cozinhar — disse Cherry —, alguma coisa que você possa enterrar os dentes.

Jim riu.

— Estou enterrando os meus dentes nisto aqui. Por que a sua Miss Marple disse que eu precisava me alimentar? Ela achou que eu parecia abatido no outro dia quando fui fixar a prateleira do banheiro?

Cherry riu.

— Vou dizer o que ela me disse. Ela falou: "Você tem um marido muito simpático, minha querida. Um marido muito simpático." Parecia um daqueles livros que eles leem alto na televisão.

— Espero que tenha concordado com ela! — disse Jim com um sorriso malicioso.

— Eu disse que você estava bem.

— Estava bem! Esta é uma maneira muito indiferente de falar.

— E então ela disse: "Você deve cuidar do seu marido, minha querida. Certifique-se de que o alimenta apropriadamente. Os homens precisam de muitas refeições de carne, bem cozidas."

— Escute, escute!

— E me disse que fizesse comida fresca para você e não essas tortas prontas e coisas que se colocam no forno para esquentar. Não que eu faça isso muito amiúde — acrescentou Cherry virtuosamente.

—Você não pode fazer nem raramente para mim — disse Jim. — Elas têm um gosto completamente diferente.

— Tão logo você preste atenção no que come — disse Cherry — e não fique tão absorvido com todos esses cruzadores e coisas que está sempre construindo. E não me diga que comprou este jogo como presente de Natal para o seu sobrinho Michael. Comprou-o para que você mesmo pudesse brincar.

— Ele ainda não tem idade para brincar — disse Jim, se desculpando.

— E suponho que vai continuar absorvido nisso a noite inteira. Que tal um pouco de música? Comprou aquele disco novo de que falava?

— Sim. Tchaikovsky, abertura 1.812.

— Essa é aquela alta, com a batalha, não é? — disse Cherry. Fez uma careta. — Nossa sra. Hartwell não vai gostar nem um pouco! Vizinhos! Estou cheia de vizinhos. Sempre resmungando e se queixando. Não sei quem é pior. Os Hartwell ou os Barnaby. Os Hartwell começam a bater na parede às 22h40, algumas vezes. É um pouco cedo demais! Afinal de contas, mesmo a televisão e o rádio vão até mais tarde do que isso. Por que não deveríamos escutar um pouco de música se gostamos? E sempre nos pedindo para abaixar o volume.

— Estas coisas não podem ser ouvidas baixo — disse Jim com autoridade. — Você não consegue o tom a menos que tenha volume. Todo o mundo sabe disso. É absolutamente reconhecido nos meios musicais. E aquele gato deles, sempre vindo para o nosso jardim, cavoucando as plantas, justamente quando acabei de cuidar.

— Digo a você o que mais, Jim. Estou cheia deste lugar.

—Você não se incomodava com os vizinhos em Huddersfield — observou Jim.

— Não era a mesma coisa lá — disse Cherry. — Quero dizer, você é completamente independente. Se está com um problema, alguém lhe dá uma ajuda, e você ajuda de volta. Mas não se intromete. Há alguma coisa num conjunto novo como este que faz as pessoas olharem atravessado para os vizinhos. Acho que é porque somos todos desconhecidos. O monte de fofocas e histórias, e escrever para o conselho, e uma coisa e outra que há por aqui me deixam exausta! As pessoas que vivem em cidades são muito ocupadas para isto.

— Você pode ter acertado, minha garota.

— Você gosta daqui, Jim?

— O emprego é bom. E, afinal de contas, esta casa é novinha. Gostaria que houvesse mais espaço para que eu pudesse me espalhar um pouco. Seria ótimo se pudesse ter uma oficina.

— Pensei que seria adorável no começo — disse Cherry —, mas agora não tenho tanta certeza. A casa é boa, adoro a pintura azul, e o banheiro é bonito, mas não gosto das pessoas e da atmosfera daqui. Algumas das pessoas são boas. Contei a você que a Lily Price e aquele Harry romperam? Aconteceu um negócio engraçado naquele dia, na casa que foram olhar. Você sabe, quando ela mais ou menos caiu para fora da janela. Ela disse que Harry simplesmente ficou parado como um porco estúpido.

— Estou contente em saber que ela rompeu com ele. Ele é um pilantra, se é que já vi um antes — disse Jim.

— Não é bom se casar com um sujeito só porque um bebê está a caminho — disse Cherry. — Ele não queria se casar com ela, você sabe. Não é um bom rapaz. Miss Marple disse que ele não era — acrescentou pensativamente. — Ela falou com Lily sobre ele. Lily pensou que ela fosse maluca.

— Miss Marple? Não sabia que ela o conhecia.

— Oh, sim, ela estava andando por aqui naquele dia em que caiu, e sra. Badcock levantou-a e levou-a para dentro de casa. Você acha que Arthur e sra. Bain vão ficar juntos?

Jim franziu a testa enquanto pegava uma peça do cruzador e consultava o diagrama de instruções.

— Gostaria muito que você escutasse quando estou falando — disse Cherry.

— O que disse?

— Arthur Badcock e Mary Bain.

— Pelo amor de Deus, Cherry, a mulher dele acabou de morrer! Vocês mulheres! Ouvi dizer que ele ainda está num terrível estado de nervos. Pula quando você fala com ele.

— Gostaria muito de saber por quê. Eu não pensei que ele fosse receber aquilo desta maneira, você não?

— Pode desocupar este canto de mesa um pouco? — disse Jim, abandonando mesmo um interesse passageiro nos assuntos de seus vizinhos. — Só para que eu possa espalhar estas peças um pouco mais.

Cherry arrancou um suspiro exasperado.

— Para conseguir alguma atenção aqui, você tem que ser um superjato ou um turboélice — disse amargamente. — Você e seus modelos de armar!

Encheu a bandeja com os restos do jantar e levou-a para a pia. Decidiu não lavar, uma necessidade da vida diária que adiava o mais que podia. Em vez disso, empilhou tudo dentro da pia de qualquer jeito, vestiu uma jaqueta cotelê e saiu de casa, parando para gritar por cima do ombro:

— Estou dando uma saída para ir ver Gladys Dixon. Quero pedir-lhe emprestado alguns modelos da *Vogue*.

— Está bem, velhinha. — Jim curvou-se sobre o modelo.

Lançando um olhar venenoso enquanto passava pela porta do vizinho ao lado, Cherry dobrou a esquina em Vila Blenheim e parou no número 16. A porta estava aberta, e Cherry bateu de leve, entrou no vestíbulo e chamou:

— Gladys está por aí?

— É você Cherry? — Sra. Dixon olhou da cozinha. — Ela está lá em cima no quarto, costurando.

— Está bem, vou subir.

Cherry subiu para um pequeno quarto onde Gladys, uma garota gorda com um rosto comum, estava ajoelhada no chão, as bochechas vermelhas e vários alfinetes na boca, montando um molde de papel.

— Oi, Cherry. Olhe, consegui este lindo modelo na liquidação do Harper's em Much Benham. Vou fazer aquele modelo transpassado com babados de novo, aquele que fiz em tecido Terylene.

— Ficará bom — disse Cherry.

Gladys pôs-se de pé, arquejante.

— Acho que estou com indigestão — disse.

— Não devia costurar e abaixar-se assim logo depois do jantar — disse Cherry.

— Acho que tenho que emagrecer um pouco — disse Gladys, sentando-se na cama.

— Alguma notícia do Estúdio? — perguntou Cherry, sempre ávida por notícias do cinema.

— Não muito. Há um bocado de falatório ainda. Marina Gregg voltou para a filmagem ontem, e inventou uma coisa assustadora.

— Sobre?

— Ela não gostou do sabor do café. Você sabe, sempre servem café no meio da manhã. Ela tomou um gole e disse que havia algo errado. O que era absurdo, naturalmente. Não poderia haver nada errado. Vem numa jarra diretamente da cantina. Claro que colocou o seu café numa xícara de porcelana chinesa, muito bacana, diferente das outras, mas o café é o mesmo. Então não poderia haver nada de errado com ele, poderia?

— Nervos, eu suponho — disse Cherry. — O que aconteceu?

— Oh, nada. Sr. Rudd acalmou todo o mundo. Ele é maravilhoso nisso. Pegou a xícara da mão dela e derramou-a na pia.

— O que parece bastante estúpido — disse Cherry lentamente.

— Por quê? O que quer dizer?

— Bem, se havia alguma coisa de errado, agora ninguém jamais saberá.

— Você acha que realmente poderia haver algo errado? — perguntou Gladys parecendo alarmada.

— Bem — Cherry encolheu os ombros. — Havia algo errado com o coquetel no dia da festa, não? Então por que não com o café? Se não consegue da primeira vez, tente, tente de novo.

Gladys estremeceu.

— Não gosto nem um pouco disto, Cherry — disse. — Alguém a escolheu, está certo. Ela recebeu mais cartas, você sabe, ameaçando-a, houve aquele caso do busto outro dia.

— Que caso do busto?

— Um busto de mármore. No cenário. Está no canto de um quarto em algum palácio austríaco ou qualquer outro. Com um nome engraçado parecido com Shotbrown. Quadros e bustos chineses e de mármore. Este estava sobre um suporte e parece que não tinha sido empurrado bem para trás. De qualquer modo, um enorme caminhão passou do lado de fora na estrada, o chão tremeu e o busto foi atirado, exatamente em cima da cadeira onde Marina se senta para a grande cena com o conde isto ou aquilo. Reduziu-a a pó! Sorte que não estavam filmando na hora. Sr. Rudd falou para não dizer uma só palavra sobre aquilo a ela, e colocou outra cadeira lá, e, quando ela voltou ontem e perguntou por que a cadeira tinha sido trocada, ele disse que a cadeira era do período errado e esta oferecia um melhor ângulo para a câmera. Mas ela não gostou nem um pouco, posso dizer isto a você.

As duas garotas entreolharam-se.

— É excitante de certa forma — disse Cherry lentamente — e ao mesmo tempo não é...

— Acho que vou desistir de trabalhar na cantina do Estúdio — disse Gladys.

— Por quê? Ninguém quer envenená-la ou atirar bustos de mármore na sua cabeça!

— Não. Mas nem sempre é a pessoa que planejaram matar que morre. Pode ser alguém mais. Como Heather Badcock naquele dia.

— É bem verdade — disse Cherry.

—Você sabe — disse Cherry. — Tenho pensado. Estava lá no *hall* naquele dia, ajudando. Estava bem perto deles todo o tempo.

— Quando Heather morreu?

— Não, quando ela derramou o coquetel. No vestido todo. Era um lindo vestido, tafetá de náilon azul real. Ela o fizera justamente para a ocasião. E foi engraçado.

— O que foi engraçado?

— Não pensei nisto na época. Mas parece engraçado quando penso de novo.

Cherry olhou-a interrogativamente. Ela encarava o adjetivo "engraçado" no sentido que estava sendo dito. E este não pretendia ser humorístico.

— Pelo amor de Deus, o que foi engraçado? — ela exigiu.

— Estou quase certa de que ela o fez de propósito.

— Derramou o coquetel de propósito?

— Sim. E acho que isto foi mesmo engraçado, e você?

— Num vestido novinho? Não acredito.

— Eu gostaria de saber agora — disse Gladys — o que Arthur Badcock vai fazer com todas as roupas de Heather. Aquele vestido não ficaria manchado. Podia também tirar a metade do pano, a saia é bem rodada. Você pensa que Arthur Badcock iria achar muito horrível da minha parte se eu quisesse comprá-lo dele? Quase não iria precisar de modificações, e é um lindo tecido.

—Você não se importaria? — Cherry riu.

— Eu me importaria com o quê?

— Bem, ficar com o vestido com o qual uma mulher morreu, quero dizer, morreu daquela maneira...

Gladys fitou-a.

— Não tinha pensado nisto — admitiu. Considerou por um momento. Então se animou. — Não vejo problema — disse. — Afinal de contas, a toda hora você está comprando algo em segunda mão, que foi usado por alguém que morreu, não é?

— Sim. Mas não é a mesma coisa.

— Acho que você está inventando — disse Gladys. — É de um lindo tom azul brilhante, e o material é realmente caro. Sobre aquele negócio engraçado — continuou pensativamente — acho que amanhã, de manhã, quando estiver indo para o trabalho, vou passar em Gossington Hall para falar com sr. Giuseppe.

— É o mordomo italiano?

— Sim. Ele é terrivelmente simpático. Olhos chamejantes. Tem um gênio horrível. Quando nós garotas vamos lá ajudar, ele nos persegue o tempo todo. — Deu uma risadinha. — Mas nenhuma de nós se importa realmente. Algumas vezes ele pode ser tremendamente gentil...

— Não vejo o que você tem que contar — disse Cherry.

— Bem, foi engraçado — disse Gladys, apoiando-se desafiantemente no seu adjetivo favorito.

— Acho — disse Cherry — que você simplesmente quer uma desculpa para falar com sr. Giuseppe, e é melhor tomar cuidado, minha menina. Você sabe como são esses italianos! Filhos ilegítimos em todos os lugares. Esquentados e apaixonados, é o que são esses italianos.

Gladys suspirou enlevada.

Cherry olhou para o rosto gordo e levemente marcado de espinhas da amiga e decidiu que as advertências eram desnecessárias. "Sr. Giuseppe", pensou, "deve ter melhores peixes para fritar em outro lugar".

II

— Ah! — disse o dr. Haydock — vejo que está desmanchando.

Transferiu o olhar de Miss Marple para um monte de lã branca macia e fofa.

— Você me aconselhou a tentar desmanchar se não conseguisse tricotar — disse Miss Marple.

— Parece que seguiu o conselho ao pé da letra.

— Cometi um engano no modelo logo no começo e isto fez com que toda a coisa ficasse desproporcional, então tive que desmanchar tudo. É um ponto muito complicado, você entende.

— E o que são pontos muito complicados para você? Absolutamente nada.

— Acho que devido à minha má vista eu deveria ficar no tricô simples.

—Você acharia muito maçante. Bem, estou lisonjeado porque seguiu o meu conselho.

— Não sigo sempre os seus conselhos, dr. Haydock?

— Só o faz quando agrada a você — disse o dr. Haydock.

— Diga-me, doutor, era realmente o tricô que tinha em mente quando me deu aquele conselho?

Ele deparou com o brilho nos olhos dela, e seus olhos brilharam de volta.

— Como está se saindo com o assassinato? — perguntou.

— Temo que as minhas faculdades não sejam mais como eram — disse Miss Marple, balançando a cabeça com um suspiro.

— Absurdo — disse o dr. Haydock. — Não me diga que já formou algumas opiniões.

— Claro que já formei opiniões. Muito definidas até.

— Como por exemplo? — perguntou Haydock inquisitivamente.

— Se o copo com o coquetel foi envenenado naquele dia, e eu não consigo ver exatamente como foi feito...

— A coisa já podia estar preparada em um conta-gotas — sugeriu Haydock.

— Você é tão profissional! — disse Miss Marple em tom de admiração. — Mesmo assim me parece muito esquisito que ninguém tenha visto acontecer.

— Os crimes não são apenas cometidos, mas são *vistos* sendo cometidos. É isto?

—Você sabe exatamente o que quero dizer — disse Miss Marple.

— Aquele foi um risco que o assassino teve que correr — disse Haydock.

— Oh, claro. Não estou discutindo isso no momento. Mas pelo que descobri, perguntando e somando, havia pelo menos de dezoito a vinte pessoas no local. Parece-me que entre vinte pessoas *alguém* deve ter visto aquela ação ser praticada.

Haydock concordou.

— Certamente se pensaria isto. Mas obviamente ninguém o fez.

— Gostaria de saber — disse Miss Marple, pensativa.

— O que você tem na cabeça exatamente?

— Bem, há três possibilidades, se se aceitar o fato de que pelo menos uma pessoa deveria ter visto alguma coisa. Uma entre vinte. Acho que é razoável aceitar isto.

— Acho que está dando a questão como provada — disse Haydock. — Posso ver despontando um daqueles terríveis exercícios de probabilidades em que seis homens têm seis chapéus brancos e seis homens têm seis chapéus pretos, e você tem que calcular matematicamente quantas possibilidades existem de os chapéus serem trocados e em que proporção exatamente. Se você começar a pensar coisas assim, vai ficar tonta. Deixe-me assegurá-la disto!

— Não estava pensando em nada parecido — disse Miss Marple. — Eu estou apenas pensando no que é provável.

— Sim — disse um Haydock pensativo —, você é muito boa nisso. Sempre foi.

— E *é* provável, você sabe, que, entre vinte pessoas, pelo menos uma tenha sido a testemunha ocular.

— Eu desisto — disse Haydock. — Vamos às três possibilidades.

— Temo que terei que colocá-las muito esquematicamente — disse Miss Marple. — Ainda não as estudei bem. O inspetor Craddock e provavelmente Frank Cornish, antes dele, devem ter interrogado todo o mundo sobre quem estava lá, de modo que a coisa natural seria que, quem quer que tivesse visto algo, tivesse falado logo o que tinha visto.

— Esta é uma das possibilidades?

— Não, claro que não — disse Miss Marple — porque não aconteceu. O que você tem que levar em conta é, se uma pessoa *realmente* viu alguma coisa, então por que esta pessoa não falou?

— Estou escutando.

— Possibilidade Um — disse Miss Marple, com as faces rosadas de animação. — A pessoa que viu não percebeu o que tinha visto. Isto significaria, naturalmente, que teria que ser uma pessoa bastante estúpida. Alguém, digamos, que usa os olhos, mas não usa o cérebro. O tipo da pessoa que, se você perguntasse "Viu alguém colocar alguma coisa no copo de Marina?", diria: "Oh, não." Mas se você dissesse "Viu alguém colocar a mão sobre o copo de Marina Gregg?", diria: "Oh, sim, claro que vi!"

Haydock riu.

—Admito que nunca se supõe que haja um mentecapto em nosso meio. Está bem, aceito a sua Possibilidade Um. O mentecapto viu, o mentecapto não pegou o significado da ação. E a segunda possibilidade?

— Esta é um pouco remota, mas eu realmente acho que *é* simplesmente uma possibilidade. Pode ter sido uma pessoa cuja ação de colocar alguma coisa no copo fosse natural.

— Espere, espere, explique isto melhor.

— Parece-me que hoje em dia — disse Miss Marple — as pessoas estão sempre adicionando coisas ao que comem e bebem. No meu tempo era considerado falta de educação tomar remédios às refeições, da mesma forma que assoar o nariz na mesa de jantar. Simplesmente não se *fazia*. Se você *tivesse* que tomar pílulas ou cápsulas, ou uma colher de alguma coisa, você saía da sala para fazê-lo. Não é isto que acontece agora. Quando estive com meu sobrinho, Raymond, observei que alguns dos seus convidados costumavam chegar com uma boa quantidade de vidrinhos de pílulas e tabletes. Tomavam-nos com a comida, antes da comida, ou depois de comer. Têm aspirinas e coisas assim em suas bolsas e as tomam durante o tempo todo, com xícaras de chá ou com o café depois do jantar. Entende o que quero dizer?

— Oh, sim — disse o dr. Haydock. — Entendi agora o que quis dizer e afirmo que é muito interessante. Quer dizer que alguém... — ele parou. — Deixe-me sabê-lo por suas próprias palavras.

— Eu quis dizer — continuou Miss Marple — que seria muito possível, audacioso mas possível, que alguém pegasse o copo e, tão logo estivesse com ele na mão, seria visto como se fosse o seu próprio drinque e poderia adicionar o que quer que fosse muito *abertamente*. Nesse caso, você vê, as pessoas não pensariam duas vezes.

— Ele, ou ela, não poderia ter certeza disso — observou Haydock.

— Não — concordou Miss Marple. — Seria uma aposta, um risco, mas *poderia* acontecer. E então — continuou — há a terceira possibilidade.

— Possibilidade Um: um mentecapto — disse o médico. — Possibilidade Dois: um jogador. Qual é a Possibilidade Três?

— Alguém viu o que aconteceu e segurou a língua deliberadamente.

Haydock franziu a testa.

— Por que razão? — perguntou. — Está sugerindo chantagem? Se for...

— Se for — disse Miss Marple —, é uma coisa muito perigosa de se fazer.

— Sim, de fato. — Ele olhou subitamente para a plácida velhinha com um adereço branco e macio no colo. — É a terceira possibilidade a que você considera mais provável?

— Não — disse Miss Marple. — Eu não iria tão longe. Não tenho, no momento, base suficiente. A menos — acrescentou cuidadosamente — que alguém mais seja morto.

— Você acha que alguém mais vai ser morto?

— Espero que não... mas isto ocorre tão frequentemente, dr. Haydock. Isto é que é triste e assustador. Acontece tão frequentemente.

Capítulo 17

Ella colocou o fone de volta, sorriu para si mesma e saiu da cabina de telefone público. Estava satisfeita consigo mesma.

"Inspetor-Chefe Deus Todo-Poderoso Craddock!", disse para si mesma. "Sou duas vezes melhor do que ele neste trabalho. Variações do tema e: 'Fuja, foi tudo descoberto!'"

Ela pintou para si mesma, com uma grande dose de prazer, as reações há pouco sofridas pela pessoa do outro lado da linha. Aquele sussurro levemente ameaçador vindo pelo fone: *"Eu vi você..."*

E riu silenciosamente, os cantos da boca soerguendo-se numa linha felina e cruel. Um estudante de psicologia teria tido algum interesse em observá-la. Nunca, até os últimos dias, sentira aquela sensação de poder. E dificilmente ela teria consciência do quanto aquela intoxicação mental a afetara...

Passou pelo East Lodge, e sra. Bantry, ocupada com o jardim como sempre, acenou para ela.

— Maldita velha — pensou Ella. Podia sentir os olhos de sra. Bantry acompanhando-a enquanto subia o caminho.

Uma frase lhe veio de repente à cabeça sem nenhuma razão particular.

Tantas vezes o pote vai à fonte que um dia quebra...

Absurdo. Ninguém poderia suspeitar que fora ela quem sussurrara aquelas palavras ameaçadoras...

Ela espirrou.

— Maldita febre de feno — disse Ella Zielinsky.

Quando entrou em seu escritório, Jason Rudd estava de pé junto à janela. Ele virou-se.
— Não sabia onde você estava.
— Tive que ir falar com o jardineiro. Havia... — ela interrompeu-se quando olhou para o rosto dele.
Perguntou abruptamente:
— O que é?
Seus olhos pareciam mais fundos do que nunca. Toda a alegria do palhaço se fora. Este era um homem sob tensão. Ela já o vira sob tensão antes, mas nunca com aquela expressão.
Disse novamente:
— O que é?
Ele lhe estendeu uma folha de papel.
— É a análise daquele café. O café de que Marina se queixou e não bebeu.
— Você o mandou para ser analisado? — Estava espantada. — Mas você o derramou na pia. Eu vi.
A boca grande curvou-se em um sorriso.
— Sou muito bom em prestidigitação, Ella — disse ele. — Não sabia disto, não é? Sim, eu derramei a maior parte, mas guardei um pouco e levei para ser analisado.
Ela olhou para o papel em sua mão.
Arsênico.

Ella pareceu incrédula.
— Sim, arsênico.
— Então Marina estava certa quanto ao gosto amargo?
— Ela não estava certa sobre isto. Arsênico não tem gosto. Mas seu instinto estava bastante certo.
— E nós pensamos que ela estava apenas nervosa!
— Ela está nervosa! Quem não estaria? Uma mulher caiu morta praticamente aos seus pés. Recebe bilhetes ameaçadores, um atrás do outro. Não houve nenhum hoje, não foi?
Ella sacudiu a cabeça.

— Quem coloca os malditos bilhetes? Oh, bem, suponho que seja bastante fácil, com todas estas janelas abertas. Qualquer um poderia se esgueirar para dentro.

— Quer dizer que deveríamos manter as janelas com grades e fechadas? Mas está um tempo tão quente. Afinal de contas, há um homem postado nos jardins.

— Sim, e não quero assustá-la mais do que já está. Ninguém faz caso de cartas ameaçadoras. Mas arsênico, Ella, arsênico é diferente...

— Ninguém na casa poderia misturá-lo à comida.

— Não poderiam, Ella? Não poderiam?

— Não sem serem vistos. Nenhuma pessoa sem autorização... Ele a interrompeu.

— As pessoas fazem coisas por dinheiro, Ella!

— Dificilmente assassinato!

— Até isto. E eles podiam não perceber que era um assassinato... Os criados...

— Tenho certeza de que não há nada com os criados.

— Giuseppe. Eu duvido que pudesse confiar muito em Giuseppe se fosse uma questão de dinheiro... Ele já está há algum tempo conosco, naturalmente, mas...

— Precisa se torturar assim, Jason?

Ele se atirou numa cadeira. Inclinou-se para frente, os braços longos pendendo sobre os joelhos.

— O que fazer? — disse lenta e suavemente. — Meu Deus, o que fazer?

Ella não falou. Ficou sentada, observando-o.

— Ela estava feliz aqui — disse Jason. Falava mais consigo mesmo do que com Ella. Ele estava fitando o tapete, entre os joelhos. Se tivesse levantado os olhos, a expressão no rosto dela poderia, talvez, tê-lo surpreendido.

— Ela estava feliz — disse novamente. — Esperava ser feliz e *estava* feliz aqui. Estava dizendo isto naquele dia, o dia em que sra. não sei o quê...

— Bantry?

— Sim. O dia que sra. Bantry veio tomar chá. Ela disse que era tão "pacífico". Disse que finalmente encontrara um lugar onde podia repousar, ser feliz e sentir-se segura. Meu Deus, segura!

— Feliz para sempre? — A voz de Ella possuía um leve tom de ironia. — Sim, colocado desse jeito, parece exatamente uma história de fadas.

— De qualquer maneira, ela acreditava nela.

— Mas você não — disse Ella. — Você nunca pensou que seria assim?

Jason Rudd sorriu.

— Não. Eu não achei que estava resolvido. Mas pensei mesmo que por um período, um ano, dois anos, haveria calma e alegria. Teria feito dela uma nova mulher. Teria lhe dado confiança em si mesma. Ela pode ser feliz, você sabe. Quando está feliz, é como uma criança. Exatamente como uma criança. E agora *isto* tinha que lhe acontecer.

Ella andou desassossegadamente.

— Acontecem coisas a todos nós — disse bruscamente. — A vida é assim. Você tem que suportar. Alguns de nós podem, outros não. Ela é do tipo que não pode.

Ela espirrou.

— Sua febre de feno está ruim de novo?

— Sim, a propósito, Giuseppe foi para Londres.

Jason ficou levemente surpreso.

— Para Londres? Por quê?

— Algum problema familiar. Ele tem parentes em Soho, e um deles está muitíssimo doente. Falou com Marina, e ela disse que estava bem, e deu-lhe um dia livre. Estará de volta esta noite. Você não se importa, não?

— Não — disse Jason. — Não me importo.

Ele se levantou e andou de um lado para o outro.

— Se eu pudesse levá-la embora... agora... de uma vez.

— Largar o filme? Mas pense apenas...

A voz dele se alteou.

— Não posso pensar em mais nada a não ser em Marina. Não compreende? Ela está em perigo. É tudo em que eu posso pensar.

Ela abriu a boca impulsivamente e depois fechou-a.

Deu outro espirro abafado e levantou-se.

— Acho melhor pegar o nebulizador.

Deixou o aposento e foi para o seu quarto de dormir, uma palavra ecoando na sua mente:

"Marina... Marina... Marina... Sempre Marina..."

A fúria empolgou-a. Ela se acalmou. Entrou no banheiro e pegou o *spray* que usava.

Inseriu o bocal em uma narina e apertou.

O aviso chegou um segundo tarde demais... Seu cérebro reconheceu o odor incomum de amêndoas amargas... Mas não a tempo de paralisar os dedos que apertavam...

Capítulo 18

I

Frank Cornish recolocou o fone.

— Srta. Brewster ficará fora de Londres o dia todo — anunciou.

— Agora? — disse Craddock.

—Você acha que ela...

— Não sei. Não pensaria isto, mas não sei. Ardwyck Fenn?

— Fora. Deixei-lhe um recado para telefonar para você. E Margot Bence, fotógrafa de personalidades, teve um compromisso em algum outro lugar. Seu sócio homossexual não sabia onde, ou pelo menos disse que não sabia. E o mordomo escapou para Londres.

— Eu gostaria muito de saber — disse Dermot, pensativo — se o mordomo foi mesmo para isso. Sempre suspeitei de parentes à beira da morte. Por que ele ficou subitamente ansioso para ir a Londres hoje?

— Ele poderia ter colocado o cianureto no nebulizador muito facilmente antes de partir.

— Qualquer um poderia.

— Mas acho que ele é o indicado. Dificilmente poderia ser alguém de fora.

— Oh, sim, poderia. Você teria que escolher o momento. Poderia deixar um carro em uma das ruas transversais, esperar até que todos estivessem na sala de jantar, por exemplo, se esgueirar por uma janela e subir. Os jardins vão até perto da casa.

— Um risco tremendo.

— Este assassino não se importa de correr riscos. Isto ficou claro o tempo todo.

— Temos um homem nos jardins.

— Eu sei. Mas um homem não foi suficiente. Não pensei que havia tanta necessidade porque achei que era apenas uma questão de cartas anônimas. A própria Marina Gregg está bem protegida. Nunca me ocorreu que alguém mais estivesse em perigo. Eu...

O telefone tocou. Cornish pegou o fone.

— É de Dorchester. Sr. Ardwyck Fenn está na linha.

Estendeu o fone para Craddock...

— Sr. Fenn. Aqui é o inspetor Craddock.

— Ah, sim. Soube que me telefonou. Estive fora o dia todo.

— Sinto dizer, sr. Fenn, que srta. Zielinsky morreu esta manhã... cianureto de potássio.

— É mesmo? Estou chocado em ouvir isto! Foi um acidente? Ou não?

— Não foi acidente. Colocaram ácido cianídrico no nebulizador que ela costumava usar.

— Entendo. Sim, entendo... — Houve uma pequena pausa. — E posso perguntar por que o senhor me telefonou para falar sobre esta lastimável ocorrência?

— Você conhecia srta. Zielinsky, sr. Fenn?

— Certamente que a conhecia. Eu a conheço há alguns anos. Mas ela não era uma amiga íntima.

— Esperamos que você possa, talvez, orientar-nos?

— Em que sentido?

— Gostaríamos de saber se poderia sugerir algum motivo para a sua morte. Ela é desconhecida no país. Sabemos muito pouco acerca de seus amigos e relacionamentos, bem como sobre os antecedentes de sua vida.

— Eu penso que Jason Rudd seja a pessoa indicada para ser interrogada sobre isso.

— Naturalmente. Já o fizemos. Mas havia uma possibilidade remota de que você pudesse saber de alguma coisa que ele não soubesse.

— Creio que não. Não sei quase nada a respeito de Ella Zielinsky, exceto que era uma jovem muito capaz, uma profissional de primeira. Sobre a sua vida particular não sei absolutamente nada.

— Então não tem nada a sugerir?

Craddock estava pronto para a resposta negativa, mas ficou surpreso porque ela não veio. Em vez disso, houve uma pausa. Ela podia ouvir Ardwyck Fenn arfando do outro lado.

— Ainda está aí, inspetor?

— Sim, sr. Fenn. Estou aqui.

— Decidi contar uma coisa para você que talvez o auxilie. Quando escutar o que é, compreenderá que eu tinha todas as razões para manter segredo. Mas julgo que poderia ser imprudente no final. Os fatos são estes. Há dois dias recebi uma chamada telefônica. Uma voz sussurrando falou para mim. Disse — estou repetindo agora: "Eu vi você... Vi você colocar os tabletes no copo... Não sabia que havia uma testemunha, não é? Isto é tudo por enquanto. Muito em breve você será avisado do que deve fazer."

Craddock proferiu uma exclamação de espanto.

— Surpreendente, não é, sr. Craddock? Asseguro categoricamente que a acusação é inteiramente infundada. *Não* coloquei tabletes no copo de ninguém. Desafio qualquer um a prová-lo. A sugestão é totalmente absurda. Mas parece, não é, que srta. Zielinsky estava embarcando na chantagem.

— Reconheceu sua voz?

— Você não pode reconhecer um sussurro. Mas era mesmo Ella Zielinsky.

— Como é que sabe?

— Quem estava sussurrando espirrou alto antes de desligar. Eu sabia que srta. Zielinsky sofria de febre de feno.

— E você acha o quê?

—Acho que srta. Zielinsky pegou a pessoa errada na primeira tentativa. Parece possível que tenha sido mais bem sucedida depois. Chantagem pode ser um jogo perigoso.

Craddock se recompôs.

— Quero agradecer suas informações, sr. Fenn. Por uma questão de formalidade, terei que checar seus movimentos hoje.

— Naturalmente. Meu chofer poderá fornecer informações precisas.

Craddock desligou e repetiu o que Fenn havia dito. Cornish assoviou.

— Isto o deixa completamente de fora. Ou então...

— Ou então é um magnífico blefe. Poderia ser. É o tipo de homem que tem sangue-frio para isso. Se houver a mínima chance de que Ella Zielinsky tenha deixado alguma indicação de suas suspeitas, então esta pegada do touro pelos chifres é um magnífico blefe.

— E o álibi?

—Já encontramos alguns álibis muito bem forjados em nosso tempo — disse Craddock. — Ele poderia pagar uma boa soma por um.

Passava de meia-noite quando Giuseppe retornou a Gossington.

II

Tomara um táxi em Much Benham porque o último trem do ramal para St. Mary Mead já havia partido.

Estava muito bem-humorado. Pagou o táxi no portão e tomou um pequeno atalho entre os arbustos. Abriu a porta de trás com a chave. A casa estava escura e silenciosa. Giuseppe fechou e trancou a porta. Quando se virou para a escada que o conduziria à sua confortável suíte, sentiu uma corrente de ar. Alguma janela aberta, talvez. Decidiu não ligar. Subiu a escada sorrindo e introduziu a chave na fechadura. Sempre mantinha seu quarto trancado. Quando virou a chave e empurrou a porta, sentiu nas costas a pressão de um aro redondo e duro. Uma voz disse: "Levante as mãos e não grite."

Giuseppe levantou as mãos rapidamente. Não ia se arriscar. Na verdade não havia riscos a correr.

O gatilho foi apertado uma... duas vezes.

Giuseppe tombou para frente...

Bianca levantou a cabeça do travesseiro.

Aquilo fora um tiro... Estava quase certa de que ouvira um tiro. Esperou alguns minutos. Então decidiu que tinha se enganado e deitou novamente.

Capítulo 19

— É horrível demais — disse srta. Knight largando seus embrulhos, ofegante.

— Aconteceu alguma coisa? — perguntou Miss Marple.

— Eu realmente não gosto de contar isto para você, querida. Realmente não gosto. Poderia ser um choque.

— Se não me contar — disse Miss Marple —, alguém mais o fará.

— Meu Deus, meu Deus, isto é verdade mesmo — disse srta. Knight. — Sim, é uma terrível verdade. Todo o mundo fala demais, dizem. E tenho certeza que é mesmo. Eu mesma nunca repito as coisas. Sou muito cuidadosa.

—Você estava dizendo — disse Miss Marple — que alguma coisa terrível acontecera?

— Realmente me deixou perplexa — disse srta. Knight. — Tem certeza de que não sente uma corrente de ar daquela janela, querida?

— Gosto de um pouco de ar fresco — disse Miss Marple.

— Ah, mas não devemos pegar uma gripe, não é? — disse srta. Knight astutamente. — Vou dizer a você o que farei. Sairei num instante e prepararei uma boa gemada. Gostaríamos disso, não?

— Não sei se você gostaria — disse Miss Marple. — Eu adoraria tomá-la para você, se quiser.

—Vamos, vamos — disse srta. Knight sacudindo o dedo —, gostamos tanto de nossas piadas, não é?

— Mas você ia me dizer qualquer coisa — disse Miss Marple.

— Bem, não precisa se preocupar com isto — disse srta. Knight — e não deve permitir de modo algum que isto a deixe nervosa, porque estou certa de que não é nada conosco. Mas, com todos esses *gangsters* americanos e coisas desse tipo, suponho que nada mais deva surpreender.

— Alguém mais foi morto — disse Miss Marple —, é isto?

— Oh, é muita perspicácia sua, querida. Não sei o que colocou uma coisa dessas na sua cabeça.

— A propósito — disse Miss Marple, pensativa —, eu estava esperando por isso.

— Oh, realmente! — exclamou srta. Knight.

— Alguém sempre vê alguma coisa — disse Miss Marple —, apenas, às vezes, leva um pouco de tempo para que perceba o que viu. Quem é que está morto?

— O mordomo italiano. Levou um tiro na noite passada.

— Entendo — disse Miss Marple. — Sim, muito provável, naturalmente, mas eu diria que ele devia ter percebido a importância do que vira muito antes.

— Realmente! — exclamou srta. Knight. — Você fala como se soubesse de tudo. Por que ele teria sido morto?

— Acho — disse Miss Marple, pensativamente — que ele tentou fazer chantagem com alguém.

— Dizem que ele foi para Londres ontem.

— Ele foi, então — disse Miss Marple —, isto é muito interessante e sugestivo também, eu acho.

Srta. Knight foi para a cozinha, concentrada no planejamento de beberagens nutritivas. Miss Marple ficou sentada, pensando, até ser perturbada pelo zumbido alto e agressivo do aspirador, acompanhado pela voz de Cherry que cantava a última cantiga favorita do momento, *Eu disse para você e você disse para mim*.

Srta. Knight botou a cabeça na porta da cozinha.

— Não faça tanto barulho, por favor, Cherry — disse ela. — Você não quer perturbar a querida Miss Marple, não é? Você não deve ser descuidada, você sabe.

Fechou a porta novamente enquanto Cherry observava a si mesma e o mundo em geral.

— E quem foi que disse que você poderia me chamar de Cherry, sua velha tirana? — O aspirador continuou o seu lamento enquanto Cherry cantava em um tom mais baixo.

Miss Marple chamou em voz alta e clara:

— Cherry, venha aqui um minuto.

Cherry desligou o aspirador e abriu a porta do escritório.

— Não queria perturbá-la com a minha cantoria, Miss Marple.

— A sua cantoria é muito mais agradável que aquele barulho horrível que o aspirador faz — disse Miss Marple. — Mas eu sei que se deve acompanhar os tempos. Não adiantaria nada neste mundo pedir a vocês jovens que usem a escova e a pá de lixo do modo antiquado.

— O quê, ficar ajoelhada com uma escova e a pá de lixo? — Cherry expressou alarme e surpresa.

— Muito incomum, eu sei — disse Miss Marple. — Entre e feche a porta. Eu a chamei porque queria falar com você.

Cherry obedeceu e caminhou em direção a Miss Marple, olhando-a inquiridoramente.

— Não temos muito tempo — disse Miss Marple. — Aquela velha, quero dizer, srta. Knight, virá a qualquer momento com uma bebida de ovo de algum tipo.

— Espero que seja bom para você. Isso a estimulará — disse Cherry, com coragem.

— Ouviu dizer — perguntou Miss Marple — que atiraram no mordomo de Gossington Hall à noite passada?

— O quê? O italiano? — perguntou Cherry.

— Sim. Seu nome é Giuseppe, eu acho.

— Não — disse Cherry —, não tinha ouvido falar nisso. Soube que a secretária de sr. Rudd tinha sofrido um ataque do coração ontem, e alguém disse que ela havia morrido mesmo, mas eu suspeito que seja apenas um boato. Quem falou a você sobre o mordomo?

— Srta. Knight me contou quando voltou.

— Naturalmente não vi ninguém para conversar esta manhã — disse Cherry —, não antes de vir para cá. Acho que as notícias só começaram a circular há pouco. Ele foi morto? — perguntou.

— Esta parece ser a suposição — disse Miss Marple —, se está certa ou errada, eu não sei muito bem.

— Este lugar é maravilhoso para se falar — disse Cherry. — Gostaria de saber se Gladys conseguiu vê-lo ou não — acrescentou, pensativamente.

— Gladys?

— Oh, uma amiga minha. Mora alguns portões adiante. Trabalha na cantina do Estúdio.

— E ela falou a você sobre Giuseppe?

— Bem, houve alguma coisa que a intrigou por ser um pouco engraçada e ela ia perguntar a Giuseppe o que ele achava. Mas, se me perguntar, acho que era apenas uma desculpa. Ela é um pouco caída por ele. Claro que ele é muito simpático, e os italianos têm mesmo um certo charme. Eu lhe disse que tomasse cuidado com ele. Você sabe como os italianos são.

— Entendi que ele foi a Londres ontem — disse Miss Marple — e só retornou à noite.

— Gostaria muito de saber se ela conseguiu vê-lo antes que ele partisse.

— Por que ela queria vê-lo, Cherry?

— Foi apenas alguma coisa que achou um pouco engraçada — disse Cherry.

Miss Marple olhou-a inquisitivamente. Ela era capaz de apreender a palavra "engraçado" com o significado que usualmente tinha para as Gladys das vizinhanças.

— Ela era uma das garotas que ajudou na reunião aquele dia — explicou Cherry. — O dia da festa. Você sabe, quando sra. Badcock recebeu o dela.

— Sim? — Miss Marple parecia mais alerta do que nunca, tal como um *fox terrier* poderia estar.

— E houve alguma coisa lá que lhe chamou a atenção por ser engraçada.

— Por que ela não foi à polícia falar?

— Bem, ela realmente não achou que tivesse algum significado, você compreende — explicou Cherry. — De qualquer modo, pensou que seria melhor perguntar a Sr. Giuseppe primeiro.

— O que ela viu naquele dia?

— Francamente — disse Cherry — o que me contou pareceu absurdo! Fiquei pensando que, talvez, ela estivesse me confundindo, e que o seu verdadeiro motivo para ir ver Sr. Giuseppe era bastante diferente.

— O que foi que ela disse? — Miss Marple era paciente e perseverante.

Cherry franziu a testa.

— Ela estava falando sobre sra. Badcock e o coquetel e disse que estava bem perto dela naquela hora. Disse ainda que foi ela própria que o fez.

— Ela própria fez o quê?

— Derramou todo o coquetel no vestido e o estragou.

— Você quer dizer que foi falta de jeito?

— Não, não foi falta de jeito. Gladys disse que ela o fez de *propósito*, que ela quis fazer aquilo. Bem, quero dizer, isto não faz sentido, não é? Não importa de que maneira o veja.

Miss Marple sacudiu a cabeça perplexa.

— Não — disse. — Certamente que não. Não vejo sentido algum nisto.

— Ela estava com um vestido novo também — disse Cherry. — Foi assim que o assunto surgiu. Gladys queria saber se poderia comprá-lo. Disse que poderia ser limpo, mas não gostaria de ir perguntar a Sr. Badcock. Gladys costura muito bem e disse que o tecido era lindo: tafetá azul real; e falou que, mesmo que o material estivesse estragado onde caíra o coquetel, ela poderia tirar um pedaço, metade da largura, porque era uma dessas saias bem cheias.

Miss Marple considerou por um momento o problema da costura e colocou-o de lado.

— Mas você acha que sua amiga Gladys poderia estar escondendo alguma coisa?

— Bem, eu queria saber por quê; não sei se isto foi tudo o que ela viu: Heather Badcock deliberadamente entornando o coquetel sobre o vestido, mas não vejo nada aí que *justificasse* uma consulta a Sr. Giuseppe, você não?

— Não, não vejo — disse Miss Marple. — Suspirou. — Mas é sempre interessante quando uma pessoa não vê — acrescentou. — Se você não vê o significado de uma coisa, é porque você deve estar olhando-a do modo inverso, a menos, naturalmente, que você não tenha todas as informações, o que provavelmente é o caso. — Suspirou. — É uma pena que ela não tivesse ido direto à polícia.

A porta se abriu, e srta. Knight irrompeu carregando um copo grande com um delicioso floco amarelo claro em cima.

— Aqui tem, querida — disse —, uma pequena delícia. Vamos gostar disto.

Puxou uma mesinha e colocou-a ao lado da sua patroa. Então lançou um olhar para Cherry.

— O aspirador de pó — disse friamente — está no meio do vestíbulo. Quase tropecei nele. *Qualquer um* poderia sofrer um acidente.

— Direita, volver — disse Cherry. — Acho melhor continuar o serviço.

Saiu do quarto.

— Realmente — disse srta. Knight — essa sra. Baker! Estou sempre tendo que lhe falar sobre isto ou aquilo. Deixa aspiradores de pó espalhados pela casa toda e vem aqui conversar com você quando você quer descansar.

— Eu a chamei aqui — disse Miss Marple. — Queria falar com ela.

— Bem, espero que tenha mencionado o jeito com que as camas são feitas — disse srta. Knight. — Fiquei muito chocada quando vim ontem à noite virar a sua cama. Tive que arrumá-la toda de novo.

— Foi muita amabilidade sua — disse Miss Marple

— Oh, nunca me incomodo em ajudar — disse srta. Knight. — É por isso que estou aqui. Para fazer uma pessoa que conhecemos sentir-se o mais feliz e confortável possível. Oh, querida, querida — acrescentou —, você desmanchou uma porção do seu tricô novamente.

Miss Marple se recostou e fechou os olhos.

—Vou descansar um pouco — disse. — Ponha o copo aqui. Obrigada. E, por favor, não me perturbe pelo menos durante 45 minutos.

— Não o farei de forma alguma — disse srta. Knight. — E direi àquela sra. Baker para ficar bem quieta.

Saiu resolutamente.

II

O bonito jovem americano olhou em torno espantado.

As ramificações das casas do Estado o desorientavam.

Dirigiu-se polidamente a uma senhora idosa com cabelos brancos e bochechas rosadas que parecia ser o único ser humano à vista.

— Desculpe-me, mas a senhora poderia me dizer onde fica Vila Blenheim?

A senhora observou-o por um momento. Ele acabara de pensar que ela era surda e preparava-se para repetir a pergunta em voz alta, quando ela falou:

—Vá pela direita, vire à esquerda, e depois à direita novamente e depois direto em frente. Que número quer?

— Número 16. — Consultou um pedaço de papel. — Gladys Dixon.

— Está certo — disse a senhora. — Mas creio que ela trabalha nos Estúdios Hellingforth. Na cantina. Você a encontrará lá se quer falar com ela.

— Ela não foi esta manhã — explicou o jovem. — Vim pegá-la para ir a Gossington Hall. Estamos sem gente lá.

— Naturalmente — disse a senhora. — Atiraram no mordomo ontem, não foi?

O jovem pareceu levemente confuso com esta resposta.

— Imagino que as notícias circulem muito depressa nestas bandas — disse.

— Realmente circulam — disse a senhora idosa. — E a secretária de sr. Rudd morreu ontem também de uma espécie de colapso. — Ela sacudiu a cabeça. — Terrível. Muito terrível. A que estamos chegando?

Capítulo 20

I

Um pouco mais tarde, no mesmo dia, outro visitante encontrou seu caminho para Vila Blenheim, 16. O detetive-sargento William (Tom) Tiddler.

Em resposta à sua forte batida na moderna porta pintada de amarelo, atendeu uma garota de aproximadamente 15 anos. Tinha um cabelo longo esvoaçante e bonito e vestia calças pretas apertadas e um suéter laranja.

— Srta. Gladys mora aqui?

— Procura Gladys? Está sem sorte. Ela não está.

— Onde ela está? Vai ficar o dia fora?

— Não. Ela vai ficar mais dias. Uma espécie de férias.

— Para onde foi?

— Nunca se sabe — disse a garota.

Tom Tiddler sorriu para ela da maneira mais agradável possível.

— Posso entrar? Sua mãe está em casa?

— Minha mãe está fora, trabalhando. Não vai estar de volta antes das 19h30. Mas ela não pode contar mais do que eu. Gladys saiu de férias.

— Oh, entendo. Quando é que ela foi?

— Esta manhã. Meio de surpresa. Disse que tinha chance de fazer uma viagem gratuita.

— Talvez não se importasse de me dar seu endereço.

A garota de cabelos bonitos sacudiu a cabeça.

— Não tenho o endereço — disse. — Gladys disse que nos mandaria seu endereço logo que soubesse onde ia ficar, embora seja provável que não o faça — acrescentou. — No último verão ela foi para Newquay e não nos mandou nem mesmo um cartão-postal. Ela é desligada assim mesmo e, além disso, diz "por que as mães têm que amolar o tempo todo?".

— Alguém está bancando estas férias?

— É provável. Ela está sem dinheiro. Fez compras na semana passada.

— E você não tem nenhuma ideia de quem lhe deu o dinheiro para esta viagem ou... hum... pagou sua estada lá?

A garota zangou-se subitamente.

— Não tenha ideias erradas. Nossa Gladys não é desse tipo. Ela e o namorado podem gostar de passar as férias de agosto juntos, mas não há nada de errado nisto. Ela paga a sua parte. Então, não venha com ideias, *senhor*.

Tiddler disse humildemente que não estava com ideias, mas gostaria de obter o endereço se Gladys mandasse um cartão-postal.

Ele voltou ao distrito com o resultado de suas sindicâncias. Nos Estúdios ele soubera que Gladys tinha telefonado naquele dia dizendo que não poderia ir trabalhar durante uma semana. Também ouviu algumas outras coisas.

— Lá está havendo uma confusão sem fim por esses dias — disse. — Marina Gregg esteve nervosa a maior parte do tempo. Disse que o café que lhe deram estava envenenado. Afirmou que estava com gosto amargo. Encontrava-se num horrível estado de nervos. O marido pegou o café, jogou-o na pia e disse a ela que não fizesse tanto caso.

— Sim? — disse Craddock. Estava claro que ainda havia mais.

— Mas correu um boato de que sr. Rudd não jogou o café todo fora. Guardou um pouco, mandou analisar e *estava* envenenado.

— Parece-me muito improvável — disse Craddock. — Terei que lhe perguntar sobre isto.

II

Jason Rudd estava nervoso, impaciente.

— Certamente, inspetor Craddock, eu fiz apenas o que tinha o perfeito direito de fazer.

— Se suspeitava que havia algo de errado com o café, sr. Rudd, teria sido muito melhor que o tivesse passado para nós.

— A verdade é que nem por um momento eu suspeitei que havia algo errado com ele.

— Apesar de sua mulher dizer que estava com gosto estranho?

— Oh, aquilo! — Um sorriso levemente triste veio ao rosto de Jason. — Desde o dia da festa, tudo o que minha mulher tem comido ou bebido tem um gosto estranho. Aquilo e os recados ameaçadores que têm chegado...

— Houve mais algum?

— Dois. Um por aquela janela lá. O outro foi colocado na caixa do correio. Aqui estão, se deseja vê-los.

Craddock olhou. Estavam batidos a máquina como o primeiro. Um dizia:

Agora não demorará muito. Prepare-se.

O outro tinha um desenho grosseiro de um crânio e ossos cruzados e embaixo estava escrito:

Isto quer dizer você, Marina.

Craddock levantou as sobrancelhas.

— Muito infantil — disse.

— Quer dizer que não os considera perigosos?

— De maneira alguma — disse Craddock. — A mente de um criminoso é sempre infantil. Você realmente não faz ideia de quem escreveu isto, sr. Rudd?

— A mínima — disse Jason. — Não posso evitar de pensar que é mais uma piada macabra do que qualquer outra coisa. Parece-me, talvez... — ele hesitou.

— Sim, sr. Rudd?

— Poderia ser alguém do lugar, talvez, que... que tivesse ficado excitado pelo envenenamento no dia da festa. Talvez alguém que não goste da profissão de ator. Há localidades no interior em que é considerada como uma das armas do diabo.

— Quer dizer que a ameaça à sua mulher não é verdadeira? Mas esse negócio do café?

— Nem mesmo sei como chegou a saber disto — disse Jason um pouco aborrecido.

Craddock sacudiu a cabeça.

— Tudo é objeto de comentários. Sempre chega aos ouvidos de alguém, mais cedo ou mais tarde. Mas você deveria ter nos procurado. Mesmo quando recebeu o resultado da análise, você não nos deixou saber, não foi?

— Não — disse Jason. — Não, não deixei. Mas eu tinha outras coisas em que pensar. A morte da pobre Ella. E agora este caso do Giuseppe. Inspetor Craddock, quando poderei levar minha mulher embora daqui? Ela está por demais abalada.

— Posso entender isto. Mas terão que esperar as averiguações.

— Você percebe que a vida dela ainda está em perigo?

— Espero que não. Todas as precauções serão tomadas.

— Todas as precauções! Acho que já escutei isto antes... Eu preciso levá-la daqui, Craddock, *preciso*.

III

Marina estava deitada numa *chaise-longue* no seu quarto, com os olhos fechados. Apresentava uma cor cinza de tensão e fadiga.

— Era aquele homem? Craddock?

— Sim.

— A que veio? Ella?

— Ella e Giuseppe.

Marina franziu a testa.

— Giuseppe? Já descobriram quem atirou nele?
— Ainda não.
O marido ficou ali, olhando-a durante um momento. Os olhos dela se abriram.
— É tudo como num pesadelo... Ele disse se podíamos ir embora?
— Disse que ainda não.
— Por que não? Nós temos que ir. Você o fez ver que eu não posso continuar, dia após dia, esperando que alguém me mate? É fantástico.
— Todas as precauções serão tomadas.
— Eles disseram isso antes. Acaso impediu que Ella fosse morta? Ou Giuseppe? Não vê que eles me pegarão no final... Havia alguma coisa no meu café naquele dia no Estúdio. Estou certa que havia... Se ao menos você não o tivesse jogado fora! Nós poderíamos ter guardado e mandado para ser analisado ou como quer que chame. Nós saberíamos ao certo...
— Saber ao certo teria feito você mais feliz?
Ela fitou-o, as pupilas dilatadas.
— Não vejo o que quer dizer. Se soubessem ao certo que alguém estava tentando me envenenar, eles nos teriam deixado partir, deixado que fôssemos embora.
— Não necessariamente.
— Mas eu não posso continuar assim! Não posso... Não posso... Você tem que me ajudar, Jason. Tem que fazer *alguma coisa*. Estou apavorada. Estou terrivelmente apavorada.... Há um inimigo aqui. E eu não sei quem é... Pode ser qualquer um, qualquer um. Nos Estúdios ou aqui na casa. Alguém que me odeia... Que me quer morta... Mas quem é? Quem é? Eu pensei, estava quase certa, de que era Ella. Mas agora...
— Pensou que fosse Ella? — Jason pareceu espantado. — Mas por quê?
— Porque ela me odiava. Oh, sim, me odiava. Vocês homens nunca veem essas coisas? Ela estava loucamente apaixonada por

você. Não acredito que você não tivesse a mínima ideia disto. Mas não pode ser Ella, porque Ella está morta. Oh, Jinks, Jinks, ajude-me, leve-me embora daqui, leve-me para algum lugar em segurança... segurança...

Levantou-se de um salto e andou rapidamente de um lado para o outro, virando e torcendo as mãos.

O diretor que havia em Jason estava cheio de admiração por aqueles movimentos torturados, passionais. "Tenho que me lembrar deles", pensou. "Para Hedda Glabler, talvez?" Então, com um choque, ele se lembrou de que era a sua própria mulher que estava observando.

Foi até ela e enlaçou-a.

— Está tudo bem, Marina, tudo bem. Eu tomarei conta de você.

— Temos que ir embora desta casa odiosa de uma vez. Eu odeio esta casa, odeio-a.

— Escute, não podemos partir imediatamente.

— Por que não? Por que *não*?

— Porque — disse Jason — mortes causam complicações... e há algo mais a considerar. Fugir vai fazer algum bem?

— Claro que sim. Sairemos de perto dessa pessoa que me odeia.

— Se existe alguém que lhe odeie tanto assim, esse alguém poderia lhe seguir muito facilmente.

— Quer dizer, quer dizer, que *nunca* estarei livre? Nunca ficarei em segurança de novo?

— Querida, tudo ficará bem. Eu tomarei conta de você. Eu lhe manterei em segurança.

Ela agarrou-se a ele.

— Você o fará, Jinks? Vigiará para que nada me aconteça?

Ela precipitou-se ao seu encontro, e ele deitou-a gentilmente na *chaise-longue*.

— Oh, sou uma covarde — murmurou — uma covarde... Se eu soubesse quem é... e por quê? Dê-me as pílulas, as amarelas, não as marrons. Preciso tomar algo para me acalmar.

— Pelo amor de Deus, não tome demais, Marina.

— Está bem, está bem... Algumas vezes elas não fazem mais nenhum efeito... — Olhou para ele.

Ela sorriu um sorriso delicado e terno.

— Você cuidará de mim, Jinks? Jure que você cuidará de mim...

— Sempre — disse Jason Rudd. — Até o amargo fim.

Ela abriu muito os olhos.

— Você ficou tão, tão estranho quando disse isto...

— É? Como foi que fiquei?

— Não posso explicar. Como, como um palhaço rindo de alguma coisa terrivelmente triste, que ninguém mais viu...

Capítulo 21

Foi um triste e deprimido inspetor Craddock que veio ver Miss Marple no dia seguinte.

— Sente-se e fique confortável — ela disse. — Posso ver que teve momentos difíceis.

— Não gosto de ser enganado — disse o inspetor Craddock. — Dois assassinatos em 24 horas. Ah, bem, sou menos capaz no meu trabalho do que pensava que fosse. Dê-me uma boa xícara de chá, tia Jane, um pouco de pão com manteiga e me console com as suas antigas lembranças de St. Mary Mead.

Miss Marple estalou a língua de maneira simpática.

— Vamos, não é bom falar assim, meu querido menino, e não acho que chá, pão e manteiga sejam *tudo* que você queira. Os cavalheiros, quando têm algum desapontamento, querem algo mais forte que chá.

Como sempre, Miss Marple falou a palavra "cavalheiros" com o jeito de alguém descrevendo uma espécie estranha.

— Eu aconselharia um bom uísque forte com soda — ela disse.

— É mesmo, tia Jane? Bem, não direi não.

— E vou eu mesma buscá-lo para você — disse Miss Marple, pondo-se de pé.

— Oh, não, não faça isto. Deixe que eu mesmo faço. Ou então, que tal aquela srta. não sei o quê?

— Oh, não queremos srta. Knight alvoroçando-se por aqui — disse Miss Marple. — Ela só trará o meu chá daqui a vinte minutos, de modo que isto nos dá um pouco de paz e sossego.

Muito inteligente da sua parte ter vindo pela porta do lado e não pela porta da frente. Agora podemos ter um bom tempinho a sós.

Ela foi até um armário de canto, abriu-o e apresentou uma garrafa, um sifão de soda e um copo.

— Você é cheia de surpresas — disse Dermot Craddock. — Não tinha ideia de que era isto que guardava no armário de louça. Tem certeza de que não é uma bebedora secreta, tia Jane?

— Vamos, vamos — Miss Marple admoestou-o. — Nunca fui partidária da abstinência. Um drinque mais forte é sempre aconselhável nas premissas de casos em que há choques ou acidentes. Inestimável em algumas ocasiões. Ou, naturalmente, se um cavalheiro chegasse repentinamente. Aqui o tem! — disse Miss Marple, entregando-lhe o seu remédio com um ar de triunfo tranquilo. — E não precisa mais fazer piadas. Apenas sente-se ali quieto e relaxe.

— Esposas maravilhosas devem ter existido no seu tempo — disse Dermot Craddock.

— Estou certa, meu querido menino, que acharia as jovens do tipo a que se refere: ajudantes muito inadequadas para os dias de hoje. As moças não eram encorajadas a estudarem e muito poucas tinham diplomas universitários ou qualquer tipo de distinção acadêmica.

— Há coisas que são preferíveis às distinções acadêmicas — disse Dermot. — Uma delas é saber quando um homem quer uísque e soda e servi-lo.

Miss Marple sorriu para ele afetuosamente.

— Vamos — disse — conte-me tudo. Ou tanto quanto é permitido.

— Penso que você provavelmente sabe tanto quanto eu. E muito provavelmente tem uma carta na manga. Que tal aquele seu cão de guarda, sua querida srta. Knight? Que tal ter sido ela que cometeu o assassinato?

— Por que srta. Knight teria feito uma coisa dessas? — perguntou Miss Marple surpreendida.

— Porque ela é a pessoa menos provável — disse Dermot. — Parece sempre se encaixar tão bem quando você apresenta a sua resposta.

— De jeito nenhum — disse Miss Marple, espirituosamente. — Eu disse várias vezes, não apenas para você, meu querido Dermot, se posso chamá-lo assim, que é sempre a pessoa óbvia que cometeu o crime. Pensa-se tão frequentemente no marido ou na mulher e é muito frequente que *seja* o marido ou a mulher.

— Quer dizer Jason Rudd? — Ele sacudiu a cabeça. — Aquele homem adora Marina Gregg.

— Estou falando em geral — disse Miss Marple com dignidade. — Primeiro tivemos sra. Badcock aparentemente assassinada. Alguém se pergunta quem poderia ter feito tal coisa, e a primeira resposta seria, naturalmente, o marido. Então, tem-se que examinar aquela possibilidade. Depois decidimos que o objeto real do crime era Marina Gregg e novamente temos que olhar para a pessoa mais intimamente ligada a Marina Gregg, começando, como eu digo, pelo marido. Porque, não há dúvidas sobre isso, os maridos realmente, com muita frequência, querem matar suas mulheres, embora, naturalmente, algumas vezes eles somente o *desejem* e não o realizem mesmo. Mas eu concordo com você, meu querido menino, que Jason Rudd realmente se importa com Marina Gregg de todo o coração. *Poderia* ser uma encenação inteligente, embora dificilmente eu creia nisto. E certamente não se pode ver nenhuma espécie de motivo para ele matá-la. Se ele quisesse se casar com alguém mais, eu diria que não seria nada mais simples. O divórcio, se posso dizer isto, parece ser uma segunda natureza dos artistas de cinema. Uma vantagem prática também aparece. Ele não é de modo algum um homem pobre. Tem sua própria carreira, e é, eu entendo, muito bem-sucedido. Então temos que ir mais adiante. Mas certamente é difícil. Sim, muito difícil.

— Sim — disse Craddock — deve apresentar dificuldades específicas para você porque, naturalmente, este mundo do cinema é inteiramente novo. Não conhece os escândalos e animosidades e todo o resto.

— Sei um pouco mais do que possa pensar — disse Miss Marple. — Estudei detalhadamente vários números do *Confidential*, *Film Life*, *Film Talk* e *Film Topics*.

Dermot Craddock riu. Não pôde evitar.

— Devo dizer — disse ele — que me diverte muito vê-la sentada aí, contando-me sobre o seu curso de literatura.

— Eu o achei muito interessante — disse Miss Marple. — Não são particularmente bem escritas, se posso dizer. Mas, sob um aspecto, é muito desapontador que sejam tão parecidas com as do meu tempo de juventude. *Modern Society* e *Titbits* e todo o resto. Um monte de fofocas. Muito escândalo. Uma grande preocupação sobre quem está apaixonado por quem, e tudo o mais. Na verdade, você sabe, praticamente igual ao tipo de coisa que acontece em St. Mary Mead. E no Desenvolvimento também. A natureza humana, quero dizer, é exatamente a mesma em qualquer lugar. Volta-se, acho, à questão de quem seria o provável assassino de Marina Gregg, alguém que quisesse tanto, que, tendo falhado uma vez, manda cartas ameaçadoras e faz repetidas tentativas para consegui-lo. Alguém talvez um pouco — bateu na cabeça levemente.

— Sim — disse Craddock —, isto é certamente o indicado. E naturalmente, nem sempre o demonstra.

— Oh, eu sei — concordou Miss Marple veementemente. — O segundo filho da velha sra. Pike, Alfred, parecia perfeitamente racional e normal. Quase dolorosamente prosaico, se sabe o que quero dizer, mas, na verdade, parece que tinha um psiquismo profundamente anormal, ou pelo menos eu entendi assim. Na verdade, positivamente perigoso. Ele parece bastante feliz e contente, pelo que sra. Pike me disse, agora que está na Lar Mental Fairways. Lá eles o compreendem, e os doutores acham que ele é um caso muito interessante. Isso naturalmente me deixa muito contente. Sim, tudo terminou de maneira bastante feliz, mas ele teve uma ou duas tentativas de fuga.

Craddock revolveu na mente a possibilidade de um paralelo entre alguém da comitiva de Marina Gregg e o segundo filho de sra. Pike.

— O mordomo italiano — continuou Miss Marple —, o que foi morto. Entendi que ele foi a Londres no dia de sua morte. Alguém sabe o que ele fez lá? Se você tem permissão para me contar — acrescentou intencionalmente.

— Ele chegou a Londres às 11h30 — disse Craddock — e o que ele fez em Londres ninguém sabe até as 13h45, quando visitou seu banco e fez um depósito de quinhentas libras em dinheiro. Posso dizer que não houve confirmação da sua história de que fora a Londres visitar um parente doente ou alguém com problemas. Nenhum de seus parentes o viu.

Miss Marple assentiu apreciativamente.

— Quinhentas libras — disse. — Sim, é uma soma bastante significativa. Eu imaginaria que seria o pagamento inicial de uma série de outros, você não?

— Parece que sim — disse Craddock.

— Era, provavelmente, todo o dinheiro à mão que a pessoa que ele estava ameaçando pôde levantar. Pode ter fingido estar satisfeito com aquilo ou pode ter aceitado como insuficiente e a vítima pode lhe ter prometido arranjar mais dinheiro em futuro imediato. Isto parece afastar a ideia de que o pretenso assassino de Marina Gregg poderia ser alguém de origem humilde que tivesse uma vingança pessoal contra ela. Também derruba, eu diria, a ideia de que foi alguém que obteve trabalho como ajudante no Estúdio, ou um contínuo, servente, ou um jardineiro. A menos — Miss Marple observou — que esta pessoa fosse o agente afetivo enquanto o empregador não estivesse nas vizinhanças. Daí a visita a Londres.

— Exatamente. Em Londres temos Ardwyck Fenn, Lola Brewster e Margot Bence. Todos os três presentes à festa. Todos os três poderiam ter encontrado Giuseppe e arranjado um local de encontro em algum lugar de Londres entre 11h e 13h45. Ardwyck Fenn não estava no escritório nestas horas, Lola Brewster tinha saído do hotel para fazer compras e Margot Bence não se encontrava no estúdio. A propósito...

— Sim? — disse Miss Marple. — Tem algo para me dizer?

— Você me pediu para averiguar as crianças — disse Dermot. — As crianças que Marina Gregg adotou antes de saber que estava grávida.

— Sim.

Craddock contou-lhe o que soubera.

— Margot Bence — disse Miss Marple suavemente. — Eu tinha uma sensação, você sabe, de que tinha algo a ver com as crianças...

— Não posso acreditar que, depois de todos esses anos...

— Eu sei, eu sei. Nunca se pode. Mas, meu querido Dermot, você realmente sabe muito acerca de crianças? Pense na sua própria infância. Não consegue lembrar-se de nenhum incidente, algum acontecimento que lhe trouxe pesar, ou uma paixão bastante desproporcional à sua importância? Alguma tristeza ou ressentimento passional que nunca foi igualado desde então? Havia aquele livro tão inteligente, você sabe, escrito por aquele autor brilhante, sr. Richard Hughes. Esqueci o nome, mas era sobre algumas crianças que viram um furacão. Oh, sim, o furacão na Jamaica. O que lhe causou uma vívida impressão foi o seu gato correndo alucinadamente pela casa. Foi a única coisa que conseguiram lembrar. Mas todo o horror, o excitamento e o medo que experimentaram estavam diretamente ligados ao acontecimento.

— É estranho você falar nisso — disse Craddock pensativamente.

— Por quê, fez com que você lembrasse de alguma coisa?

— Estava pensando em quando minha mãe morreu. Acho que tinha cinco anos. Cinco ou seis. Estava jantando rocambole, no quarto das crianças. Eu gostava muito de rocambole. Uma das empregadas entrou e disse para minha babá: "Não é horrível? Houve um acidente e sra. Craddock morreu." Sempre que penso na morte de minha mãe, você sabe o que vejo?

— O quê?

— Um prato com rocambole e eu olhando para ele. Olhando, e posso ver tão bem agora quanto naquela época como o rocambole caíra de um lado do prato. Eu me lembro que estava sentado ali como se estivesse congelado, fitando o rocambole. E você sabe, mesmo agora, quando vejo em uma loja ou restaurante ou na casa de alguém uma porção de rocambole, uma onda de horror, miséria e desespero se abate sobre mim. Por alguns momentos eu não me lembro por quê. Não parece muito louco para você?

— Não — disse Miss Marple —, parece inteiramente natural. Isto é muito interessante. Tive uma ideia...

A porta se abriu, e srta. Knight apareceu carregando a bandeja do chá.

— Querida, querida — exclamou —, e então temos um visitante, não é? Que bom. Como vai, inspetor Craddock? Vou logo buscar outra xícara.

— Não se incomode — gritou Dermot. — Estou tomando um drinque.

Srta. Knight botou a cabeça na porta.

— Eu gostaria, você pode vir aqui apenas um minuto, sr. Craddock?

Dermot juntou-se a ela no vestíbulo. Ela foi para a sala de jantar e fechou a porta.

— Você será cuidadoso, não? — ela disse.

— Cuidadoso? Em que sentido, srta. Knight?

— Nossa velhinha querida lá. Você sabe, ela é tão interessante em tudo, mas não é muito bom para ela ficar superexcitada com assassinatos e coisas maldosas como essa. Não queremos que fique deprimida e tenha pesadelos. Ela é muito velha e frágil e realmente deve levar uma vida calma. Ela sempre levou, você sabe. Estou certa de que toda essa conversa sobre assassinatos e *gangsters* e coisas assim é muito ruim para ela.

Dermot olhou para ela levemente divertido.

— Não acho — disse gentilmente — que nada do que você ou eu pudéssemos falar sobre assassinatos seria capaz de excitar ou chocar indevidamente Miss Marple. Posso assegurar a você, minha cara srta. Knight, que Miss Marple pode contemplar assassinatos e mortes súbitas e realmente crimes de todos os tipos com a mais completa equanimidade.

Ele voltou para o escritório, e srta. Knight, cacarejando de maneira indignada, o seguiu. Falou animadamente durante o chá, enfatizando as notícias políticas nos jornais e os assuntos mais animadores em que pôde pensar. Quando, finalmente, removeu a bandeja e fechou a porta atrás de si, Miss Marple respirou profundamente.

— Finalmente, teremos um pouco de paz — disse. — Espero que eu não mate essa mulher algum dia. Agora escute, Dermot, há algumas coisas que quero saber.

— Sim? Quais são?

— Quero repassar com atenção o que aconteceu exatamente no dia da festa. Sra. Bantry chegou, e o vigário, logo depois dela. Então vieram sr. e sra. Badcock e, ao mesmo tempo, nos degraus, estavam o major e a mulher, esse homem Ardwyck Fenn, Lola Brewster, um repórter do *Herald & Argus* de Much Benham e essa fotógrafa, Margot Bence. Você diz que Margot Bence estava com a câmera em um ângulo dos degraus e estava tirando fotografias dos acontecimentos. Viu alguma dessas fotografias?

— Na verdade trouxe uma para mostrar a você.

Tirou do bolso a cópia. Miss Marple olhou-a fixamente. Mostrava Marina Gregg com Jason Rudd um pouco atrás dela. Arthur Badcock, com a mão no rosto parecendo levemente embaraçado, estava atrás, enquanto sua mulher apertava a mão de Marina Gregg e a olhava enquanto falava. Marina não estava olhando para sra. Badcock. Fitava por cima de sua cabeça diretamente dentro da câmera, ou possivelmente um pouco à esquerda.

— *Muito* interessante — disse Miss Marple. — Já ouvi descrições, você sabe, da expressão do seu rosto. Uma expressão gelada. Sim, isso a descreve bastante bem. Uma expressão de morte. Mas não tenho tanta certeza disso. É mais uma espécie de suspensão de qualquer sensação do que apreensão da eternidade. Não pensa assim? Eu não diria que é medo. Acho que era muito mais um *choque*. Dermot, meu querido menino, quero que me diga se anotou exatamente o que Heather Badcock disse para Marina Gregg naquela ocasião. Sei mais ou menos por alto, naturalmente, mas gostaria de chegar o mais perto possível das verdadeiras *palavras*. Suponho que tem relatos de pessoas diferentes.

Dermot assentiu.

— Sim. Deixe-me ver. De sua amiga, sra. Bantry, de Jason Rudd e acho que de Arthur Badcock. Como você disse, uma pequena variação nas palavras, mas o sentido era o mesmo.

— Eu sei. São as variações que eu quero. Acho que poderia nos ajudar.

— Não vejo como — disse Dermot —, embora talvez você veja. Sua amiga, sra. Bantry, foi provavelmente a pessoa mais segura neste ponto. Tanto quanto eu me lembro — espere — carrego comigo muitas das anotações que faço.

Ele tirou um pequeno caderno do bolso e folheou-o para refrescar a memória.

— Não tenho as palavras exatas — disse —, mas fiz uma anotação por alto. Aparentemente sra. Badcock estava muito animada, bastante brejeira e delicada consigo mesma. Disse alguma coisa parecida com "Não posso dizer como é maravilhoso para mim. Você não se lembrará, mas há alguns anos nas Bermudas eu me levantei da cama com catapora para ir vê-la, e você me deu um autógrafo, e foi um dos dias mais felizes da minha vida, de que nunca me esqueci".

— Entendo — disse Miss Marple. — Ela mencionou o lugar mas não a época, não foi?

— Sim.

— E que disse Jason?

— Jason Rudd? Disse que sra. Badcock contara à sua mulher como havia se levantado da cama com gripe e fora se encontrar com Marina Gregg e ainda guardava o seu autógrafo. Foi um relato mais breve que o de sua amiga, mas o sentido é o mesmo.

— Ele mencionou tempo e lugar?

— Não. Acho que não o fez. Disse, mais ou menos, que fora há dez ou doze anos.

— Entendo. E sr. Badcock?

— Sr. Badcock disse que Heather estava extremamente excitada e ansiosa para encontrar Marina Gregg, que ela era uma grande fã de Marina Gregg e que uma vez dissera a ele que, quando era moça, estivera doente e saíra da cama para ver Marina Gregg e conseguir seu autógrafo. Não entrou em detalhes, porque evidentemente isso foi antes que se casasse com ela. Ele me deu a impressão de achar o incidente de pequena importância.

— Entendo — disse Miss Marple. — Sim, eu entendo...

— E o que você entende? — perguntou Craddock.

— Ainda não tanto quanto eu gostaria — disse Miss Marple honestamente —, mas tenho uma espécie de sensação de que se apenas soubesse por que ela arruinou seu vestido novo...

— Quem, sra. Badcock?

— Sim. Parece-me uma coisa muito estranha, tão inexplicável, a menos que, claro, meu Deus, acho que devo ser muito estúpida.

Srta. Knight abriu a porta e entrou, acendendo a luz.

— Acho que queremos um pouco de luz aqui — disse entusiasticamente.

— Sim — assentiu Miss Marple —, você tem toda a razão, srta. Knight. Era justamente o que queríamos. Um pouco de luz. Penso, você sabe, que finalmente conseguimos.

O *tête-à-tête* parecia encerrado, e Craddock levantou-se.

— Resta ainda uma coisa — disse. — Que você me fale qual é a lembrança particular do seu passado que está agitando sua mente agora.

— Todo o mundo implica com isto — disse Miss Marple —, mas devo dizer que lembrei por um momento da criada de quarto dos Lauriston.

— A criada de quarto dos Lauriston? — Craddock parecia completamente desarvorado.

— Era sua obrigação, naturalmente, tomar os recados ao telefone — disse Miss Marple — e ela o fazia bem. Costumava pegar o sentido geral, se entende o que quero dizer, mas a maneira que anotava não fazia sentido muitas vezes. Realmente, acho que era pelo fato de a sua gramática ser muito ruim. O resultado foi que alguns infelizes incidentes ocorreram. Lembro-me de um em particular. Acho que foi um sr. Burroughs que telefonou e disse que pretendia falar com sr. Elvaston sobre a cerca derrubada e que não tinha a menor obrigação de repará-la. Estava do outro lado da propriedade, e disse que gostaria de saber se era isso mesmo antes de ir adiante, porque dependeria de ele saber se era responsável ou não, e que era importante para ele saber as medidas certas do terreno antes de instruir os procuradores. Como vê, uma mensagem muito obscura, confundia muito mais do que esclarecia.

— Se está falando de criadas de quarto — disse srta. Knight com uma risadinha —, isso deve ter sido há *muito* tempo. Não escuto falar em criadas de quarto há anos.

— Foi há muito tempo — disse Miss Marple —, mas ainda assim a natureza humana continua praticamente a mesma. Os erros eram cometidos pelas mesmas razões. Oh, Deus — acrescentou —, estou grata por aquela garota estar a salvo em Bournemouth.

— A garota? Que garota? — perguntou Dermot.

— A garota que estava costurando e foi ver Giuseppe naquele dia. Como era mesmo o seu nome... Gladys alguma coisa.

— Gladys Dixon?

— Sim, é esse nome.

— Você diz que ela está em Bournemouth? Como é que sabe disto?

— Eu sei — disse Miss Marple — porque eu a mandei para lá.

— O quê? — Dermot fitou-a. — Você? Por quê?

— Fui vê-la — disse Miss Marple —, dei-lhe algum dinheiro e disse-lhe para tirar umas férias e não escrever para casa.

— Por que diabos você fez isso?
— Porque eu não queria que ela fosse assassinada, naturalmente — disse Miss Marple e piscou para ele placidamente.

Capítulo 22

— Uma carta tão linda de Lady Conway — disse srta. Knight dois dias depois, enquanto abaixava a bandeja com o chá de Miss Marple. — Lembra-se de que falei dela? Apenas um pouco, você sabe — bateu na testa —, esquecida algumas vezes. Nunca reconhece seus parentes e manda-os embora.

— Isto poderia ser espertoza realmente — disse Miss Marple —, mais do que perda de memória.

— Vamos, vamos — disse srta. Knight —, não estamos sendo maldosas, fazendo sugestões como esta? Ela está passando o inverno no hotel Belgrave, em Llandudno. Um hotel residencial *tão* bonito. Lindos jardins e um terraço envidraçado muito bonito. Ela está muito ansiosa para que eu vá vê-la e fique com ela. — Ela suspirou.

Miss Marple sentou-se ereta na cama.

— Mas, por favor, se você está sendo chamada, se é necessária e gostaria de ir...

— Não, não, não poderia ouvir isto — gritou srta. Knight. — Oh, não, nunca quis dizer uma coisa destas. Ora, o que diria sr. Raymond? Ele me explicou que minha estada aqui poderia ser permanente. Eu *nunca* sonharia em negligenciar minhas obrigações. Apenas mencionei o fato de passagem, portanto, não se preocupe, querida — acrescentou batendo no ombro de Miss Marple. — Não seremos desertadas! Não, não, realmente não seremos! Seremos cuidadas e mimadas e estaremos sempre felizes e confortáveis.

Ela saiu do quarto. Miss Marple ficou sentada com um ar resoluto, fitando a bandeja, sem vontade de comer. Finalmente ela levantou o fone e discou com vigor.

— Dr. Haydock?
— Sim?
— Aqui é Jane Marple.
— E o que há com você? Precisa dos meus serviços profissionais?
— Não — disse Miss Marple. — Mas quero vê-lo tão logo possa.

Quando o dr. Haydock chegou, encontrou Miss Marple ainda na cama, esperando por ele.

— Você é a imagem da saúde — queixou-se ele.
— É por isso que queria vê-lo — disse Miss Marple. — Para dizer a você que estou perfeitamente bem.
— Uma razão muito incomum para se ver o médico.
— Estou bastante forte, muito bem, e é absurdo ter alguém morando comigo. Desde que alguém venha diariamente fazer a limpeza e o resto, não vejo de forma alguma por que alguém tem que ficar aqui permanentemente.
— Ouso dizer que você não vê, mas eu vejo — disse o dr. Haydock.
— Parece-me que você se tornou um velho criador de casos — disse Miss Marple indelicadamente.
— E não me insulte! — disse o dr. Haydock. — Você é uma mulher muito saudável para a sua idade; ficou um pouco abalada pela bronquite, que não é bom para os idosos. Mas ficar sozinha em casa na sua idade é arriscado. Suponha que caia da escada uma noite, ou caia da cama ou escorregue no banho. Você ficaria ali e ninguém saberia.
— Pode-se imaginar qualquer coisa — disse Miss Marple. — Srta. Knight poderia tropeçar na escada, e eu cair por cima quando fosse ver o que sucedera.
— Não é bom brigar comigo — disse o dr. Haydock. — Você é uma senhora idosa e tem que ser cuidada da maneira apropriada. Se não gosta desta mulher que conseguiu, troque-a por outra.
— Não é sempre tão fácil assim — disse Miss Marple.

— Encontre alguma de suas antigas empregadas, alguém que gostava e que já viveu com você. Posso ver que essa galinha velha a irrita. Ela me irrita. Deve haver alguma empregada antiga em algum lugar. Aquele seu sobrinho é o escritor da moda. Ele pagaria as despesas se você encontrasse a pessoa certa.

— Claro que o querido Raymond faria qualquer coisa. Ele é muito generoso — disse Miss Marple. — Mas não é tão fácil encontrar a pessoa certa. Os jovens vivem a sua própria vida, e muitas das minhas mais fiéis empregadas, sinto dizer, já morreram.

— Bem, você não morreu — disse o dr. Haydock — e ainda viverá muito tempo se se cuidar.

Ele se levantou.

— Bem — disse. — Não adianta ficar aqui. Você parece tão afinada quanto um violino. Não gastarei meu tempo aferindo a sua pressão, ou sentindo o seu pulso ou fazendo perguntas. Você está vicejando com toda essa excitação local, mesmo que não possa meter o nariz como gostaria de fazer. Até logo, tenho que ir fazer alguns atendimentos reais. Oito a dez casos de rubéola, meia dúzia de coqueluche e um provável caso de escarlatina, além de meus pacientes regulares!

Dr. Haydock saiu rapidamente, mas Miss Marple ficou com a testa franzida... "Alguma coisa que ele dissera... o que fora? Pacientes para ver... as doenças de costume... doenças do local?" Miss Marple empurrou a bandeja com um gesto decidido. Telefonou para sra. Bantry.

— Dolly? Aqui é Jane. Quero perguntar uma coisa a você. Agora preste atenção. É verdade que você disse ao inspetor Craddock que Heather Badcock contou para Marina uma história interminável de como tivera catapora e se levantara assim mesmo só para ir ver Marina e pegar o seu autógrafo?

— Foi mais ou menos isto.

— Catapora?

— Bem, algo parecido. Naquela hora sra. Allcock estava me falando sobre vodca, de modo que não pude escutar bem.

— Tem certeza — Miss Marple tomou fôlego — que ela não disse coqueluche?

— Coqueluche? — Sra. Bantry pareceu espantada. — Claro que não. Ela não teria necessidade de pintar o rosto se fosse coqueluche.

— Entendo. Foi isto que chamou a sua atenção... a sua menção especial da pintura?

— Bem, ela insistiu muito, não era do tipo que se pinta. Mas acho que você tem razão, não era catapora... urticária, talvez.

—Você está falando isto — disse Miss Marple, friamente — apenas porque você mesma teve urticária uma vez e não pôde ir a um casamento.Você não tem jeito, Dolly, não tem jeito mesmo.

Colocou o fone de volta com força, cortando o espantado protesto de sra. Bantry, "Realmente, Jane".

Miss Marple fez um ruído educado de irritação como um gato espirrando para indicar profundo desgosto. Sua mente retornou ao problema de seu próprio conforto doméstico. A fiel Florence? Poderia a fiel Florence, aquela criada de quarto grandalhona, ser persuadida a deixar sua casa pequena e confortável e vir de volta para St. Mary Mead para tomar conta de sua antiga patroa? A fiel Florence sempre lhe fora devotada. Mas a fiel Florence estava muito ligada à sua própria casa. Miss Marple sacudiu a cabeça contrariada. Um alegre barulho soou à porta. À ordem de "Entre" de Miss Marple, Cherry entrou.

— Vim buscar a bandeja — disse. — Aconteceu alguma coisa? Você está bastante aborrecida, não?

— Sinto-me tão velha e desamparada — disse Miss Marple. — Velha e abandonada.

— Não se preocupe — disse Cherry, segurando a bandeja. — Você está longe de ser desamparada.Você não sabe as coisas que escuto sobre você neste lugar! Ora, praticamente todo o mundo no Desenvolvimento já a conhece.Toda a sorte de coisas extraordinárias que você fez. *Eles* não pensam que você seja do tipo velho e desamparado. É *ela* quem põe isto na sua cabeça.

— Ela?

Cherry fez um vigoroso movimento com a cabeça em direção à porta atrás dela.

— Gatinha, gatinha — disse. — A sua srta. Knight. Não deixe que ela a derrube.

— Ela é muito amável — disse Miss Marple —, realmente *muito* amável — acrescentou no tom de voz de quem tenta se convencer.

— Dizem que o cuidado matou o gato — disse Cherry. — Você não quer que lhe esfreguem amabilidade na pele, por assim dizer, quer?

— Oh, bem — disse Miss Marple suspirando. — Suponho que todos nós tenhamos os nossos problemas.

— Eu diria que sim — disse Cherry. — Eu não devia me queixar, mas às vezes penso que, se viver muito tempo mais perto de sra. Hartwell, vai haver um lamentável incidente. Aquela velha maliciosa de cara azeda, sempre fofocando e reclamando. Jim também já não aguenta. Teve uma briga de primeira com ela ontem à noite. Apenas porque ouvimos o *Messias* um pouco mais alto! Você não pode fazer objeções ao *Messias*, pode? Quero dizer, é religioso.

— Ela objetou?

— Criou uma confusão terrível — disse Cherry. — Bateu na parede, gritou e isto e aquilo.

— Vocês têm que escutar música tão alto? — perguntou Miss Marple.

— Jim gosta assim — disse Cherry. — Ele diz que não se consegue o tom a menos que se tenha volume.

— Poderia — sugeriu Miss Marple — ser um pouco *demais* para alguém que não fosse musical.

— Se as casas fossem separadas — disse Cherry. — As paredes são muito finas. Quando você começa a pensar, não fica muito entusiasmada com as novas construções. Tudo muito afetado e bonito, mas você não pode expandir a sua personalidade sem que alguém lhe caia em cima como uma tonelada de tijolos.

Miss Marple sorriu para ela.

— Você tem um bocado de personalidade para expressar, Cherry — disse ela.

—Acha isso? — Cherry estava contente e riu. — Eu queria saber — começou. Subitamente ficou embaraçada. Descansou a bandeja e veio para perto da cama: — Gostaria de saber se você acharia ousadia se eu perguntasse uma coisa? Quero dizer, você tem apenas que dizer "fora de questão" e "está certo".

— Alguma coisa que quer que eu faça?

— Não exatamente. São aqueles quartos sobre a cozinha. Eles não são mais usados, não é?

— Não.

— Foram ocupados pelo jardineiro e a mulher uma vez, ouvi dizer. Mas isso é velho. O que gostaria de saber, o que Jim e eu queríamos saber, é se poderíamos ficar com eles. Vir morar aqui, quero dizer.

Miss Marple fitou-a espantada.

— Mas e a sua bonita casa no Desenvolvimento?

— Estamos ambos fartos dela. Gostamos de engenhocas novas, mas não se pode colocá-las em lugar nenhum. Podemos colocá-las no carro e haveria muito espaço aqui, especialmente se Jim puder ficar com o quarto em cima dos estábulos. Ele o colocaria como novo e poderia ficar com todos os modelos de armar lá, sem ter que tirá-los o tempo todo. E se o estéreo ficasse lá também, você quase não ouviria.

—Você está falando sério, Cherry?

— Sim, estou. Jim e eu já conversamos muito sobre isto. Jim poderia consertar coisas para você a qualquer hora, você sabe, encanamentos e um pouco de carpintaria. Eu tomaria conta de você tão bem como srta. Knight. Eu sei que você acha que sou um pouco desleixada, mas eu tentaria, e faria as camas, lavaria tudo e, diga-se de passagem, estou ficando mesmo perita em cozinhar. Fiz *strogonoff* ontem à noite e é muito fácil, realmente.

Miss Marple contemplou-a.

Cherry estava parecendo uma gatinha ansiosa. Vitalidade e alegria de viver irradiavam dela. Miss Marple pensou mais uma vez na fiel Florence. A fiel Florence cuidaria da casa, naturalmente, muito melhor. Miss Marple não fazia fé na promessa de Cherry. Mas ela estava pelo menos com 65 anos, talvez mais. E será que ela gostaria de se mudar? Ela poderia aceitar por causa de sua devoção a Miss Marple. Mas será que Miss Marple realmente queria que se sacrificassem por ela? Já não estava sofrendo o bastante em consequência da conscienciosa devoção de srta. Knight às suas obrigações?

Cherry, embora não fosse tão boa nas tarefas domésticas *queria* vir. E ela possuía qualidades que, no momento, pareciam de suprema importância para Miss Marple.

Receptividade, vitalidade e um profundo interesse em tudo que estava se passando.

— Eu não quero, naturalmente — disse Cherry —, prejudicar srta. Knight de modo algum.

— Não se incomode com srta. Knight — disse Miss Marple chegando a uma decisão. — Ela irá para alguém chamada Lady Conway, em um hotel em Llandudno, e ficará inteiramente satisfeita. Teremos que acertar uma porção de detalhes, Cherry, e vou querer conversar com o seu marido; mas se você acha que realmente será feliz...

— Isso nos servirá na medida — disse Cherry. — E não precisa se preocupar para que eu faça as coisas certo. Se quiser, usarei até a escova e a pá.

Miss Marple riu deste supremo oferecimento.

Cherry pegou a bandeja de novo.

— Devo estar maluca. Cheguei tarde hoje porque fiquei escutando falar do pobre Arthur Badcock.

— Arthur Badcock? O que aconteceu a ele?

— Não soube? Está no distrito policial agora — disse Cherry. — Perguntaram se ele poderia ir " orientá-los nas averiguações", e você sabe o que isto quer dizer.

— Quando foi que isto aconteceu? — perguntou Miss Marple.

— Esta manhã — disse Cherry. — Eu suponho — acrescentou — que isto foi porque ele tinha sido casado com Marina Gregg antes.

— O quê! — Miss Marple sentou-se novamente. — Arthur Badcock já foi casado com Marina Gregg?

— Esta é a história — disse Cherry. — Ninguém tinha a menor ideia. Foi sr. Upshaw quem tocou no assunto. Ele foi aos Estados Unidos, uma ou duas vezes, a negócios, e por isso sabe uma porção de fofocas de lá. Foi há muito tempo, você sabe. Realmente antes de ela começar a carreira. Eles estavam casados há apenas um ou dois anos quando ela ganhou um prêmio cinematográfico e, daí, é claro que ele não estava mais à sua altura. Então eles tiveram um daqueles rápidos divórcios americanos e ele simplesmente desapareceu, como se diz. Arthur Badcock é do tipo que desaparece. Ele não faria um caso. Trocou de nome e voltou para a Inglaterra. Isto tudo foi há muito tempo. Você não pensaria que uma coisa dessas ainda tivesse importância hoje, não? Ainda assim, é isso que acontece. É o bastante para a polícia prosseguir, eu suponho.

— Oh, não — disse Miss Marple. — Oh, *não*. Isto pode acontecer. Se apenas soubesse o que fazer... Agora, deixe-me ver. — Acenou para Cherry. — Leve embora a bandeja, Cherry, e mande srta. Knight aqui. Vou me levantar.

Cherry obedeceu. Miss Marple vestiu-se com dedos levemente trêmulos. Ficava irritada quando qualquer espécie de excitação a afetava. Estava justamente enfiando o vestido quando srta. Knight entrou.

— Você queria me ver? Cherry disse...

Miss Marple interrompeu-a incisivamente.

— Chame o Inch — disse.

— Não entendi — disse srta. Knight, perplexa.

— Inch — disse Miss Marple —, chame o Inch. Telefone para ele vir imediatamente.

— Oh, sim, entendo. Quer dizer o serviço de táxis. Mas o nome é Roberts, não é?

— Para mim — disse Miss Marple — é Inch e sempre o será. Mas chame-o de qualquer modo. É para ele vir logo.

—Vai sair para dar uma voltinha?

— Apenas chame-o, está bem? — disse Miss Marple. — E depressa, por favor.

Srta. Knight olhou-a duvidosamente e procedeu como lhe tinha sido dito.

— Estamos nos sentindo bem, querida, não é? — disse ansiosamente.

— Estamos ambas nos sentindo muito bem — disse Miss Marple. — Eu estou me sentindo *particularmente bem*. Inércia não combina comigo e nunca combinou. Um curso prático de ação é tudo que tenho querido há muito tempo.

— Sra. Baker disse alguma coisa que a aborreceu?

— Nada me aborreceu — disse Miss Marple. — Sinto-me particularmente bem. Estou aborrecida comigo mesma por ter sido estúpida. Mas, realmente, até obter um indício do dr. Haydock esta manhã. Agora eu gostaria de saber se me lembrei corretamente. Onde está aquele meu livro de medicina? — Ela afastou srta. Knight com um gesto e desceu firmemente os degraus. Encontrou o livro que queria em uma prateleira no escritório. Retirou-o dali e olhou no índice, murmurando "Página 210"; abriu nesta página, leu por uns momentos e então balançou a cabeça satisfeita.

— Extraordinário! — disse. — Muito curioso. Suponho que ninguém pensou nisso. Eu também não havia pensado, até que duas coisas se encaixaram, por assim dizer.

Então ela sacudiu a cabeça, e uma pequena linha apareceu entre seus olhos "Se houvesse apenas alguém..."

Ela repassou mentalmente os vários relatos que tivera daquela cena específica...

Seus olhos se abriram. "Havia alguém", pensou, "mas ele seria bom? Nunca se sabia com o vigário. Ele era muito imprevisível".

Mesmo assim ela foi ao telefone e discou.

— Bom dia, vigário, aqui é Miss Marple.

— Oh, sim, Miss Marple, há algo que possa fazer pela senhora?

— Gostaria de saber se poderia me ajudar em um pequeno assunto. É relacionado com o dia da festa em que a pobre sra. Badcock morreu. Creio que o senhor estava bem perto de srta. Gregg quando sr. e sra. Badcock chegaram.

— Sim, sim, estava logo antes deles, acho. Que dia trágico.

— Sim, de fato. E creio que sra. Badcock estava rememorando para srta. Gregg o dia em que a encontrara nas Bermudas. Ela estivera doente de cama e levantara-se especialmente.

— Sim, sim, eu me lembro.

— E você se lembra se sra. Badcock mencionou a doença que tinha na ocasião?

— Acho, deixe-me ver... Sim, era sarampo, mas não era sarampo mesmo, era rubéola, uma doença muito menos séria. Algumas pessoas nem mesmo se sentem doentes quando a contraem. Lembro-me que minha prima Caroline...

Miss Marple cortou as reminiscências da prima Caroline dizendo incisivamente:

— Muitíssimo obrigada, vigário — e recolocou o fone no gancho.

Estava com uma expressão de grande admiração. Um dos grandes mistérios de St. Mary Mead era o que fazia com que o vigário se lembrasse de certas coisas, apenas superado pelo grande mistério daquilo que o vigário conseguia se esquecer!

— O táxi está aqui, querida — disse srta. Knight entrando apressadamente. — É muito velho e não muito limpo, eu diria. Realmente não gosto de vê-la entrando numa coisa como aquelas. Você poderia pegar um germe ou outro.

— Absurdo — disse Miss Marple. Colocando firmemente o chapéu na cabeça e abotoando o casaco de verão, ela saiu para o táxi que a esperava.

— Bom dia, Roberts — disse.

— Bom dia, Miss Marple. Você madrugou hoje. Aonde quer ir?

— Gossington Hall, por favor — disse Miss Marple.

— Acho que seria melhor que eu fosse com você, não é querida? — disse srta. Knight. — Não levarei mais do que um minuto para trocar os sapatos.

— Não, obrigado — disse Miss Marple, decididamente. — Vou sozinha. Adiante, Inch. Quero dizer, Roberts.

Sr. Roberts dirigiu, observando de passagem:

— Ah, Gossington Hall. Tem havido grandes mudanças lá e em toda parte atualmente. Todo esse progresso. Nunca pensei que uma coisa como essa aconteceria a St. Mary Mead.

Assim que chegou, Miss Marple tocou a campainha e pediu para ver sr. Jason Rudd.

O sucessor de Giuseppe, um ancião bastante trêmulo, ficou em dúvida.

— Sr. Rudd não recebe ninguém sem hora marcada, Madame. E especialmente hoje.

— Não tenho hora — disse Miss Marple —, mas vou esperar — acrescentou.

Entrou, passando por ele rapidamente, e sentou-se numa cadeira no vestíbulo.

— Temo que será bastante difícil esta manhã, Madame.

— Nesse caso — disse Miss Marple — esperarei até a tarde.

Desconcertado, o novo mordomo se retirou. Dali a pouco um jovem veio ver Miss Marple. Tinha maneiras agradáveis e uma voz calorosa, levemente americana.

— Já o vi antes — disse Miss Marple. — No Desenvolvimento. Você me perguntou o caminho para Blenheim.

Hailey Preston sorriu bem-humorado.

— Imagino que fez o melhor que pôde, mas ensinou-me errado.

— Meu Deus, é mesmo? — disse Miss Marple. — Com todas aquelas vilas que existem lá. Posso ver sr. Rudd?

— Ora, que coisa ruim — disse Hailey Preston. — Sr. Rudd é um homem muito ocupado e ele... hum... está completamente ocupado esta manhã e realmente não pode ser perturbado.

— Tenho a certeza de que ele é muito ocupado — disse Miss Marple. — Vim até aqui bastante preparada para esperar.

— Ora, eu sugeriria — disse Hailey Preston — que me dissesse o que deseja. Faço muitas coisas para sr. Rudd, você vê. Todo o mundo tem que falar comigo primeiro.

— Lamento — disse Miss Marple —, mas desejo ver o próprio sr. Rudd. — E acrescentou: — Vou esperar aqui até que possa vê-lo.

Ela sentou-se mais firmemente na grande cadeira de carvalho.

Hailey Preston hesitou, começou a falar, finalmente virou-se e subiu a escada. Voltou com um homem alto vestido com *tweeds*.

— Este é o dr. Gilchrist, Miss... hum...

— Miss Marple.

— Então você é Miss Marple — disse o dr. Gilchrist. — Olhou-a com grande interesse.

Hailey Preston desapareceu celeremente

— Escutei falar de você — disse o dr. Gilchrist. — Pelo dr. Haydock.

— Dr. Haydock é um velho amigo meu.

— Certamente que sim. Agora, para que quer ver sr. Jason Rudd? E por quê?

— É necessário que o veja — disse Miss Marple.

Os olhos de Gilchrist avaliaram-na.

— E vai acampar aqui até que consiga? — perguntou.

— Exatamente.

— Você o faria mesmo — disse o dr. Gilchrist. — Neste caso, vou dar a você uma ótima razão por que não pode ver sr. Rudd. Sua mulher morreu durante a noite, dormindo.

— Morta! — exclamou Miss Marple. — Como?

— Uma *overdose* de um remédio para dormir. Não queremos que a notícia transpire para a imprensa por algumas horas. Portanto, estou pedindo que guarde isto para si no momento.

— Claro. Foi um acidente?
— Este é o meu ponto de vista definitivo — disse o dr. Gilchrist.
— Mas poderia ser suicídio.
— Poderia. Mas é improvável.
— Ou alguém poderia ter-lhe ministrado a dose?
Gilchrist encolheu os ombros.
— Uma possibilidade muito remota. E uma coisa — acrescentou firmemente — que seria difícil de provar.
— Entendo — disse Miss Marple. Respirou profundamente. — Sinto, porém é mais necessário do que nunca que eu veja sr. Rudd.
Gilchrist olhou para ela.
— Espere aqui — disse.

Capítulo 23

Jason Rudd levantou os olhos quando Gilchrist entrou.

— Há uma senhora idosa aí embaixo — disse o médico —, parece ter cem anos. Quer vê-lo. Não aceita negativas e diz que vai esperar. Esperará até a tarde, pelo que entendi, ou até a noite; e é muito capaz, eu diria, de passar a noite aqui. Tem alguma coisa que quer falar com você urgentemente. Eu a veria se fosse você.

Jason Rudd levantou os olhos da mesa. Seu rosto estava branco e tenso.

— Ela é louca?

— Não. Nem um pouco.

— Não vejo por quê, ora, eu... Oh, está bem, mande-a subir. Que diferença faz.

Gilchrist assentiu, saiu do quarto e chamou Hailey Preston.

— Sr. Rudd pode ceder uns minutos agora, Miss Marple — disse Hailey Preston, aparecendo novamente ao lado dela.

— Muito obrigada. É muita amabilidade dele — disse Miss Marple enquanto se colocava de pé. — Está com sr. Rudd há muito tempo? — perguntou.

— Ora, trabalho com sr. Rudd há dois anos e meio. Meu trabalho é relações públicas em geral.

— Entendo — Miss Marple olhou-o pensativamente. — Você me faz lembrar muito — disse — de alguém que conheci, chamado Gerald French.

— É mesmo? O que Gerald French fazia?

— Não muito — disse Miss Marple —, mas era um bom conversador. — Ela suspirou. — Ele teve um passado infeliz.

— Não diga — disse Hailey Preston, levemente desconfiado.
— Que tipo de passado?
— Não vou contar — disse Miss Marple. — Ele não gostava que comentassem.

Jason Rudd levantou-se da mesa e olhou com alguma surpresa para a esguia senhora que avançava em sua direção.

— Queria me ver? — disse. — O que posso fazer por você?
— Sinto muito pela morte de sua mulher — disse Miss Marple. — Posso ver que foi um grande pesar para você e quero que acredite que não me imporia a você agora ou ofereceria minha simpatia, a menos que fosse necessário. Mas há algumas coisas que precisam urgentemente ser esclarecidas ou um homem inocente vai sofrer.

— Um homem inocente? Não a entendo.
— Arthur Badcock — disse Miss Marple. — Ele está na polícia agora sendo interrogado.

— Com relação à morte de minha mulher? Mas isto é absurdo, completamente absurdo. Ele nunca esteve próximo daqui. Nem sequer a conhecia.

— Acho que ele a conhecia — disse Miss Marple. — Foi casado com ela uma vez.

— Arthur *Badcock*? Mas ele era, ele era o marido de Heather Badcock. Você não está, talvez — falou gentilmente e em tom de desculpas — cometendo um pequeno engano?

— Foi casado com as duas — disse Miss Marple. — Foi casado com a sua mulher quando ela era muito jovem, antes de entrar para o cinema.

Jason Rudd sacudiu a cabeça.

— Minha mulher casou-se pela primeira vez com um homem chamado Alfred Beadle. Ele trabalha no ramo imobiliário. Não combinaram e se separaram quase imediatamente.

— Então Alfred Beadle trocou o nome para Badcock — disse Miss Marple. — Trabalha atualmente com negócios imobiliários aqui na cidade. É estranho como algumas pessoas parecem nunca gostar de mudar de trabalho e querem continuar fazendo sempre a mesma coisa. Acho que foi por isso que Marina Gregg sentiu que ele não poderia ajudá-la. Ele não poderia ter ficado com ela.

— O que você me contou é muito surpreendente.

— Posso assegurar que não estou romanceando ou imaginando coisas. O que estou contando é fato conhecido de sobejo. Essas coisas se espalham muito rapidamente em uma cidade pequena, você sabe, embora demorem um pouco mais para chegar a Gossington Hall — acrescentou.

— Bem — disse Jason Rudd na expectativa, sem saber o que dizer, até que se resolveu. — E o que quer que eu faça para ajudá-la, Miss Marple? — perguntou.

— Eu quero, se puder, ficar na escada no lugar em que você e sua mulher receberam os convidados no dia da festa.

Ele atirou-lhe um olhar rápido e duvidoso. Era isto, afinal de contas. Apenas mais uma caçadora de escândalos. Mas o rosto de Miss Marple estava grave e composto.

— Ora, certamente — disse — se quiser fazê-lo. Venha comigo.

Levou-a para o alto da escadaria e parou no aposento que tinha sido construído ali.

— Fizeram uma porção de reformas na casa desde que os Bantry estiveram aqui — disse Miss Marple. — Eu gostei. Agora, deixe-me ver. As mesas estariam por aqui, suponho, e você e sua mulher estariam de pé.

— Minha mulher ficou aqui — Jason Rudd mostrou-lhe o lugar. — As pessoas subiam os degraus, ela apertava suas mãos e passava-os para mim.

— Ela ficou aqui — disse Miss Marple.

Ela caminhou para frente e ocupou o lugar em que Marina Gregg estivera. Permaneceu quieta, sem se mexer. Jason Rudd observava-a. Estava perplexo mas interessado. Ela levantou a mão direita ligeiramente como se estivesse cumprimentando alguém e olhou para os degraus embaixo como se estivesse vendo as pessoas subindo. Então olhou diretamente para a frente. Na parede em frente estava uma grande tela, uma cópia de um velho mestre italiano. De cada lado havia duas janelas estreitas, uma dando para os jardins e a outra, para o fundo dos estábulos e o cata-vento. Mas Miss Marple não olhou para nada disso. Seus olhos estavam fixados na pintura.

— Claro que você ouve sempre a coisa certa da primeira vez — disse. — Sra. Bantry me contou que sua mulher fitava a pintura e que sua face "gelou" quando o fez. — Olhou para as ricas roupas azuis e vermelhas da Madona, uma Madona com a cabeça ligeiramente para trás, rindo para o menino que segurava nos braços. — A "Madona Risonha" de Giacomo Bellini — disse. — Uma pintura religiosa mas também um retrato de uma mãe feliz com a sua criança. Não é isto, sr. Rudd?

— Eu diria que sim.

— Compreendo agora — disse Miss Marple. — Compreendo bastante bem. A coisa toda é realmente muito simples, não é? — Ela olhou para Jason Rudd.

— Simples?

— Penso que você sabe como é simples — disse Miss Marple. A campainha soou embaixo.

— Não acho — disse Jason Rudd — que eu esteja entendendo bem. — Olhou para baixo. Havia um som de vozes.

— Conheço aquela voz — disse Miss Marple. — É do inspetor Craddock, não é?

— Sim, parece ser do inspetor Craddock.

— Ele quer vê-lo também. Você se importaria muito se ele se juntasse a nós?

— De forma alguma, no que me diz respeito. Se ele concordar...

— Acho que ele concordará — disse Miss Marple. — Não há muito tempo a perder, não é? Chegamos ao momento em que compreendemos exatamente como tudo se passou.

— Pensei que você tinha dito que era simples — disse Jason Rudd.

O mordomo substituto chegou neste momento ao topo dos degraus.

— Inspetor Craddock está aqui, senhor.

— Diga-lhe que venha se juntar a nós, por favor — disse Jason Rudd.

O mordomo desapareceu novamente e, um ou dois minutos depois, Dermot Craddock estava subindo os degraus.

—Você! — disse para Miss Marple. — Como chegou aqui?

—Vim de Inch — disse Miss Marple, provocando a reação confusa que aquela observação sempre causava.

Ligeiramente atrás dela Jason Rudd bateu na testa interrogativamente. Dermot sacudiu a cabeça.

— Eu estava dizendo para sr. Rudd... — disse Miss Marple. — O mordomo já foi embora?

Dermot Craddock deu uma olhada para os degraus abaixo.

— Oh, sim — disse. — Ele não está escutando. O sargento Tiddler cuidará disto.

— Então está tudo certo — disse Miss Marple. — É claro que nós poderíamos ir conversar num quarto, mas eu prefiro assim. Aqui estamos no lugar em que a coisa aconteceu, o que torna muito mais fácil a sua compreensão.

—Você está falando — disse Jason Rudd — do dia da festa aqui, o dia em que Heather Badcock foi envenenada.

— Sim — disse Miss Marple — e estou dizendo que é tudo muito simples se for olhado da maneira certa. Tudo começou, você vê, com o fato de Heather Badcock ser o tipo de pessoa que era. Realmente, era inevitável que uma coisa dessas acontecesse a Heather Badcock um dia.

— Não entendo o que quer dizer — disse Jason Rudd. — Não entendo absolutamente nada.

— Não, tem que ser um pouco explicado. Você vê, quando minha amiga sra. Bantry, que esteve aqui, me descreveu a cena, ela citou um poema que foi o grande favorito da minha juventude,

um poema do querido Lord Tennyson, "A Lady de Shalott". Ela ergueu um pouco a voz:
Para fora esvoaçou a teia e pairou ao longe;
O espelho quebrou de lado a lado:
"A maldição se abateu sobre mim", gritou
Lady de Shalott.

— Foi isso que sra. Bantry viu, ou pensou ter visto, embora na verdade ela tenha citado errado e dito morte em vez de maldição, talvez uma palavra mais adequada para as circunstâncias. Viu sua mulher falando com Heather Badcock e ouviu Heather Badcock falando com sua mulher e notou essa expressão de morte no rosto de sua mulher.

— Já não repisamos isso muitas vezes? — disse Jason Rudd.

— Sim, mas teremos que repassar uma vez mais — disse Miss Marple. — Havia aquela expressão no rosto de sua mulher, e ela não estava olhando para Heather Badcock, mas sim para aquele quadro. Para o quadro de uma mãe feliz e risonha segurando uma criança feliz. O engano é que, embora houvesse uma sombra de morte no rosto de Marina Gregg, não era sobre *ela* que a morte se abateria. A morte se abateu sobre Heather Badcock. Heather estava condenada desde o primeiro momento em que começou a falar e lembrar um incidente do passado.

— Poderia ser um pouco mais clara? — disse Dermot Craddock.

Miss Marple virou-se para ele.

— Claro que serei. Isso é alguma coisa sobre a qual você não sabia nada. Não poderia saber disso, porque ninguém disse a você exatamente o que Heather Badcock dissera.

— Mas eles contaram — protestou Dermot. — Contaram-me várias vezes. Várias pessoas me contaram.

— Sim — disse Miss Marple —, mas você não sabe, porque Heather Badcock não contou para *você*.

— Ela dificilmente poderia ter me falado, uma vez que estava morta quando cheguei aqui — disse Dermot.

— Certo — disse Miss Marple. — Tudo que sabe é que ela estava doente e se levantou da cama para ir a uma celebração de algum tipo onde encontrou Marina Gregg, falou com ela, pediu e obteve um autógrafo.

— Eu sei — disse Craddock um pouco impaciente. — Já ouvimos tudo isso.

— Mas você não escutou a única frase válida, porque ninguém pensou que fosse importante — disse Miss Marple. — Heather Badcock estava de cama, com rubéola.

— Rubéola? Mas que diabos isto tem a ver com o caso?

— É uma doença benigna, realmente — disse Miss Marple. — Quase não faz com que se sinta doente. Você fica com uma erupção que é fácil cobrir com pó-de-arroz e tem um pouco de febre, mas não muito. Você se sente bem o bastante para sair e ver pessoas se quiser. E foi exatamente por tudo isso que a menção da rubéola não chamou a atenção das pessoas em especial. Sra. Bantry, por exemplo, apenas disse que Heather estivera de cama e mencionou catapora ou urticária. Sr. Rudd aqui disse que era gripe, mas naturalmente o fez de propósito. Mas eu mesma acho que o que Heather Badcock disse para Marina Gregg foi que ela estava com rubéola e se levantara da cama para ir vê-la. E esta é a verdadeira resposta para a coisa toda porque, vocês veem, rubéola é extremamente contagiosa. As pessoas a pegam facilmente. E há apenas uma coisa que deve ser lembrada. Se uma mulher a contrai nos quatro primeiros meses de — Miss Marple falou a palavra seguinte com um decoro levemente vitoriano — gravidez, pode haver consequências terrivelmente sérias. Pode causar a morte do feto, ou uma criança mentalmente afetada.

Ela virou-se para Jason Rudd.

— Acho que estou certa em dizer, sr. Rudd, que sua mulher teve uma criança com um problema mental e que ela nunca se recuperou realmente do choque. Sempre quisera ter uma criança e, quando finalmente a criança veio, essa foi a tragédia que ocorreu. Uma tragédia que ela nunca esqueceu, que não se permitia esquecer e que a consumia como uma espécie de ferida profunda, uma obsessão.

— É bem verdade — disse Jason Rudd. — Marina contraiu rubéola logo nos primeiros meses de gravidez, e o médico disse que o problema mental de sua criança fora devido a isso. Não era um caso hereditário ou alguma coisa desse tipo. Ele estava tentando ajudar, mas não acho que a tenha ajudado muito. Ela nunca soube como, ou quando e de quem contraíra a doença.

— Isso mesmo — disse Miss Marple. — Ela nunca o soube até uma tarde em que uma mulher completamente estranha subiu aqueles degraus e lhe contou, contou, e o que mais, com grande prazer! Com um ar de orgulho pelo que fizera! *Ela* pensou que tivesse sido forte e corajosa e mostrado muita disposição em levantar-se da cama, cobrir o rosto com pintura e ir encontrar a atriz pela qual tinha tanta paixão e obter seu autógrafo. Heather Badcock não queria causar nenhum mal. Ela nunca queria causar mal, mas não há dúvida que as pessoas como Heather Badcock (e a minha velha amiga Alison Wilde) são capazes de causar muito mal devido à sua falta de... não de delicadeza, elas são delicadas, mas de qualquer preocupação verdadeira com o modo pelo qual as suas ações podem afetar outras pessoas. Ela sempre pensava no que a ação significava para *ela*, nunca reservando um pensamento para o que poderia significar para alguém mais.

Miss Marple balançou a cabeça gentilmente.

— Então ela morreu, você vê, por um simples motivo de seu próprio passado. Você deve imaginar o que aquele momento significou para Marina Gregg. Acho que sr. Rudd entende muito bem. Acho que durante anos ela alimentara uma espécie de ódio pela pessoa desconhecida que fora a causadora da tragédia. E subitamente ela encontra essa pessoa face a face. E uma pessoa que é alegre, feliz e satisfeita consigo mesma. Foi demais para ela. Se tivesse tido tempo para pensar, para se acalmar, ser persuadida e relaxar, mas ela não deu a si mesma nenhum tempo. Aqui estava a mulher que destruíra a sua felicidade e destruíra a sanidade e a saúde de sua criança. Ela queria puni-la. Queria matá-la. E infelizmente os meios estavam à mão. Ela carregava consigo um remédio específico muito conhecido, Calmo. Uma droga um tanto perigosa, porque você tem que ter cuidado com a dosagem. Era muito fácil de fazer. Colocou a coisa no seu próprio copo. Se alguém notou o que ela estava fazendo, provavelmente estava tão acostumado a vê-la adicionando estimulantes ou calmantes em qualquer líquido à mão, que dificilmente tomou conhecimento. É possível que alguém a tenha visto realmente, mas eu duvido bastante. Acho que srta. Zielinsky não fez nada além do que imaginar. Marina Gregg colocou o seu copo na mesa e dali a pouco conseguiu esbarrar no braço de Heather Badcock de maneira que Heather Badcock espirrasse todo o seu drinque no vestido novo. E é aí que entra o elemento intrigante, devido ao fato de que as pessoas não se lembram de usar os pronomes adequadamente.

— Isto me faz lembrar tanto daquela criada de quarto de que falei a você — acrescentou para Dermot. — Eu apenas tive o relato do que Gladys dissera para Cherry, e era simplesmente que ela estava preocupada com o estrago no vestido de Heather Badcock quando o drinque entornou. O que pareceu engraçado, ela disse, foi que ela fizera de propósito. Mas o "ela" a que Gladys estava se referindo não era Heather Badcock, era Marina Gregg. Como Gladys disse: ela o fez propositadamente! Esbarrou no braço de Heather. Não por acidente mas porque *queria* fazê-lo. Nós sabemos que ela deve ter ficado muito próxima de Heather porque ouvimos dizer que ela enxugou o vestido de Heather e o seu antes de insistir para que Heather aceitasse o coquetel. Foi realmente — disse Miss Marple meditativamente — um crime perfeito, porque, veem, foi cometido num impulso momentâneo sem uma pausa para refletir. Ela queria Heather Badcock morta e alguns minutos depois Heather Badcock *estava* morta. Ela não percebeu, talvez, a gravidade do ato que praticara e certamente não pensou no perigo que representaria depois. Mas depois ela percebeu. Ficou amedrontada, terrivelmente amedrontada. Com medo de que alguém a tivesse visto colocando droga no seu próprio copo, que alguém a tivesse visto empurrar o cotovelo de Heather, com medo de que alguém a acusasse de ter envenenado-a. Só tinha um meio de escapar. Insistir que o crime tinha sido planejado contra *ela*, que *ela* era a vítima. Primeiro experimentou a ideia com o médico. Ela recusou-se a deixá-lo falar com o marido porque eu acho que sabia que o marido não se deixaria enganar. Fez coisas fantásticas. Escreveu bilhetes para si mesma e arranjou para que fossem encontrados em lugares extraordinários e em momentos extraordinários. Um dia, ela adulterou seu próprio café nos Estúdios. Fez coisas que poderiam ter sido facilmente percebidas se alguém estivesse pensando desse modo. Eram vistos apenas por uma pessoa.

Ela olhou significativamente para Jason Rudd.

— Isto é apenas uma teoria sua — disse Jason Rudd.

— Pode colocar assim, se quiser — disse Miss Marple —, mas você sabe muito bem, não é sr. Rudd, que estou falando a verdade. Porque você sabia desde o início. Você sabia porque escutou a menção da rubéola. Você sabia e estava louco para protegê-la. Mas você não percebeu o quanto teria que protegê-la. Não percebeu que não era apenas uma questão de silenciar sobre uma morte, a morte de uma mulher que você poderia muito bem dizer que havia atraído a morte sobre si. Mas houve outras mortes, a morte de Giuseppe, um chantagista, é verdade, mas um ser humano. E a morte de Ella Zielinsky, de quem acho que gostava. Você estava muito frenético no afã de proteger Marina e para impedi-la de causar mais mal. Tudo o que queria era levá-la embora a salvo para algum lugar. Você tentou vigiá-la o tempo todo, para ter a certeza de que mais nada aconteceria.

Ela fez uma pausa e, aproximando-se de Jason Rudd, colocou gentilmente a mão no seu braço.

— Sinto muito por você — disse ela — muito mesmo. Eu realmente percebo a agonia que deve ter sido. Você cuidava tanto dela, não?

Jason Rudd virou-se ligeiramente.

— Isso — disse ele — creio que é do conhecimento de todos.

— Ela era uma criatura tão bonita — disse Miss Marple, gentilmente. — Tinha um dom tão maravilhoso! Tinha grande capacidade de amar e odiar, mas não tinha equilíbrio emocional. Isso é que é tão triste para qualquer um, ter nascido desequilibrado. Ela não poderia ter esquecido o passado e nunca poderia ver o futuro como ele realmente era, só da maneira que imaginava que seria. Foi uma grande atriz e uma beldade, além de uma mulher muito feliz. Que Mary, rainha da Escócia ela foi! Nunca a esquecerei.

O sargento Tiddler apareceu subitamente nos degraus.

— Posso falar com o senhor um momento?

Craddock virou-se.

— Eu voltarei — disse para Jason Rudd, e dirigiu-se para a escada.

— Lembre-se — gritou Miss Marple —, o pobre Arthur Badcock não tem nada a ver com isto. Veio à festa porque queria dar uma espiada na garota com quem se casara há muito tempo. Eu diria que ela nem sequer o reconheceu, não? — perguntou a Jason Rudd.

Jason Rudd sacudiu a cabeça.

— Acho que não. Certamente ela nunca me disse nada. Não acho — acrescentou pensativamente — que ela o tenha reconhecido.

— Provavelmente não — disse Miss Marple. — De qualquer maneira — acrescentou — ele está inocente de ter querido matá-la ou alguma coisa desse tipo. Lembre-se disso — acrescentou para Dermot Craddock, enquanto ele descia os degraus.

— Posso assegurar que ele não está em perigo — disse Craddock —, mas naturalmente, quando descobrimos que ele tinha sido o primeiro marido de Marina Gregg, quisemos interrogá-lo a respeito. Não se preocupe com ele, tia Jane — acrescentou num murmúrio, e então desceu rapidamente os degraus.

Miss Marple virou-se para Jason Rudd. Ele estava parado ali como que entorpecido, os olhos longe.

—Você permitirá que eu a veja? — disse Miss Marple.

Ele observou-a por um minuto ou dois, então assentiu.

— Sim, você pode vê-la. Você parece... compreendê-la muito bem.

Virou-se, e Miss Marple o seguiu. Ele a precedeu no grande quarto de dormir e afastou ligeiramente as cortinas.

Marina Gregg estava deitada na grande colcha branca da cama, os olhos fechados, as mãos cruzadas.

"Era assim", pensou Miss Marple, "que Lady de Shalott devia estar deitada no barco que a levou para Camelot. E lá, absorto, estava um homem com um rosto feio, irregular, que poderia passar como um Lancelot dos dias atuais".

Miss Marple disse gentilmente:

— Foi muita sorte para ela ter tomado uma dose excessiva. A morte era realmente o único caminho de fuga que lhe foi deixado. Sim, muita sorte ela ter tomado aquela *overdose*, ou será que *lhe foi ministrada*?

Seus olhos encontraram os dele, mas ele não falou.

Disse entrecortadamente:

— Ela era tão adorável... e tinha sofrido tanto...

Miss Marple olhou novamente para a figura imóvel.
Citou suavemente os últimos versos do poema:
Ele disse: "Ela possui um rosto adorável;
Deus em Sua misericórdia conceda-lhe a graça,
Lady de Shalott."

SOBRE A AUTORA

Agatha Christie nasceu em Torquay, cidade da Inglaterra, em 1890, e tornou-se a romancista mais vendida de todos os tempos. Escreveu oitenta romances e coletâneas de contos, além de mais de uma dúzia de peças, incluindo *A ratoeira*, peça que ficou mais tempo em cartaz na história teatral. Agatha também escreveu sua autobiografia, publicada no Brasil em 1977. Embora seu nome seja sinônimo de ficção policial, a extensão dos temas em seus romances é extraordinária, e Agatha realmente merece um lugar de destaque como uma das mais queridas escritoras de todos os tempos.

Seu sucesso permanente, ampliado pelas inúmeras adaptações para o cinema e para a tevê, é um tributo ao eterno fascínio de seus personagens e à absoluta engenhosidade de suas tramas.

Agatha Christie morreu em 1976, aos 85 anos, de causas naturais.

Surpreso com o desfecho desse mistério?

Não deixe de conferir outros desafios que
a Rainha do Crime preparou para seus detetives:

A mansão Hollow
Assassinato no Expresso do Oriente
Casa do Penhasco
Cem gramas de centeio
Convite para um homicídio
Hora zero
M ou N?
Morte na Mesopotâmia
Morte no Nilo
Nêmesis
O mistério dos sete relógios
O Natal de Poirot
Os crimes ABC
Os elefantes não esquecem
Os trabalhos de Hércules
Treze à mesa
Um corpo na biblioteca

Este livro foi impresso para
a HarperCollins Brasil.
A fonte usada no miolo é Bembo, corpo 11/14.